GV 빌런 고태경

* 이 도서의 국립중앙도서관 출판시도서목록(CIP)은 e-CIP홈페이지(http://www.nl.go.kr/ecip)와
국가자료공동목록시스템(http://www.nl.go.kr/kolisnet)에서 이용하실 수 있습니다.
(CIP제어번호: CIP2020010692)

정대건 장편소설

GV 빌런 고태경

우선 영화 잘 봤습니다. 그런데...

은행나무

차례

1

원찬스

지금 내가 히치콕과 트뤼포의 전기를 내다 판다고 해서 영화감독의 꿈을 접는 것은 아니다. 영화를 접는다는 말도 우습다. 나는 이미 영화감독으로 불리고 있기 때문이다. 단지 직업 영화인이 아닐 뿐이다.

'독립다큐영화제 후원 CMS'가 출금됐다는 메시지가 휴대폰에 떴다. 칠 년 전 서울영화제에서 내 졸업단편영화가 처음으로 상영됐을 때, 기분이 들뜬 나는 정기후원 자동이체 신청서를 작성했었다. 그러나 근래에 작게 개봉했던 나의 첫 독립 장편영화 〈원찬스〉가 처참한 성적으로 종영한 후 빚만 남아, 후원은 내가 받아야 할 처지가 됐다.

후원이라 해봐야 고작 한 달에 커피 한두 잔 값이지만, 그 돈도 아끼려고 카페 대신 도서관에 시나리오를 쓰러 다니고 있었으므로, 눈 딱 감고 철판을 깔았다. 후원을 중지하려면 직접 전화를 걸어야 했다.

신호음이 좀 길겠거니 예상했는데 건너편에서 기다리고 있었다는 듯이 전화를 받았다.

"네 독립다큐영화제 사무국입니다."

어린 목소리의 사무국 직원은 의욕이 넘치는 태도로 응대했다. 내가 전해줄 소식은 반가운 소식이 아닌데……

"저…… 조혜나라고 합니다."

"아, 감독님, 안녕하세요! 저 기억 안 나시려나. 감독님 서울영화제에서 〈한나〉 상영하셨을 때 저 초청팀에서 자봉했었거든요. 유경이라고 사인도 받았는데."

"아, 네……"

수화기 건너편 사무국 직원의 얼굴이 어렴풋하게 기억났다.

"오랜만이에요. 저 감독님 페이스북도 팔로우 중이에요."

"아, 네……"

그녀가 팔로우하고 있는 게 트위터가 아니라서 그나마 다행이었다. 트위터에도 뭔가를 남긴 지는 오래됐지만. 영화를 하나 망치면 아무 SNS도 못 하게 된다.

"요즘 작품 준비하느라 바쁘신가 봐요."

"……저…… 제가 사정이 생겨서 후원을 잠시 끊어야 할 것 같아서요."

"아, 네……"

"죄송합니다……"

내가 죄송할 건 없다고 생각하면서도 미안한 마음이 들었다. 사무국 직원이 〈원찬스〉를 봤는지는 알 수 없지만, 반응이 형편없다는 것은 알고 있을 거다. 휴대폰에 닿은 귀가 뜨끈해졌다. 어서 전화를 끊고 싶었다.

"감독님, 다음 영화 기다리고 있을게요. 극장에서 만나요. 감독님, 파이팅!"

과연 제게 다음 기회가 있을까요? 사무국 직원에게 묻고 싶었다.

감상에 젖는 것도 여유 있는 사람들에게나 허락되는 일이다. 동기들에게 영화 현장지원이든 드라마 메이킹 촬영이든 알바거리가 있으면 뭐든지 불러달라고 카톡을 남겼다. 일단은 빚을 좀 청산해야 했다. 5평짜리 옥탑방 안에 내가 가지고 있는 것들을 스캔해봤다.

내가 가진 가장 고가의 물건은 팔 년 전에 영화 편집을 위해 구매한 맥북 프로 '월터'다. 처음 갖게 된 맥북에 위대한 편집자 월터 머치에게서 딴 애칭을 붙여주었는데, 이제는 정말 칠십대 할아버지인 월터 머치만큼 노쇠했다. 내가 앞으로 영화 편집할 일이 있을까. 비관적인 생각이 들었지만 문서 작업용 노트북이라도 구하기 전에 월터를 팔 수는 없었다.

우선 책장을 털었다. 1376페이지 하드커버 《히치콕》과 796페이지 '시네필의 영원한 초상' 《트뤼포》를 팔기로 했다. 히치콕 영화에서 벽돌 대신 살인 도구로 쓰일 만한 두께의 책들이다. 책에 연필로 밑줄 친 부분 '영화와 인생 둘 중에서 무엇이 더 중요하냐는 질문에 망설이지 않고 영화라고 대답한 프랑수아 트뤼포'를 지우개로 열심히 지웠다. 밑줄을 지운다고 중고책 판매가격이 크게 오르는 것도 아닌데, 전화통화의 화끈거림을 잊고 몰두할 게 필요했다. 그러나 아무리 지워도 흔적이 남았다.

중고책 사이트에 글을 올리자 재고 알림이라도 해두었는지 어떤 사람이 두 권을 금방 주문했다. 택배를 받을 부산에 사는 배영준 씨는 어떤 시네필일까. 부디 이 책을 읽고 영화 같은 걸 하지는 말기를.

*

이게 다 〈초록 사과〉 때문이다.

어릴 때 나는 이렇게 아무것도 보장되어 있지 않은 길을 갈 거라곤 생각하지 않았다. 열아홉 살 때 호기심에 기웃거린 영화 입시학원에서 K선생이 저주받은 걸작이라며 〈초록 사과〉를 보여주지만 않았어도.

"난 사랑에 빠진 게 아니에요. 당신을 사랑하기로 내가 선택한 거지."

주연배우 채화영이 작지만 또렷한 입술로 그 대사를 했을 때, 나는 90년대 한국 멜로영화인 〈초록 사과〉에 속절없이 매료되어버렸다.

"어차피 대기업 들어가도 불안정한 시대야. 차라리 하고 싶은 거 하며 사는 게 좋지 않겠어?"

K선생이 부추겼다. 열아홉 살은 그런 낭만적인 말들에 취해서 영화과에 들어가 이십대를 다 써버릴 만큼 무모하고 순진한 나이였다. 대기업에 들어가도 불안정해서 또래들 대부분이 공무원을 희망하

던 그때, 나는 엄마 앞에서 선언해버렸다.

"엄마, 난 영화감독이 될 거야."

싱글맘으로 보험 영업을 하며 억척스럽게 나를 키운 엄마는 네가 무슨 영화냐며 반대했다. 2000년대 초반은 박찬욱, 봉준호, 김지운의 영화들이 쏟아져나오던 한국영화의 르네상스였다. 나는 천만 영화가 화제가 되던 시절, 한국영화산업의 장밋빛 전망을 운운하며 엄마를 설득할 수 있었다. 그 활황으로 영화과도 우후죽순으로 생겨났기에 나는 낮은 수능 성적으로도 수도권에 있는 영화과에 들어가게 되었다. 그런 내가 졸업 후에 엘리트 영화학교인 한국영화교육센터, 이른바 한교영에 들어갔으니, 정말이지 채화영과의 작업도 꿈만은 아닐 것 같았다.

인생은 늘 우리의 비루한 상상력을 앞선다. 스무 살엔 십 년이 더 지나서 서른세 살의 내가 영화 입시학원에서 수업을 하고 있으리라고는 상상조차 하지 못했다. 촬영 전공과 편집 전공은 기술이 있어 영화, 드라마, 광고 현장에 가거나 영상 업체를 차렸다. 그에 비해 연출 전공의 특기랄 건 영화계 가십 떠들기, 신세 한탄, 뒷담화 정도인데 이것은 취업이나 생산적인 일에서는 아무 쓸모도 없었다. 기술이 하나도 없으면서 기술자들에게 이것저것 요구하는 게 연출자의 기술이라면 기술인데, 연출자가 되어 영화를 만들 기회는 이제 기약이 없다.

달리 구해지는 알바거리도 없던 나는 강사로 일하는 선배의 권유로 입시학원에 흘러들어왔다. 입시학원에 들어서고 나선, 낭만적인 말은 하지 않기로 다짐했다.

"너 애들한테 무슨 얘기 했냐?"

일하기 시작하고 얼마 뒤, 원장이 나를 불렀다.

"영화과 나와도 별로 할 거 없다고 했어요. 구체적인 수치를 알려 줬죠. 영화과 졸업해서 영화로 밥 벌어먹고 사는 애들이 몇이나 되는지."

원장이 황당하다는 듯이 쳐다봤다.

"무책임한 꿈 장사는 하고 싶지 않거든요."

원장은 들고 있던 펜으로 나를 찌를 듯이 삿대질했다.

"야, 너 이거 다 서비스업이야. 잘한다고, 가능성이 있다고 독려해 줘야지."

"그래도 너희들 전부 예비실업자들이라고까지는 안 했어요."

나는 그 학원에서 잘리고 다른 알바를 알아보았으나 서른이 넘자 알바도 구하기 쉽지 않았다. 결국 지금 일하고 있는 이곳, 다른 선배가 원장으로 있는 더 작은 학원에 오게 되었다. 적어도 이곳의 원장은 나에게 약을 팔지는 않아도 된다고 했다.

어찌 됐든 입시와 결혼 시장은 돈이 된다. 영화과 경쟁률이 100:1이 넘어가는데도 영화를 하겠다는 꿈나무들이 많아서 학원은 성황이었다. 원장이 쓸데없이 나에 대해 현역 감독이니 뭐니 떠들었는지, 새로 들어간 수업 도중 내 이름을 검색해본 학생이 물었다.

"선생님 영화 〈원찬스〉 어디서 봐요?"

내게도 기회가 없었던 것은 아니다. 이 년 전 서른한 살이 됐을 때, 나는 경쟁이 치열한 독립영화 제작지원에서 떨어져 소속된 곳 없이 방황하고 있었다. 그러던 중 한교영 저예산 장편영화 제작과정에 급작스레 공석이 생겼다. 동기인 승호가 중도 포기를 한 것이었다. 좋은 기회였지만 촉박하게 들어가는 게 독이 될 수도 있었다. 촬영 회차는 적었고 스태프는 구해지지 않았다. 그럼에도 이 모든 게 운명처럼 느껴졌다.

나는 그 기회를 살릴 생각으로 야심차게 〈원찬스〉라는 7천만 원 초저예산 독립 장편영화를 만들었지만, 망작을 찍고 말았다. 〈원찬스〉는 왕년에 아이돌이었던 남자와 무명 싱어송라이터 여자가 만나면서 벌어지는 음악 로맨스 영화였다. 준비가 덜된 만큼 문제가 많았던 〈원찬스〉 촬영이 끝나고, 나는 자존감 바닥인 상태로 옥탑방 동굴 속에 칩거하며 가까스로 연명하고 있었다. 친구인 솔지는 "망한 줄 어떻게 알아. 영화 모르는 거야"라고 위로해주더니, 가편집본을 보여주자 "다음에 잘하면 되지" 하고 말을 바꿨다.

내게 남은 건 숫자였다. 숫자 때문에 영화를 만든 것도 아니면서 숫자에 집착했다. 영화계가 얼마나 숫자와 순위 매기기에 혈안인지, M 영화 사이트에는 '감독 랭킹'이라는 게 매겨져 있다. 나는 티켓파워 국내 감독랭킹 4918위다. 관객 수 987명. 평점 5.2. 달랑 4개의 댓글. 그리고 빚 3백만 원. 독립영화를 찍으면서 연출자가 사비를 지출하지 않기란 힘들다. 진부한 말이지만 영화는 너무나 돈이 많이 든다.

중요한 선택의 순간들이 있었다. 그때 〈원찬스〉를 찍지 않았다면,

영화과를 가지 않았더라면, 〈초록 사과〉를 보지 않았더라면, 뭔가 달라졌을까?

루저라는 생각을 떨쳐내려 이어폰을 꽂고 오래전 즐겨 듣던 힙합 플레이리스트를 틀었다. '현재를 즐겨'라는 식의 가사가 흘러나왔다. 공감이 가지 않아 노래를 넘겼다. 나는 계속 유예된 삶을 살고 있었다.

영화 〈8마일〉 OST인 〈Lose Yourself〉의 유명한 기타 전주가 흐르기 시작했다. 힙합과도 멀어지고 영화와도 멀어지고, 모든 것으로부터 멀어져 고립된 기분이 들었다. 에미넴의 후렴 랩이 귓가에 꽂혔다.

You only get one shot, do not miss your chance to blow
너에게 단 한 번의 기회가 와, 절대로 너의 기회를 날리지 말라고
This opportunity comes once in a lifetime, yo
이건 인생에서 단 한 번 오는 기회라고

나는 〈원찬스〉로 단 한 번의 기회를 날려버렸다. 날려버렸다는 생각을 떨칠 수 없었다.

2

GV 빌런과의 조우

[오랜만이네. 이런 걸 하게 됐는데 관객과의 대화에 참석해줄 수 있는지 유 프로가 물어봐 달라고 부탁해서. 부담스러우면 꼭 하진 않아도 되고. 거마비 정도 나온대.]

유 프로는 독립영화극장인 인디스페이스의 유현정 프로그래머다. 며칠 전 종현이 〈박종현 배우전〉 포스터 사진과 함께 메시지를 보내 왔다. 담백한 문자였고 배려도 느껴졌다. 얼마 안 되는 돈이지만 한 푼이 아쉬울 때였고, 무력감에서 벗어나고 싶었기에 굳이 거절하지 않았다. 무엇보다도 헤어진 지 반년이 지났으니, 이제는 구남친이 된 종현이 어떤 상태인지 궁금했다.

종로도, 극장도 오랜만이었다. 4월의 꽃샘추위 때문에 봄을 느끼기에는 아직 쌀쌀했지만, 모처럼 미세먼지 없는 상쾌한 공기를 들이 마시니 기분이 한결 나아졌다.

연애는 끝났어도 작품은 남았다. 종현은 내가 연출한 단편영화 〈한나〉와 〈히치하이킹〉의 주연배우였다. 내가 칩거하는 사이 종현은 승승장구했다. 단편영화로 영화제 상영 단골 배우였던 종현은 이제 독립 장편영화의 주연을 맡는 정도가 됐고, 《씨네21》이 주목하는 라이징 스타로 특집기사도 났다. 스튜디오에서 촬영한 카메라 마사지 받은 사진 속 종현의 웃는 얼굴은 조금 낯설게 느껴졌다. 부드러운 얼굴선은 유한 인상을 주었지만, 오뚝한 콧대만큼은 단단한 구석이 있어 보였다. 내 기억 속의 종현은 웃을 때보다는 화난 듯 눈꼬리가 올라갈 때 더 매력적이었는데.

서로에게 소원해졌을 때 먼저 헤어지자고 한 건, 〈원찬스〉를 찍으며 상태가 엉망이었던 내 쪽이었다. 종현은 그 무렵 독립장편 첫 주연작 촬영을 하느라 바빴고 우리는 권태기였으므로 종현도 붙잡지 않았다. 그다지 진창으로 다투며 헤어지지도 않았기에, 오늘 일정이 끝나고 미지근한 동료애 정도로 가볍게 커피 한잔 할 수 있지 않을까 싶었다. 상념에 잠겨 걷는 사이 어느덧 서울극장에 입주해 있는 인디스페이스에 도착했다.

"감독님 잘 지내셨죠?"

유 프로가 경쾌한 목소리로 반갑게 맞아주었다.

"네, 뭐 혼자서 시나리오 쓰고 있죠. 하하."

내가 멋쩍게 웃자 유 프로는 고충을 다 안다는 듯 맑은 웃음을 지었다. 단발머리에 잘 어울리는 둥근 안경을 쓴 유 프로는 사람을 편하게 만드는 능력이 있었다.

무덤덤할 줄 알았는데 막상 극장에 도착하자 종현과 어색함 때문에 관객과의 대화를 망치면 어떡하나 걱정이 스멀스멀 올라왔다. 지나치게 감상적인 추억팔이가 되지는 않을까. 항상 현장에서 벌어질 수 있는 최악의 상황을 시뮬레이션 해보는 것, 그게 일상에서도 습관으로 굳어졌다. 종현은 내게 '걱정 천재'라고 했고, 나는 그게 감독의 미덕이라고 했다. 나는 불길한 일을 감지하는 촉이 꽤 발달한 편이다. 예방할 수 있는 능력은 부족하지만. 누구나 그런 쓸모없어 보이는 능력 하나쯤은 가지고 있지 않나. 그러나 그날 터진 일은 나의 예측을 벗어나는 것이었다.

*

나는 관객으로서 두 가지 이유로 관객과의 대화(Guest Visit, GV)를 별로 즐기지 않는 편이다. 첫 번째 이유는 만족스러웠던 감상이 GV에서 깨져서 실망하는 경우는 있었지만, 별로였던 영화가 GV를 통해 좋아지는 경우는 없었기 때문이다. 물론 상징이나 의미를 적극적으로 설계하는 감독들도 있겠지만, 대부분 직관적으로 끌리는 어떤 이미지에 집착하는 사람들이 감독이란 족속들이다. 인물을 왼쪽에서 오른쪽으로 걷게 할 것인지, 오른쪽에서 왼쪽으로 걷게 할 것인지, 모든 숏(Shot)에 이유가 있는 것은 아니다.

두 번째 이유는 GV 빌런을 맞닥뜨릴 확률이 높아서다. GV 빌런은 GV와 빌런(Villain, 악당)의 조합어다. 관객과의 대화에 등장해서 분위기를 흐리는 GV 빌런은 다양한 유형이 존재한다. 질문은 하지 않고 자기 블로그에나 쓸 감상을 장황하게 연설하며 지식을 뽐내는 '나 이렇게 영화 많이 알아' 유형. 그것의 변용인 '제 해석이 이러한데 이게 맞나요?' 유형. 저는 A대학에서 영화를 전공하고 있는 학생입니다. 제가 처음 감독님 영화를 본 건 칠 년 전이었는데요. 그때도 질문했는데 감독님 저 기억하시나요? '세상의 중심은 나' 유형. 셔터 소리를 과하게 내며 계속 사진을 찍거나, 사생활에 대한 난처한 질문을 하는 '파파라치' 유형. 그 장면은 이렇게 찍었어야 하는 거 아니냐, 캐스팅 후회하지 않느냐 같은 '훈계 및 평가' 유형. 통역사가 있는데 굳이 외국인 게스트에게 본인이 영어, 불어, 일어 등으로 직접 질문해서 통역사 일 두 번 하게 만드는 '나 외국어 능력자야' 유형 등등. 그들이 느끼지 못하는 부끄러움은 나머지 관객들의 몫이었다.

"네, 영화 정말 잘 봤고요."

어김없이 나오는 멘트와 함께 무난하게 GV가 흘러갔다. 종현의 팬덤이 어느 정도 생긴 터라 이백 석 규모의 극장이 절반 넘게 차 있었다. 나, 종현, 유 프로가 스크린 쪽에 놓인 의자에 나란히 앉았다. 적어도 상영이 끝나기 30분 전에는 와서 진행자와 인사 나누는 게 예의인데, 종현은 GV 시작 직전에야 도착해 차가 막혔다며 미안하다고 했다. 종현이 나와의 어색한 시간을 피하려고 일부러 늦게 온 것만 같았다. 종현은 충분히 그럴 애였다.

진행 경험이 많은 유 프로는 매끄럽게 진행을 이어갔다.

"종현 배우님은 감독님하고 작업하시면서 재미있는 에피소드 없으셨나요?"

나는 의식적으로 눈을 피하던 종현을 바라봤다.

"조혜나 감독님이 집요한 구석이 있어서요. 남들은 잘 모르는 디테일에 꽂혀서 열 테이크 넘게 갔던 게 생각나네요."

종현은 그게 재미있는 일화라는 듯 웃으며 대답했다. 뭐야, 유머라고 하는 거야, 나 먹이는 거야? 나는 약이 올랐다. 관객석에서는 아아, 하고 동원된 방청객 같은 반응이 나왔다. 거의 종현의 팬 미팅 행사 분위기였다.

"저는 감독님께 질문 있습니다. 감독님께선 종현 배우님의 어떤 점 때문에 캐스팅하신 건가요?"

한 관객의 질문에 나는 종현과 눈이 마주쳤다. 그래, 저 맑고 깊은 눈이다. 〈한나〉 오디션장에서 종현을 처음 봤을 때가 떠올랐다. 종현은 오디션을 보러 온 사람다운 긴장한 기색도 없이, 친목 도모라도 하러 나온 사람처럼 눈을 빛내며 금세 스태프들의 마음을 사로잡았다.

"종현 배우가 눈이 참 깊잖아요. 대사가 많지 않아도 우수에 찬 분위기를 만들 수 있는 마스크가 필요했는데 종현 배우라면 가능하겠더라고요."

관객들은 공감한다는 듯 또다시 아아, 하는 소리를 냈다.

몇 차례 질문이 오간 뒤, 더 질문하려는 사람이 없는지 정적이 흘렀다. 무난하게 이대로 끝났으면 했는데 극장 뒤쪽에서 한 사람이 손을 들었다. 유 프로의 표정이 약간 굳어졌다. 어두운 베이지색 코르덴 재킷을 걸치고 같은 색의 베레모 모자를 쓴 오십대 정도로 보이는 중년 남자에게 마이크가 넘어갔다. 쓱 둘러보아도 젊은 사람들밖에 없는 객석에서 눈에 띄는 유일한 중년이었다. 불길한 예감이 들었다.

"우선 영화 잘 봤습니다."

느릿하면서도 묵직하고 울림 있는 저음의 목소리였다.

"조 감독님께 질문하겠습니다. 한국영화교육센터 나오셨죠?"

예상치 못한 남자의 질문에 놀란 내 목소리 톤이 높아졌다.

"예, 그런데요?"

"두 번째 영화 〈히치하이킹〉 말인데요. 콘티는 그리고 촬영했습니까? 콘티 없이 찍은 것 같은데요?"

공격적인 어조는 아니었지만, 질문의 내용은 나를 날카롭게 찔렀다. 나는 눈을 끔뻑이다가 종현과 시선을 교환했다. 관객석에서 술렁이는 소리가 났다. GV 빌런의 등장이었다.

질문에 위축되는 나 스스로가 우습다는 생각이 들었다. 어떻게 알았지? 정확한 그림 콘티가 없이 찍은 건 사실이었다. 급하게 현장에 들어가느라 글 콘티만 있었다는 얘기라도 해야 할까 망설이는데, 빌런이 질문을 이어갔다.

"컷들이 튀지 않습니까. 시선도 안 맞고, 남녀 주인공이 공원에서 대화하는 장면에서 180도 라인은 일부러 넘긴 건가요? 왜 편집에서 그대로 남겨뒀죠?"

마치 영화학교에서 교수에게 편집 심사를 받는 기분이었다. 이번에는 유 프로와 한 차례 시선을 교환했다. 나름의 SOS 신호였는데 유 프로도 짐짓 궁금한 듯 내 대답을 기다렸다. 이건 악몽이 아닐까. 꿈이야, 하면서 깰 만한 일이 벌어지고 있었다.

"그건…… 기술적인 오류보다 감정이 더 좋은 컷을 사용해서 고요……."

내 목소리가 떨리지는 않는지 걱정됐다.

"전혀 감정이 전달되지 않던데요."

나는 당황해서 움츠러들었지만, 한편으로는 '지금 시비 거시는 건 가요?'라고 반격하고 싶었다. 빌런은 더 질문을 퍼부었다.

"영화과 졸업영화제에서도 이런 기본적인 미스는 안 보일 텐데……. 편집은 직접 했습니까?"

나를 도와준 편집자에게까지 화살이 가자 더는 참을 수가 없었다. 작품에 대해 이런저런 평가를 받는 건 창작자의 숙명이지만, GV가 공개적으로 모욕을 당하라고 있는 자리는 아니다.

"크레디트 못 보셨어요? 그렇게 눈썰미가 좋으신데 엔딩 크레디트 괜히 만드는 게 아니니 좀 눈여겨보시죠."

내가 받아치자 관객들 사이에서 작은 환호와 함께 박수가 나왔다. 빌런은 꿈쩍도 하지 않고 내 대답을 들으며 열심히 뭔가를 끄적였다. 도대체 뭘 적는 건지 신경이 쓰였다.

"질문 하나만 더 합시다."

"아니요. 질문 많이 하셨으니까 이제 다른 분에게도 기회를 넘겨 주시면 좋겠네요."

유 프로가 사람 좋게 웃으며 분위기를 바꾸려 애썼다. 나는 이럴 때 왜 늘 웃어넘기지 못하고 정색하고 마는가. 포커페이스가 안 되는 것은 나의 콤플렉스이자 감독으로서 큰 결함 중 하나였다. 감독은 현장에서 최대한 침착함을 유지해야 했다. 그러나 지금 내 얼굴은 이미 시뻘게지고, 꾹 다문 입술 아래에 턱에는 호두 주름이 잡히기 시작했을 거다.

"제가 질문 하나 할까요?"

내가 빌런을 향해 운을 떼우자 내 성격을 아는 종현이 다급히 '하지 마'라는 눈빛을 보냈다.

"눈새라고 아세요? 모르시죠. 인터넷에서 찾아보세요."

나의 발언에 관객 몇몇은 환호하고 유 프로의 표정은 심각해졌다. 눈새는 '눈치 없는 새끼'의 줄임말이다.

"자, 이제 그만들 하시고요!"

웬만큼 침착한 유 프로의 언성이 높아지고, GV는 황급히 마무리됐다.

*

GV가 어떻게 끝났든 팬들이 줄을 지어 종현의 퇴근길을 막아서면서 미니 사인회가 열렸다. 그 광경을 잠시 지켜보다 발길을 돌렸다. 나는 성질을 못 죽여서 죄송하다고 유 프로에게 사과했고 유 프로는 "그래도 눈새는 심하셨어요"라며 약하게 타박했다. 종현과의 재회로 감상에 젖으면 어쩌지 했던 내 우려와는 달리, 망치로 얻어맞은 기분으로 하루를 마치고 터덜터덜 옥탑방으로 돌아왔다.

나는 한교영 근처 대학가 자취방에 아직도 살고 있다. 딱 내 몸 하나 누일 공간과 책상 하나 들어가는 이곳은 고시생이 칠 년간 머물다 간 방이라고 했다. 그 고시생은 붙었느냐고 주인아주머니에게 물어봤더니 잘 안 돼서 고향에 내려갔다며 말끝을 흐렸다. 그 말을 듣고 처음 이 방에서 자던 밤, 꼭 죽은 사람의 방에서 자는 것만 같은 으스스한 기분이 들었다. 이 작은 방에 누워서 칠 년을, 식비를 아끼고 끼니를 때우며 식물처럼 살았을 거다. 지금 내 생활이 그랬다. 아직 일인분의 사람이 되지 못했다는 자책감과 초조함. 칠 년 넘게 고시를 준비하다가 결국 포기하고 낙향하는 사람의 마음은 어땠을까.

이입을 깊게 한 탓인지 우울한 기분이 밀려왔다. 냉장고에 한 개 남아 있던 캔 맥주를 깠다. 알코올이 적당히 퍼지고 나른해졌다. 매트리스에 몸을 던지자 천장에 붙어 있는 장국영이 나를 바라봤다. 종현이 처음 내 자취방에 왔던 날, 천장에 핀 곰팡이와 누런 얼룩을 보고 짠하다며 장국영의 얼굴이 크게 담긴 브로마이드를 직접 붙여 곰팡이를 가려주었다. 칙칙했던 방 분위기가 장국영의 우수에 찬 눈빛으로 운치 있게 느껴졌다. 나는 별로 신경 안 쓰고 있었는데 그걸 불쌍히 여기는 종현 때문에 서글퍼지는 마음과, 나를 위해주는 종현에게 고마운 마음이 동시에 들었다. 덕분에 잘 때마다 장국영의 슬픈 얼굴을 봐야 했다.

실패한 사람들은 어디로 사라졌을까? 이렇게 상념이 많아지는 밤이면 가끔 예전 싸이월드 파도타기 하듯 좋아하는 영화를 작업한 스태프들의 필모그래피를 찾아보곤 했다. 촬영이나 조명이나 다른 기술 스태프들은 그래도 꾸준히 작업을 하는 편이지만 연출들은 감감무소식이 많았다. 아, 이 감독 참 좋았는데, 이 영화는 손익분기점은 넘지 않았나? 그런데도 왜 십 년째 다음 작품을 못 찍고 있지? 다들 어디서 어떻게 생계를 해결하며 무엇을 바라보며 살고 있을까.

"오겡끼데스까(잘 지내고 있나요?)"

라고 두 손을 입 앞에 모으고 큰소리로 외치고 싶다.

"와따시와 겡끼데쓰(저는 잘 지내요)"

라고 그 뒤는 따라 하지 못하는 현실이 안타깝지만.

그 GV 빌런은 대체 뭐였지. 허둥지둥하던 내 현장이 보이기라도 했단 말인가. 매트리스에 누워 빌런 생각을 하고 있는데 카톡 알람이 울렸다.

[혜나야 이거 뭐야!]

솔지가 호들갑을 떨면서 링크를 보내왔다. 뭐지? 링크를 누르자 유튜브 동영상이 나왔다.

'GV 빌런 vs 감독 - 박종현 배우전'이라는 제목으로 누군가 관객과의 대화를 촬영한 영상을 올린 거였다. 유튜브에는 이런 댓글들이 달려 있었다.

—나 저 감독 단편 봤는데 욕먹을 만해. 박종현이 왜 출연했는지 의문.

—이거 목소리 들으니 딱 그 베레모 빌런이네.

—이런 거 보면 항상 궁금한 건데 질문하는 사람 얼굴은 왜 안 비추나요?

얼굴이 화끈거렸다. 카메라는 내 쪽만 향하고 있었다. 아마 그 GV 빌런은 유튜브에 이런 게 돌아다니는 것도 모르고 있을 거다. 나는 영화를 보면서 프레임 밖에 있는 것을 상상하길 좋아했다. 질문을 퍼붓고 있는 관객석으로, 프레임 밖의 GV 빌런에게로 카메라를 돌리고 싶었다.

유튜브 영상은 인터넷에서 꽤 화제가 됐다. 그렇게까지 많이 볼 영상이 아닌데 짤방으로 캡처되어 영화 커뮤니티와 SNS에 돌아다니면서 유튜브 조회수는 하룻밤 만에—내 영화 관객수의 세 배가 넘는—3천을 넘어가고 있었다. 그 GV 빌런에 대한 전설적인 소문과 증언들이 인터넷에 속출했다.

—베레모 빌런 진성 시네필이야. 극장 공무원 수준으로 거의 365일 나타남. 안 보이는 적이 없음.

—고 선생님 극장에 매일 나타난 지 십 년도 더 됐을걸. 서울아트시네마 낙원상가 시절부터 똑같은 모자 쓰고 다녔어.

—같이 영화 보러 다니던 부인이 죽은 뒤로 그러는 거라는 카더라가…….

—그게 레알임? 짠하네.

일명 '베레모 빌런'으로 통하는 그 남자는 시네필들 사이에서는 이미 유명인이었다. 내가 GV를 피해 다녔기에 몰랐던 거였다.

댓글을 확인한 뒤 다시 동영상을 재생했다. 베레모를 쓴 GV 빌런의 뒤통수가 느릿하고 울림 있는—분하게도 호소력이 있는—목소리로 말하고 있었다.

"콘티는 그리고 촬영했습니까? 콘티 없이 찍은 것 같은데요?"

영상 속 내 모습은 누가 봐도 볼품없고 굴욕적인 표정으로 바짝 졸아 있었다. 영화학교에서 무시무시한 크리틱 심사를 받던 시절로 돌아간 것만 같았다. 사람의 자존감이 바닥을 뚫고 지하로 가게 만드는 그 악명 높은 한교영의 크리틱. 날카롭게 일갈하는 조병훈 교수의 카랑카랑한 목소리가 환청처럼 들려왔다.

"콘티대로 안 찍을 거면 콘티는 왜 그려!"

3

선택의 프로

"여기에 들어온 이상, 너희는 둘 중 하나가 된다. 유명한 감독이 되거나, 유명한 감독의 동기가 되거나."

입학식 때 조병훈 교수가 목소리를 내리깔고 했던 말이 또렷이 기억난다. 한국영화교육센터, 이른바 한교영은 스파르타식 영화 사관학교를 표방하는 곳이다. 최고 수준의 촬영 장비, 장편영화 제작 커리큘럼 등 한교영의 유명한 점은 많았지만, 계단형으로 경사가 진 소극장에서 이루어지는 인민재판 같은 최종 면접과 편집 크리틱 심사가 가장 악명 높았다.

평소 한교영에 대한 호기심으로 특강을 왔던 R 감독은 한교영에 대해 이렇게 평했다.

"〈K팝 스타〉 같은 곳이네요. 재능 있는 사람들 모아두고 관계자들이 주목하는 경연을 펼치는."

경연 무대는 졸업영화제였다. 한교영 졸업단편영화로 주목을 받아 충무로의 러브콜을 받는 게 나의 야망이었다. 스물아홉 나이에 일 년 동안 인생의 아무런 고민 없이 오로지 영화만 고민해도 된다는 건 분명히 엄청난 축복, 그야말로 시네마 천국이었다.

한교영에 합격하자 학부시절의 미운 오리 새끼에서 갑자기 백조가 된 듯했다. 후배들에게는 자랑스러운 선배가, 교수들에게는 사랑스러운 애제자가 되었다. 축하한다고 술 사주겠다며 연기 전공들에게서 연락도 많이 왔고, 그중 몇몇은 은근슬쩍 내 촬영 스케줄을 물어오기도 했다. 한교영을 나온다고 보장되는 건 아무것도 없었지만, 그때는 내가 미래의 봉준호라도 된 줄 알았다.

돌이켜보면 모든 예술학교와 마찬가지로 몇몇 한교영 출신 유명 감독들이 훌륭한 건 그들이 잘나서였지, 한교영이 대단한 가르침을 주어서가 아니었다. 영화학교는 영화 찍는 법을 하나도 가르쳐주지 않았고, 단지 혹독한 실패를 가르쳐주었다.

전통대로 입학식 전날 합격생들이 모여서 서로의 포트폴리오를 감상하는 시간을 가졌다. 최종 면접에서 한 시간 동안 시달린 기억이 남아 있는 소극장은 들어서자마자 위축되는 느낌이었다.

김동준 같은 경우는 입학 전부터 유명했다. 한예종에서도 에이스였고, 이미 영화사와 계약도 했기에 면접에서 "네가 여길 왜 들어오냐. 그냥 데뷔하지"라는 소리를 들었다. 황용민은 충무로 현장 출신으로 조감독까지 필모그래피를 쌓고 들어왔고, 케빈은 유학파였다. 정현영의 단편영화는 내 단편과 비슷한 결의 성장물이라 반가웠지만, 나는 지금까지의 경험을 통해 예감했다. 일 년 동안 우리 둘이 비교되리라는 걸. 캐릭터가 겹치면 하나만 살아남는다.

모두의 작품은 각자의 개성이 있었고 왜 뽑혔는지 알 것 같았다. 서울대 철학과를 나왔다는 유일한 비영화과 출신인 이승호만 빼고. 오직 승호만 극영화 경험이 전무했다. 모두 단편 극영화를 상영했는데 유일하게 승호만 90분짜리 홍대 밴드맨 친구들에 대한 사적 다큐멘터리를 상영했다. 촬영과 편집이 아마추어 홈 비디오 수준으로 엉망이었다. 고작 이런 영화 같지도 않은 거로 여기에 들어오다니. 교수들이 SKY 애들 좋아한다더니 그런 혐의가 짙었다.

시끌벅적한 호프집에서 뒤풀이가 열렸다. 아직 서로 서먹했으나 포트폴리오를 봤으니 이야깃거리도 생겼고, 술이 들어가자 경계심을 풀기 시작했다. 술자리 대화는 서로의 취향 파악을 위한 '인생 영화 톱 파이브(Top 5)'까지 흘러갔다. 각자의 톱 파이브를 들어보니 동준은 범죄 스릴러였고 현영은 성장 드라마, 케빈은 액션이었다. 승호는 멜로와 로맨틱 코미디. 낭만의 세계에서 살고 있었다. 나는 굳이 따지자면 음악, 멜로, 드라마였다. 내가 톱 파이브에 〈초록 사과〉를 언급하자 대부분 의외로 여겼다. 동기들 중에 〈초록 사과〉를 본 사람은 승호뿐이었다. 승호가 눈을 반짝이며 "〈초록 사과〉 진짜 좋은 영화지"라고 말했을 때, 승호에게 가졌던 약간의 반발심이 반가움으로 누그러졌다.

"여기서 영화가 싫은데 부모님이 원해서 억지로 온 사람 있습니까? 여러분 모두 부모님 가슴에 대못을 박고 들어온 불효자들입니다. 어떤 영화를 만들지 이제는 영화에 대한 태도를 진지하게 정해야 합니다."

박원호 교수는 특유의 느린 말투로 첫 수업에서 상업영화와 예술영화 중에 선택해야 한다고 선언했다. 교수들은 직업 영화인으로 밥 벌어먹고 사는 것에 대해 강조했고, 그런 학교의 분위기에서 박원호 교수는 비교적 예술적인 측면을 강조하는 편이었다. 그래서 학생들이 박 교수를 좋아했다.

반면 조병훈 교수는 항상 영화가 산업임을 강조했다.

"분명히 해. 예술 한다고 영화제 룸펜이 되든가. 충무로 팔려가서 밥 벌어먹고 살든가. 대학 강단도 포화 상태라 너네 이제 어디 가서 가르칠 자리도 없어. 예술 하고 싶으면 네 돈 가지고 해. 그럼 아무도 뭐라고 안 해."

나는 그 사이에서 회색분자였다. 겉으로는 상업영화를 지향하고 있었지만 내심 나의 취향 때문에 괴로워하고 있었다. "데뷔하려면 장르 해야지"라는 소리를 내내 들었지만 내가 좋아하는 영화들은 대부분 잔잔한 멜로나 예술영화들이었다. 그건 어쩔 수 없는 취향의 문제였다. 자기 취향도 욕망도 장르적인 동준이 부럽기도 했다.

나는 한교영에 들어오기 전, 랩을 하는 십대 소녀들이 주인공인 단편 〈한나〉로 영화제들을 많이 돌았지만, 영화사들의 러브콜은 한 통도 받지 못했었다. 영화제에 가기 위해서는 사회적인 이슈를 다루어야 했지만 동시에 충무로 선수들에게 간택받기 위해서는 장르적인 요소를 섞어 이만큼 만들 수 있다는 걸 보여줘야 했다.

시나리오 심사는 교수들의 지지와 비난이 뒤섞이는 난장이었다.

그 안에서 창작자 스스로 중심을 잡아야 한다는 것이었다. 충무로
는 더 혹독하니 다 이겨내라고 하는 교육이라지만, 그 안에서 멘탈
이 가루가 되게 까이다 보면 우주에서 가장 무능하고 하찮은 존재
가 되는 것 같았다.

시나리오 심사에 통과하지 못할 때 제작비가 깎이는 페널티가 있
었고 3차까지 통과를 못하면 졸업작품을 찍지 못할 수도 있었다. 나
는 두 개의 아이템 중에서 고민했다. 하나는 잔잔한 일상 속 소녀의
성장담이었고, 다른 하나는 오락성이 뚜렷한 스릴러였다. 나는 후자
의 장르적인 아이템으로 시나리오를 급하게 써서 제출했다. 학생과
교수 모두가 소극장에 모인 시나리오 심사에서 박원호 교수가 말
했다.

"조혜나가 잿밥에만 관심이 있구나. 제작자들한테 팔려가려고 시
나리오에 아주 분칠을 잔뜩 해놨네. 충무로에 아첨하지 말고 네가
만들고 싶은 영화를 만들어라."

1차 시나리오 심사에 통과하지 못한 나는 더욱 초조해졌다. 박 교
수의 말처럼 내가 쭉 관심 가지던 것을 해야겠다는 생각으로, 소소
하지만 세밀한 감정을 포착하는 시나리오를 제출했다.

"조혜나. 너 이거 하나 찍고 앞으로 영화 안 할 거야? 〈한나〉에 이
어서 또 이거 찍으면 너는 십대 소녀들 얘기밖에 못한다고 도장 찍
는 거야. 너, 후회한다."

이번엔 조병훈이 겁을 줬다. 나는 2차도 통과하지 못하고 페널티
로 제작비 100만 원이 깎였다. 그 100만 원은 제일 먼저 시나리오가
통과된 동준의 제작비에 더해졌다. 교수들은 무섭게 흔들어댔다. 두

개의 아이템 중 나는 하나의 졸업단편만 찍을 수 있었다.

　이건 월터 머치 할아버지가 와도 못 살려.

　어느새 나는 퀴퀴한 편집실에서 도저히 답이 안 나오는 촬영 소
스를 보면서, 오스카 편집상을 세 번이나 받은 영화 편집의 거장을
떠올렸다. '원래 졸작은 졸작(拙作)인 거야' 같은 말은 학부 시절에나
가능한 농담이었다. 천 번을 흔들리고—어른이 되지 못하고—결국
장르적인 것을 택했지만, 나는 이도 저도 아닌 단편 〈히치하이킹〉을
찍고 말았다. 확신을 갖는다는 건 왜 그렇게 힘든걸까.

　그날 밤 꿈에 월터 머치가 나왔다. 그는 내 촬영 소스가 담긴 편
집기 앞에 우두커니 서 있었다. 그는 의자에 앉지 않고 선 채로 편
집기를 만졌는데 그의 훤칠한 키, 지적으로 보이는 안경, 신중하게
어휘를 고르는 저음의 목소리는 엄청난 신뢰감을 줬다. 영화는 어쨌
든 편집의 예술이다. 실낱같은 희망으로, 나는 "플리즈" 하고 애원하
며 심폐소생술을 바랐다. 한참 씨름하던 월터 머치는 슬픈 눈빛으
로 천천히 고개를 저었다. 나는 "왓? 왓? 노! 노!" 하고 울부짖으며
편집실 라꾸라꾸 침대에서 깼다.

　밖에는 비가 내리고 천둥 번개가 치고 있었다. 영화과에는 "너 누
가 외장하드에 자석 갖다 댄다. 조심해"라는 끔찍한 농담이 있었다.
하드디스크에 있는 촬영 데이터를 지워버린다는 거였다. 차라리 그
런 일이 벌어졌으면 했다. 불가항력적인 천재지변이나 누군가의 탓
으로 돌릴 수 있다면……. 고생한 배우와 스태프들, 엄마의 얼굴이
스쳐갔다.

최종 편집 심사 날, 상영을 마치고 나는 죄인처럼 소극장 스크린 앞에 앉아 있었다. 박원호 교수가 깊은 한숨을 내쉬었다. 오랜 시간 무거운 침묵이 흘렀다. 침을 삼키면 그 소리가 들릴 것 같아 참았다.

"이게 영화냐? 단막극 드라마 같다."

박원호 교수가 자비를 베풀어 포문을 열자, 둑이 무너지듯 코멘트들이 쏟아졌다. 30분짜리 단편을 위해 두 달 넘게 편집했는데, 일주일도 편집하지 않는 텔레비전 드라마보다 못하다는 소리를 들었다. 아무도 모를 몇 프레임 차이를 가지고 고민하면서 나는 무엇을 위해 컴컴한 편집실에서 그 많은 시간을 보냈던가? 조병훈은 "눈이 썩는다" "한교영의 수치다" "너는 방송국에 갔어야 했는데 왜 여길 왔냐" "너 대신 떨어진 애들이 이걸 보면 너를 죽이고 싶을 것" 같은 말을 마구 뱉었다. 심지어 재촬영을 해야 한다는 의견도 나왔지만, 배우들과 스태프들의 스케줄을 다시 맞출 수 없었고 어떤 마술을 부려도 현장의 그 공기를 재현할 수는 없었다.

그날 뒤풀이에서 세상이 무너진 것처럼 술을 마시고 전부 게워냈다. 수많은 위로의 말을 들었지만 내게 각인된 말, 지금까지도 나를 괴롭히고 있는 저주 같은 그 말은 필름이 끊기기 전 들었던 조병훈의 말이었다.

"구린 영화를 찍으면 구린 사람이 되는 거야."

*

아직도 박원호 교수가 이제 안 계신다는 사실이 실감 나지 않는

다. 박원호 교수는 내가 졸업한 지 일 년 뒤, 교통사고로 황망하게 돌아가셨다. 박원호 교수와 마지막으로 나눈 대화는 짙은 그리움으로 내게 새겨져 있다.

졸업영화 심사 후, 수능 답안을 전부 밀려 쓴 수험생처럼 혹독한 겨울을 보내고 있던 나를 박원호 교수가 호출했다. 폭설이 내린 날이었다. 교수실에 고소한 율무차 냄새가 났다. 박 교수는 견과류가 잔뜩 든 율무차를 직접 저어서 내게 건넸다.

"혜나야."

"네?"

박 교수는 늘 저음의 목소리로 "혜나야" 하고 이름을 부른 뒤 뜸을 들였는데, 그 뒤에 무슨 말이 나올지 왠지 겁이 나면서도 그게 참 좋았다.

"영화감독이 하는 일이 뭐라고 생각하니?"

갑작스러운 물음에 나는 쉽게 대답하지 못했다.

"촬영은 촬영감독이 하고, 연기는 배우가 하고. 감독은 선택하는 사람이야. 그런데 선택에는 정답도 없고. 그래서 어렵지."

"인생처럼요?"

박 교수가 고개를 끄덕였다.

"그 수많은 사람들이 왜 감독의 말을 듣겠어. 남들보다 잘 선택해야 돼. 선택의 프로가 되어야 해."

내 얼굴 한쪽에 그림자를 드리우던 그날의 햇살이 추운 날씨에도 따스한 기억으로 남아 있다. 나는 그 와중에도 촬영하기 참 좋은 볕이라고 생각했다.

"인생을 잘 살면 영화도 잘 만들 수 있을까요? 잘 산다는 게 어떤 걸까요?"

"계속 고민해야지."

선문답 같은 대화가 이어졌고, 선택의 프로가 되어야 한다는 말이 인상에 남았다. 그런 식으로는 생각해보지 않았다.

"잘 살아야겠네요, 그럼."

"그럼."

4

여의도 PA 제작지원

이게 다 무너진다는 거지.

미세먼지 낀 대기 사이를 뚫고 들어오는 따가운 햇볕에 눈을 찡그리며 여의도 증권가 빌딩들을 올려다봤다. 새벽 5시, 택시비를 지원받고 어떤 영화 현장인지도 모른 채 여의도까지 택시를 타고 왔다. 할리우드 블록버스터 영화의 CG 소스 촬영이라고만 들었다. 솔지로부터 PA 알바 할 생각 있느냐는 연락을 받았다. PA는 Production Assistant(제작지원)의 약자다. PA의 주요 업무는 차량과 행인 통제다. 한마디로 인간 라바콘. 다른 말로 욕받이다.

비록 PA 알바지만 현장은 오랜만이었다. 누군가 유튜브에서 GV 빌런과 싸운 그 감독이라는 걸 알아볼까봐 신경이 쓰였다. 현장에 도착하니 벌써 사람들이 삼삼오오 모여 있었다. 대부분 이십대 초중반, 영화과 대학생들이 단기 알바로 하는 일이었다. 그들이 서른 줄로 보이는 나를 루저로 생각할 것 같아 마스크를 더 올려 얼굴을 가렸다.

"PA 오신 분들 모여주세요."

제작부장으로 보이는 가무잡잡한 피부의 남자가 큰소리로 외쳤고, PA들은 줄을 서서 무전기, 형광 조끼, 경광봉과 함께 샌드위치를 배급받았다. 제작부장이 초거대 괴수와 로봇이 나오는 할리우드 블록버스터 영화라고 설명한 후, 극비인 것처럼 굴며 비밀유지 각서를 쓰게 했다. 개봉해서 공짜 티켓이 생겨도 보러 가지 않을 영화의 현장에 온 거였다. 잠시 괴수와 로봇의 육탄전에 빌딩이 파괴되는 모습을 상상해보았다.

오늘 CG 소스 하루 예산이면 저예산 장편영화를 찍고도 남을 텐데. 이 할리우드 블록버스터의 예산인 1억 5천만 달러는 1억 원짜리 독립장편 천오백 편을 만들 수 있는 돈이다. 영화를 하다 보면 세상의 모든 액수는 영화제작비로 환산된다.

삐, 삐, 요란한 경고음, 진동 소리와 함께 재난문자가 도착했다.

[(환경부) 수도권 미세먼지 비상저감조치 시행 외출 자제, 마스크 착용 등 건강에 유의하시기 바랍니다.]

여기저기서 탄식이 터져나왔다. 앱을 확인하니 '미세먼지 최악. 절대 나가지 마시오'라는 메시지가 시커먼 방독면 그림과 함께 떠 있었다. 진짜로 몸에 해로워 병이 날 것 같은 기분이 들었다.

선글라스를 쓴 건장한 흑인 스태프 둘이 이 미터는 되어 보이는 거대한 촬영용 드론을 앞뒤에서 가마처럼 들고 나타났다.

"어제 촬영장에서 꼬마가 통제선 넘어 뛰어들어서 드론에 부딪힐 뻔한 댄저러스한 일이 있었어요. 자칫하면 사람 죽어요. 셀폰 보지 말고 통제 집중해주세요."

교포로 보이는 드론 조종사가 특유의 발음으로 영어를 섞어가며 주의를 주었다.

다들 흩어져 통제구역에 배치됐다. 하필 나는 제일 힘든 8차선 도로에 걸렸다. 부우웅, 요란한 소리를 내며 프로펠러가 돌아가더니, 드론이 무게감 있게 떠올라 빌딩 사이를 날아다니기 시작했다.

"자 통제 시작!"

무전기로부터 지시가 내려지자 여의도 8차선 대로가 통제되었다. 빠아앙! 야! 이 개새끼들아! 죄송합니다! 꾸벅. 고맙습니다! 꾸벅. 연신 고개를 숙였다. 씨발 새끼, 좆같은 새끼. 찰진 욕을 운전자들이 내뱉었다. 빵! 빠아앙! 신경질적으로 울려대는 클랙슨 소리에 초조해졌다. 왜 이렇게 컷이 안 나.

그때 끼익하고 불길한 소리가 크게 울려 퍼졌다. 갑자기 튀어나온 차 한 대를 제작부장이 두 팔 벌려 가까스로 막아서는 드라마 클리셰 같은 상황이 펼쳐졌다. 이런 상황을 영화적이라고 하지는 않는다. 이 미친 새끼야! 클랙슨 소리는 더 신경질적으로 변했고 운전자는 죽일 듯이 욕을 해댔다. 제작부장과 나는 120도로 고개를 숙였다.

꼬르륵. 이 와중에도 배꼽시계는 정확했다. 시계를 보니 벌써 오후 1시였다. 새벽에 나눠준 샌드위치를 남기지 말고 다 먹을걸. 땀이 흐르기 시작했다. 누군가 탄식하며 내뱉었다.

"인간적으로 이런 날에는 촬영 금지하는 법을 만들어야 돼."

작년 겨울, 살벌한 추위에 내 영화 스태프도 나 들으라는 듯이 비슷한 말을 뱉었지. 새벽 2시, 아홉 번째 테이크인데 오케이를 못 내고 있었고 그런 말까지 들으니 눈치가 보였다. 스태프들이 얼마나 내 욕을 하고 있을까 생각하며, 빨리 끝내야 한다는 압박에 노 굿(NG)인데도 오케이를 해야 했다. 감독은 선택만 하면 된다. 이 얼마나 쉬우면서도 어려운 말인지. 수영을 월수금 다닐까 화목 다닐까도 쉽게 결정하지 못해서 끙끙대는 주제에 무슨 감독을 한다고 그랬을까. 현장에서는 모두가 나를 시험하는 것처럼 느껴진다. 감독은 별 차이가 없어 보여도 확신이 있는 척 테이크를 고르고 배우보다도 더 연기를 잘해야 한다.

"어머, 감독님!"

점심시간에 김밥을 씹으며 다 끊어져가는 고무줄로 머리를 묶고 있는데 누군가 나를 알아봤다. 우려했던 일이었다. 근처에 있는 다른 PA들도 나를 쳐다봤다. 나는 창피해서 해리포터의 투명망토라도 두르고 싶었다. 나를 부른 것은 지난겨울 촬영한 내 영화의 제작부 막내였던 성아였다. 내가 손사래 치며 성아를 단속했다.

"감독이라고 부르지마."

"그럼 감독님을 뭐라고 불러요."

"으응……. 그냥 언니라고 해."

"잘 지내셨죠? 요즘 어떻게 지내세요?"

"뭐……. 시나리오 쓰고 있지."

다행히 성아는 무슨 시나리오냐고 묻지 않았다. 나는 시나리오를 쓴다고 도서관에 앉아는 있었으나 현장의 후유증 때문인지 〈원찬스〉 이후로 한 신도 제대로 쓰지 못하고 있었다.

"대단해요. 감독님 늘 꿈 포기하지 않고 꾸준히 하는 거 보면 참 멋져요."

멋쩍게 볼을 긁적이는데 "조혜나!" 하고 부르는 소리가 들렸다. 이 익숙한 맑은 목소리는, 승호였다. 오늘 무슨 날인가. 돌아보니 승호도 스태프 조끼를 입고 있었다. 여기서 승호를 보게 될 줄은 몰랐는데. 거의 일 년 만이었다. 내가 알던 체형에서 옆으로 1.5배 늘린 것처럼 투실투실해진 승호가 웃으며 나를 향해 손 흔들고 있었다.

*

그러고 보면 참 인연도 인연이다. 〈원찬스〉도 승호가 중도 하차한 덕분에 찍게 된 것이니까. 승호와 나는 다른 동기들이 모르는 역사가 있다.

승호의 첫인상은 피부가 새하얗고 키가 무척 커서 꼭 하얀 알비노 기린 같았다. 어릴 때 고도비만이었다는 승호는 열심히 공부해서 서울대에 가고, 열심히 운동해서 삼십 킬로그램을 감량해본, 노력해서 성취의 경험을 해본 사람의 자신감 같은 게 있었다. 겉으로 드러내지는 않았지만 승호의 모든 전제에는 '열심히 하면 된다'라는 생각이 깔려 있었다. 그러나 여럿이서 만드는 영화는 홀로 열심히 한다고 해서 되는 일이 아니었다.

나와 동기들은 영화 지식은 해박하지만 영화 제작 경험은 거의 없던 승호에 대해 '시네필 범생이 샌님'이라고 생각했다. 승호는 책이나 메이킹 영상만으로 영화 현장을 접하고 낭만적인 환상을 품고 있는 것처럼 보였다. 안타깝게도 동기들이 가진 의혹의 시선은 현실이 됐다. 스태프로서 처음 호흡을 맞춰본 1차 실습 현장에서 승호가 조명기를 넘어트리고 말았다. 불운했다. 실수였는데 그 일 이후로 동기들은 암묵적으로 승호를 고문관처럼 보았다. 냉정하게 말하면 승호는 동기들에게서 현장의 모든 것을 배울 수 있었지만, 동기들은 승호에게서 배울 점이 없었다.

승호가 걸어다니면서 작법서인 《시나리오 어떻게 쓸 것인가》를 읽는 모습도, 술을 마시지 않는다고 술자리에 빠진 것도 범생이 이미지를 굳히는 일이었다. 딴에는 뒤처지지 않기 위해 술자리도 사치라고 여기고 시나리오를 썼던 것 같지만, 뭐가 중요한지 몰랐던 것이다. 졸업작품의 파트너, 촬영 전공들과의 짝짓기는 대부분 술자리에서 이루어졌다.

승호와는 집 방향이 같아 종종 함께 지하철을 타고 가며 이런저런 대화를 나눴다. 어느 날 승호가 뜬금없이 나와 연애하면 좋을 것 같다는 고백 비슷한 걸 했다. 그 무렵 나는 동기들 모르게 종현과 사귀고 있었기에 승호의 마음을 받아주지 않았다. 승호는 친구나 동료가 더 편한 사이였다. 아니, 사실 나는 승호를 영화 동료로서도 인정하지 않았다. 편집하면서 다른 동기들에게만 가편집본을 보여주고 승호에게는 피드백을 물어본 적도 없었다. 다행히 그 일 이후에도 승호는 서먹하게 굴지 않았다. 지금 생각해보면 그렇게 한쪽이 크게 상처를 받지 않고 다시 친구처럼 지낼 수 있는 건 정말 드문 일이었다.

졸업 후 시네마테크에 60년대 일본 영화 기획전을 보러 갔다가 승호와 마주쳐서 같이 밥을 먹었다. 영화제 몇 군데에 낙방해서 우울할 때였는데, 승호가 "네 영화 좋아"라며 내 졸업영화의 미덕을 조목조목 말해줬다. 그 뒤로 영화 취향이 비슷한 우리는 가끔 같이 영화를 보러 다녔고, 그제야 속내를 얘기하는 사이가 됐다.

그러던 중 승호에게 인디밴드 보컬인 은주라는 여자친구가 생겼다. 숙맥에 초식남 같던 승호가 은주의 공연 영상을 본 뒤, 은주에게 SNS 메시지를 보내서 만나기 시작했다는 얘기는 신선한 충격이었다. 나는 궁금해져서 은주의 공연 영상을 찾아봤다. 뇌쇄적이라는 수식어가 어울릴 법한 목소리로 사랑 노래를 부르고 있었다.

자연스레 승호는 나 대신 은주와 영화를 보러 다녔다. 한번은 시네마테크에서 승호와 은주 커플과 마주쳤다. 항상 바가지 머리를 하고 다니던 승호가 머리에 뭔가를 바르고 이마를 깐 모습은 처음이었다. 승호가 먼저 말을 걸지 않았으면 못 알아봤을 뻔했다. 우리는 함께 식사를 했다. 은주는 키가 크고 시원한 인상에 달변이었다. 승호는 마치 세상에서 가장 중요한 발견을 한 사람처럼 보였다. 은주를 바라보는 눈빛과 몸짓 하나하나 완전히 사랑에 빠져 있었다. 나는 그녀가 승호를 영화인에 대한 호기심으로 만나는 것 같다는 인상을 받았다. 그녀의 호기심이 충족되고 나면 승호가 상처를 받게될까 걱정이 됐지만, 그렇다고 승호에게 너무 깊이 좋아하지 말라는 주제넘은 말은 하지 않았다. 그 뒤로 승호와는 연락이 뜸해졌다. 나는 종현과 사귀는 중에도 승호를 만나는 게 거리낌이 없었는데, 승호는 불편했던 것 같다. 그게 왠지 서운했다.

처참한 평가를 받은 내 한교영 졸업단편 〈히치하이킹〉은 작은 독립영화제 한 곳에서 상영하게 되면서 그나마 스태프들과 배우들에게 체면치레 할 수 있었다. 반면 승호의 졸업단편은 여기저기서 호평을 받았고, 해외 영화제에 초청되어 유럽까지 가게 됐다. 내가 보기엔 별로 잘 만들지도 않은 영화로 해외 영화제에 간다니 배알이 꼴렸다. 그 소식을 들은 날 잠을 못 이루는 나 스스로가 우스웠다. 승호가 캐스팅으로 고민할 때, 내가 승호에게 캐스팅의 중요성을 강조하며 가르치듯이 한 말이 떠올랐다.

"배우가 못하면 다 감독 탓이고 배우가 잘해도 그거 다 감독 공이야. 캐스팅만 잘하면 90퍼센트를 하는 건데, 안 맞는 배우를 데려다 놓고 그 캐릭터로 억지로 만들려고 바보짓 하지 말고 무조건 캐스팅을 잘해!"

한교영 시절엔 승호가 어울리지 않는 곳에 와 있다고 생각했는데, 돌아보니 승호는 일 년 사이 엄청 발전해 있었다. 오히려 내가 한교영에서 맞지 않는 역할에 캐스팅된 배우 같았다.

몇 달 전에는 승호에게서 오랜만에 전화가 왔는데 받지 않았다. 꼭 승호여서가 아니라 누가 근황을 묻는 게 싫었다. 휴대폰 진동 소리가 길었다. 왠지 마음이 쓰여 승호에게 곧 연락한다는 게 꽤 시간이 흘러버렸다.

*

오전에 땡볕에서 고생했더니 오후부터 건물 쪽 통제에 배정됐다.

행인도 적고 촬영 들어갈 때만 실내에서 통제하면 되니 비교적 여유로웠다. 덕분에 승호와 그늘에서 실컷 대화할 수 있었다. 승호는 땀을 뻘뻘 흘리며 힘들어했다.

"너 어떻게 된 거야. 어디가 몸이 안 좋은 거야?"

"아냐. 나 괜찮아. 슬슬 뺄 거야."

일 년 사이에 이십 킬로그램이 늘었다고 말하며 수줍게 웃는 승호가 낯설었다. 승호는 어딘지 반짝이던 생기가 사라지고 푸석한 얼굴이었다.

"〈원찬스〉는 해외 영화제 좀 돌렸어?"

"국내 영화제도 죄다 떨어졌는데 해외에서 상영해주겠냐."

"네 영화를 알아봐주는 사람이 세상 어딘가 있을 거야."

승호는 〈원찬스〉가 동유럽 쪽 어디어디 영화제 성향에 어울린다며 일러줬다. 해외 영화제 좋지. 내게도 칸, 베를린, 베니스 영화제의 수상작들을 다 챙겨보던 시절이 있었다. 나도 언젠가 해외 영화제에서 레드카펫을 밟는 꿈을 꾸면서.

"종현이 형은 요즘 뭐 하고 지내?"

"몰라. 헤어진 지 꽤 됐어. 넌? 여자친구 잘 만나?"

승호의 표정이 어두워졌다. SNS에서 소식이 끊어지고, 이렇게나 모습이 달라진 것을 보며 예상은 했지만……. 설마 승호가 장편영화를 중도 포기한 데에도 연관이 있을까. 장편 제작과정을 하차한 이유에 대해 "다음에 말해줄게"라는 승호에게 애써 캐묻고 싶지는 않았다.

"통제 똑바로 안 해!"

무전기에서 불호령이 떨어졌다. 통제에 불만을 표하던 중년 남자 한 명이 통제를 뚫고 뛰쳐나갔다. 잠시 촬영이 중단됐다.

"자, 이제 막컷이에요. 조금만 더 힘내주세요. IFC 입구부터 두 블록. 통제 시작!"

왼쪽 귀에 꽂은 무전기 이어폰으로 통제 신호가 전달됐다.

부우웅 소리를 내며 미세먼지 낀 대기로 날아가는 드론을 보며 내가 중얼거렸다.

"이런 날씨에 찍은 소스를 쓸 수 있을까."

"그걸 우리가 왜 걱정해. CG팀이 알아서 하겠지."

"할리우드인데 이런 식으로 일을 한다고?"

"뭐, 나중에 개봉해서 보면 알게 되겠지."

이런 면에서 승호는 나와 달랐다. 전전긍긍하며 어떻게든 결과를 예측하려는 나와 달리 승호는 어차피 예측한다고 해도 변할 건 없으니 그냥 두는 성격이다. 그건 영화를 하기에 부적합한 성격 아닌가. 영화는 기본적으로 통제다. 위대한 영화감독들은 대부분 통제광들이다.

줄을 서서 경광봉, 무전기, 형광 조끼를 반납하고 명단에 이름을 체크했다. 온종일 땡볕에서 먼지를 뒤집어쓰며 뛰어다녔더니 샤워가 간절했다. 승호는 더 대화를 나누고 싶은 눈치로 나를 빤히 쳐다보았다.

"한잔할래?"

승호가 술을 마시자고 하다니. 하루 종일 흘린 땀이 찝찝해서 빨리 집에 가서 씻고 싶었지만 시원한 맥주가 당기기도 했고, 무엇보다도 승호의 사연이 궁금했기에 그 제안을 뿌리칠 수 없었다.

"자, 짠."

호프집에서 맥주잔을 부딪친 뒤 승호가 술을 마시는 신기한 광경을 지켜봤다. 나는 시나리오 쓰고 있는 친구들에게 가장 궁금한 것을 물어봤다.

"넌 요즘 어디서 뭐로 돈 벌어?"

"나 요새 대치동에서 먹고산다."

대치동? 맥주 한 잔에 얼굴이 붉어진 승호가 근황을 들려줬다.

"논술학원에서 주말마다 논술 답안 첨삭하거든. 대치동 학원가 주말 아침 풍경이야말로 스펙터클이야. 학원은 아침 9시에 시작하는데, 새벽부터 도로에는 학생들 태워다 주는 부모의 차들이 줄을 서고, 계단에서 건물 밖까지 부모들과 학생들이 줄을 서고, 강의실하고 복도에는 자리를 맡아둔 가방이 줄줄이 줄 서 있다니까."

승호는 잠시 쉬며 맥주를 한 모금 마셨다.

"주말 아침 6시부터 줄 서 있는 아이들이 과연 보상심리가 없을 수 있을까? 학원 복도에 도배하듯 붙어 있는 합격증 보면 '얘네들 다 명문대 가려고 이러는 건데. 이런 애들이 대학 들어가서 과 잠바도 입고 다니고 그러는 거겠지' 싶어. 아등바등 그 안에서 서열을 만들고 계층화시키고. 취준생들도 마찬가지고."

그런 말을 서울대 나온 네가 하다니. 하긴 뭐 그 보상심리, 취준생뿐만 아니라 영화에 목매고 있는 우리도 가지고 있지. 십 년간 아무 소속감 없이 김밥 먹으며 버티면서 글 쓰면 '큰 거 한 방'이라는 보상심리가 생길 수밖에 없지.

서서히 취기가 올랐다. "넌 어떻게 지냈어?" 하는 승호의 물음에 이번에는 나의 근황을 들려주며 승호에게 유튜브 영상을 보여줬다. 흥미롭게 유튜브 영상을 보던 승호가 외쳤다.

"어, 나, 이 사람 알아!"

승호는 목소리와 뒤통수만으로 GV 빌런을 알아봤다. 승호는 독립영화 덕후이자 걸어다니는 데이터베이스여서 영화나 배우에 대해 물어보면 연도와 필모그래피까지 술술 나왔다.

"그 사람 고 선생님이라고 인터넷에서 유명하던데."

내가 덧붙였다.

"고 선생? 아, 이름 알았는데……. 무슨 행사 신청하면 이름이 항상 있어서 많이 봤어."

승호는 기억을 더듬으며 휴대폰으로 뭔가를 찾아봤다.

"GV 빌런들, 도대체 왜 그러는 걸까. 자기 영화 지식을 뽐내고 싶으면 평론가가 될 일이고. 대화가 하고 싶은데 할 사람이 없으면 돈을 내고 심리 상담을 받을 일이지. 왜 극장에서 남에게 피해를 주는 걸까."

내가 비아냥거렸다. 빌런들의 공통된 특성은 남들이 자신을 어떻게 생각하는지를 모르는 거다. 아니면 알면서도 자신이 더 중요하다거나. 그들도 영화를 사랑하는 걸까. 사람들에게 욕먹는 걸 즐기는 걸까. 그냥 사회성이 떨어져서 분위기 파악을 못하는 걸까.

"사회에 발언권 없는 사람들이 발언권을 가지게 되는 유일한 순간이라 그런 게 아닐까?"

승호가 추측했다. 정말 그런 걸까. 그렇게 생각하니 그들에 대한 짜증이 애잔함으로 녹아내렸다. 승호는 뭔가를 발견했는지 깜짝 놀라며 호들갑을 떨었다.

"혜나야, 그 사람 〈초록 사과〉 조감독이었어! 와, 최강호 감독 영화를 다섯 개나 했네."

뭐? 나는 술이 확 깨서 승호의 스마트폰을 낚아채다시피 했다. 내가 아무리 〈초록 사과〉를 좋아해도 그 영화의 조감독까지 알고 있지는 않았다. 네이버 영화 정보란에 뜬 이름은 고태경이고, 프로필 사진란에는 '이미지 준비 중'이라고 실루엣만 떠 있었다.

그는 90년대를 주름잡던 최강호 감독 밑에서 연출부로 세 작품, 조감독으로 두 작품이나 함께 한 최강호 사단의 일원이었다. 그의 필모그래피는 2000년에 멈춰 있었다. 365일 빠짐없이 극장에 출몰해 영화를 본다는 그가, 충무로 현장에서 십 년간 발로 뛴, 잔뼈 굵은 베테랑 스태프 출신이라고?

GV 빌런과의 조우는 눈살이 찌푸려지긴 했지만, 그저 '세상에 별 이상한 사람들 많지' '똥 밟았네' 하고 지나칠 일이었다. 그러나 〈초록 사과〉의 스태프였다니, 게다가 조감독이었다니 그에게 무척 흥미가 생겼다.

"GV 빌런에 대한 다큐 만들면 재밌겠다. 인터뷰해보는 거야. 관심 종자들이라서 인터뷰하면 좋아할걸?"

내가 툭 던졌다. 그리고 갑자기 섬광처럼 떠오른 아이디어가 술술 이어졌다.

"GV 빌런에 대한 영화가 끝나고 GV를 하는 GV 빌런. 그 GV 현장에 나타나는 다른 GV 빌런."

"새로운 도전자 등장! 그래, 자기도 당해봐야 알지. 그거 딱 영화 제용 영화네. 재밌겠다!"

승호가 킬킬거리며 웃었다.

"승호야, 너 다큐 촬영한 카메라, 그거 아직 있어?"

내가 대뜸 흥분해서 묻자 승호도 내 생각을 읽은 표정이었다.

"응, 그거 집에서 놀고 있지. 너 쓴다고 하면 빌려줄게. 연식은 좀 됐어도 쓸 만해."

오케이! 촬영 카메라는 해결됐고, 편집은 뭐로 해야 하나 생각하면서 팔려고 고민했던 월터가 생각났다. 후반작업 제작비는 어떻게 마련해서 어느 영화제에 출품할 수 있을까. 기획서를 잘 쓰면 제작 지원을 받을 수도 있겠다는 생각이 들었다. 나는 순식간에 이런 생각이 꼬리에 꼬리를 무는 것을 통제할 수 없었다.

"내가 다큐는 안 해봤는데……."

급하게 일을 벌이기 전의 마지막 망설임이었다.

"야, 나도 했는데 네가 왜 못해. 너 영화 잘 만들잖아."

승호의 다큐멘터리를 떠올리자 나도 만들 수 있겠다는 생각이 들었다. 아무리 세상에 동기부여되는 말들이 많이 있다지만 '나도 하겠는데?'만큼 효과적인 동력은 없다. 그래, 쟤도 했는데 내가 왜 못해. 나는 남은 맥주를 원샷으로 비웠다.

감독은 영화를 만들 때나 감독이지.

영화 만들 생각을 하는 것만큼 신나는 일이 또 있을까. 정말로 영화를 만들고 싶어졌다. 기회가 없으면 내가 기회를 만들어야지. 승호의 사연을 알아내겠다던 내 계획은 뒷전이 됐다.

　4,50분 정도의 중편 다큐멘터리를 만들 수 있겠다. GV 빌런, 프레임 밖에 있던 그에게 카메라가 돌아가면 어떨지 재미있겠다. 그 혹은 그들은 자신의 모습을 스크린에서 보더라도 낄낄거릴 수 있을까. 그의 얼굴이 화끈해지도록 일침을 가하고 싶었다. 그 덕에 극장까지 청정해진다면 더 좋고. 모처럼 새로운 일을 도모할 때의 에너지가 샘솟았다.

5

베리 임포턴트 펄슨

"명심해. 무조건 친해져서 네 사람을 만들어야 해. 관계 맺기가 인물 다큐의 전부야."

카메라를 빌리러 간 날, 승호는 다큐를 찍으며 얻게 된 귀한 노하우를 이것저것 일러주었다. 영화 현장의 품앗이는 은혜 갚은 까치처럼 갚아야 한다. 승호는 졸업영화에 내가 주연배우를 연결해준 일을 두고두고 고마워했다. 내가 거듭 고맙다고 하자 승호는 오히려 내게 도움을 줄 수 있어 다행이라며, 촬영 일손이 필요할 때 자신을 부르라고까지 했다.

나는 제작지원을 받기 위해 작성한 기획서를 들고 인디스페이스의 사무실을 찾아갔다. 기획서에는 '고태경과 그의 주변 인물들, 그리고 〈초록 사과〉의 최강호 감독과 주연배우인 채화영의 인터뷰를 담고자 한다'라고 작성했다.

채화영이 누구인가. 90년대 후반 충무로의 대표적인 배우로 미모 뿐만 아니라 연기력도 인정받는 톱스타다. 그 기품 있고 우아한 외모 덕에 '한국의 장만옥'이라는 수식어가 붙기도 했는데, 채화영은 '제2의 누구' 같은 수식어가 불필요한 배우다. 나는 그녀의 영화 클립을 따로 편집해 휴대폰에 저장하고 다닐 정도로 채화영의 팬이었다.

원래 기획서 쓸 때는 재미있는 법이다. 세상의 온갖 방해와 영화 현장의 별의별 잡귀들이 들러붙기 전이니까. 누구를 캐스팅하면 좋을까, A는 요즘 소문이 안 좋던데, B가 마스크는 참 좋지, C는 어때? 떡 줄 사람은 꿈도 안 꾸는데 김칫국부터 실컷 마실 수 있는 순간이다.

채화영이 〈초록 사과〉의 조감독이었던 고태경을 기억하고 있을까. 상업적으로는 참패했지만 작품성은 좋은 평가를 받았고 청룡 신인 여우상을 받았으므로, 〈초록 사과〉에 대한 기억도 좋을 것이다.

"재미있을 것 같네요. 그런데 고 선생님이 출연에 응하실까요?"

자초지종을 들은 유 프로가 우려를 표했다. 어차피 고태경의 주요 출현 장소도 극장이니 촬영 허가를 받아야 했다. 몇 가지 주의사항이 있었지만, 다행히 극장 쪽은 협조적이었다.

"고 선생님에게 어떤 제지를 가하기에는 애매해요. 극장은 누구에게나 열려 있는 곳이니까요. 극장 입장도 난처하죠. 고 선생님은 이 극장에서 개봉하는 모든 영화를 관람하는 VIP 고객인걸요."

유 프로는 인터넷에 떠도는 고태경의 전설에 대해 어느 정도는 사실이라고 했다. 유 프로의 말에 의하면, 그는 극장에 걸리는 거의 모든 영화의 관객과의 대화에 참석하며, 특히나 영화제 기간에는 열심히 출석하여 하루에 서너 편의 영화를 봤다. 그는 항상 같은 옷을 입고 극장에 나타났고 폭염 속에서도 베레모를 벗는 법이 없었다. 고태경이 베레모를 벗는 경우는 상영관의 불이 꺼지고 영화가 상영될 때뿐이었다.

"클레임도 많으시고 GV에서는 좀 곤란할 때가 있지만, 상영 때 매너는 칼같이 지키셔요. 오히려 극장 에티켓을 지키는 파수꾼 역할을 하고 계시고요. 고 선생님은 한마디로 극장에 대해서만큼은 칸트적인 인물이시죠."

"칸트적이요?"

"독일 철학자 칸트는 항상 정확한 시간에 산책해서 마을 사람들이 칸트를 보고 시계를 맞출 정도였대요. 아주 정확하시고요. 엄격한 원칙주의자세요."

내가 무슨 소리인지 잘 모르겠다는 듯이 있자 유 프로가 장난기 있는 얼굴로 웃으며 말했다.

"이제 지켜보시면 알게 되실 거예요."

전혀 악의 없는 웃음이었지만 웃음의 의미가 '고생 좀 할 거다'처럼 느껴졌다.

나는 그가 정말 엄격하게 원칙을 지키는 사람인지 궁금했다. 그런 사람은 찾아보기 어렵다. 타인의 폭력에 예민한 감수성을 지닌 것처럼 굴면서 술자리에서 술을 강권하거나, 환경을 생각하는 척하면서 길에서 담배를 피운 뒤 담배꽁초를 아무 데나 버리는 사람들 천지였다.

"다음에 유 프로님 정식으로 인터뷰 부탁드려도 될까요?"

"저를요?"

유 프로는 꺄하하 하고 하이톤으로 웃으면서도 "그럼 그렇게 알고 있겠습니다. 미리 연락주세요"라며 거절하지 않았다. 유 프로는 다시 한번 다큐멘터리가 기대된다고 말해주었다. 지지를 받은 것 같아 가슴이 뜨거워졌다.

고태경은 오늘도 극장에 부지런히 출근 도장을 찍었다. 아직은 이 다큐멘터리를 시작할 수 있을지 알 수 없다. 가장 큰 과제는 GV 빌런에게 출연 동의를 구하는 거였다. 무턱대고 카메라를 들이댈 수는 없었다. 승호의 말처럼 친해지는 게 우선이므로, 혹시나 잘 풀려 막걸리라도 마시게 되면 어디가 좋을지 답사도 해봤다.

그는 지금 어디에 살고 있으며 무엇으로 생계를 해결할까? 인터넷에 떠도는 이야기는 정말일까? GV 빌런들은 혼자 다닌다. 사회성이 떨어지는 그런 사람이 친구가 있을 것 같지 않고, 같이 영화를 보러 다니는 동행인이 있다면 빌런 짓을 말렸을 거다. 조감독까지 했으면 그도 한때는 감독 지망생이었을 텐데, 지난 십구 년간 어떤 일이 있었을까.

영화가 끝나고 쏟아져나오는 사람들 사이에서, 어김없이 베레모를 쓰고 있는 그를 단번에 발견했다. 그는 황갈색의 낡은 007 서류 가방을 들고 있어 꼭 퇴근하는 사람처럼 보였다. 극장을 빠져나온 그의 뒤를 따라가는데, 몰래 스파이 행위라도 하는 것처럼 심장이 콩닥거렸다. 보는 눈이 많은 장소에서도 무례하고 자기중심적으로 행동하는 사람이니, 사적으로 만났을 때는 봉변을 당하는 것은 아닐까 걱정되기도 했다.

나는 그가 횡단보도를 건너기 전에 용기 내서 말을 걸었다.

"저기요. 선생님, 안녕하세요. 저 알아보시겠어요? 조혜나라고 합니다."

뒤를 돌아본 고태경이 의심스러운 눈초리로 물었다.

"나를 따라온 거요?"

내가 지난번 일로 따지러 온 것이라고, 그가 오해할 수도 있겠다고 생각했다.

"혹시 지금 바쁘세요? 드릴 말씀이 있는데 잠시만 시간 내주시면 커피 대접해드리고 싶어요."

나는 최대한 친근하게 웃으며 말했다. 고태경은 경계하는 눈빛을 좀처럼 풀지 않았다.

고태경이 자주 온다는 을지다방에 마주 앉아 어색하게 자기소개를 했다. 다방 안은 스타벅스 같은 곳과는 달리 허름하고 퀴퀴했으나 조용했다. 화장실도 협소하고 세면대도 없어 바가지에 물을 떠서 사용해야 했지만, 그 불편을 감수할 만큼 볕이 참 좋고 운치 있었다.

마주한 고태경은 GV 때는 몰랐지만 꽤 건장한 체격이었다. 가까이서 살펴보니 얼핏 잭 니콜슨을 닮았달까. 추켜올려진 눈썹은 고집이 대단해 보였고, 높이 솟은 콧대가 젊었을 때 미남 소리 들었을 법한 얼굴이었다. 꼿꼿하게 유지하고 있는 곧은 자세는 깐깐한 인상을 풍기고 있었다. 같은 스타일의 패션을 고수했지만, 그래도 옷차림

은 깔끔한 편이었다. 베레모 밑으로 삐져나온 짧은 머리에는 드문드
문 새치가 희끗했다.

"나를 왜? 나에 대한 무슨 다큐를 찍겠다는 거요?"

고태경은 다큐멘터리를 촬영하고 싶다는 나의 말을 듣더니 물
었다. 팔짱을 낀 고태경은 생전 처음 받는 제안에 방어적이었다. 평
생 카메라 앞에 선 적 없는 사람에게 갑자기 자신을 기록하고 공공
에 상영한다고 하면 당연한 반응이었다. 나는 마치 면접을 보는 기
분으로, 허리를 세우고 자세를 고쳐 앉아 다큐멘터리의 취지를 설명
했다.

"선생님 대단한 시네필이시잖아요. 진정한 영화 애호가, 극장 애호
가에 대해 다큐멘터리를 찍으려고 해요. GV에서 질문하시는 걸 보
니 영화 보는 식견도 높으신 것 같고요."

고태경이 미심쩍다는 태도로 나의 눈을 빤히 바라보자, 뭔가를
들킨 듯한 기분이 들었다.

"어디서 제작하는 겁니까? 학생 작품인거요?"

"학생 작품은 아니고요. 제가 독립적으로 만드는 거고, 영화제에
출품하려고 해요."

"부산국제영화제 같은 데?"

"네에, 뭐. 거기도 상영하면 좋죠."

나는 어색하게 웃었다. 한국에서 영화한다는 사람 중에 자기 영화
로 초청받기 전까지는 부산에 가지 않겠다고 선언한 뒤로 십 년 넘
게 부산국제영화제를 못 가본 사람이 나 혼자만은 아닐 거다.

여전히 팔짱을 낀 채 고개를 주억거리며 뭔가를 생각하던 고태경

은 나에게 질문을 던지기 시작했다.

"나를 통해 자네의 영화에 대한 애정을 담고 싶은 거요? 자네가 정확히 뭘 담으려는지 잘 모르겠는데?"

'다큐멘터리니까 명확히 알지 않더라도 만들면서 찾아가면 되지 않을까요. 제가 다 알 수도 없는 것이고요. 그것이 다큐멘터리의 진정한 미덕이자 미학입니다'라고 말하고 싶었지만 적어도 고태경을 설득해야 하는 지금 떠벌릴 말은 아니었다. 그는 한참 이런저런 생각에 잠긴 듯했다.

"조 감독은 어떤 영화를 좋아해요?"

뜻밖의 제안을 한 내게 조금은 호기심이 생기는지 그가 물었다. 나는 기다렸다는 듯이 신나서 대답했다.

"한국영화 중에는 〈초록 사과〉를 제일 좋아해요. 그 시절에는 정말 드물게 여자 주인공 시점에서 전개되는 멜로영화였잖아요. 그 영화의 쿨하고 세련된 공기와 주체적인 여성 캐릭터. 지금 영화들보다도 더 모던하고 시대를 앞서간 작품이라고 생각해요. 무엇보다도 제가 제일 좋아하는 배우인 채화영 최고의 연기는 이 작품이었다고 봐요."

내 기대와 달리 고태경의 표정에 눈에 띄는 변화는 없었다. 오히려 〈초록 사과〉에 대해 이야기하면서 신난 표정을 숨길 수 없는 것은 내 쪽이었다. 그건 영업용 표정도 계획된 연기도 아니었다. 나는 필름 시대에 어떻게 더 좋은 영화들이 많이 탄생할 수 있었는지에 대해, 그런 좋은 영화가 어째서 관객들에게 외면받은 것인지에 대해 열변을 토했다.

고태경과의 대면에서 인상에 남은 것은 감정이 잘 드러나지 않는 무표정이었다. 세상에 무심한 듯한 표정으로 어떻게 그 많은 영화를 보고 돌아다니는지 궁금했다. 그도 감동하고 눈물을 훔치기도 할까. 그런 그가 나의 〈초록 사과〉 예찬에 훗, 하고 짧게 미소를 지었다.

나는 그의 입에서 거절의 말이 나올까 초조해져서 덧붙였다.

"선생님, 한때 영화인이기도 하셨잖아요. 과거에 영화인이셨던 분들이 현장을 떠나서도 어떻게 영화와 극장을 사랑하며 지내는지 담고 싶……."

"나 아직 영화인이오."

고태경이 서늘한 목소리로 내 말을 잘랐다.

아차. 분위기가 급속도로 냉각되고 무거운 공기가 깔렸다. 나는 당황하여 곧바로 사과했다. 내가 몸이 굳어 어쩔 줄 몰라 하는데 고태경은 시계를 보더니 일이 있다며 일어섰다. 화가 난 걸까. 내가 황급히 기획서를 건네며 "제가 어떻게 연락드리면 좋을까요?"라고 묻자 그는 명함을 건넨 뒤 사라졌다.

Taxi Driver 고태경. 안전하고 친절하게 모시겠습니다.

귀여운 노란 택시가 그려진 개인택시 명함이었다.

*

한교영 선배인 B감독의 〈악당들〉 VIP 시사회가 열린 복합쇼핑몰은 언제나 인파로 북적이는 정신 사나운 곳이었다. 한마디로 영화를 진득하게 감상하기에는 부적합한 장소다.

단톡방에 동기들이 하나둘 늦는다는 카톡이 왔고, 승호는 알바 때문에 오지 못한다고 했다. 나는 괜히 일찍 와서 극장 로비에서 뻘쭘하게 서성이고 있었다. 〈원찬스〉의 실패 이후로 이런 모임 자리에 나온 것은 처음이었다. 내가 두려운 것은 영화 업계 관계자들의 유령 취급이었다. 내 단편 〈한나〉를 좋아해주고 영화 관련 행사에서 누구보다 반갑게 인사해주던 한 독립영화 관계자가 〈원찬스〉 이후로는 마주쳐도 인사도 안 하고 나를 피하듯 지나쳤다. 못 보고 지나친 것일 수도 있겠지만……. 자존감이 썰물처럼 빠져나갔다.

'구린 영화를 만들면 구린 사람이 되는 거야.'

조병훈의 목소리가 내 머릿속에 코러스처럼 울려 퍼졌다. 내게서 실패의 냄새라도 나나 싶어 팔을 들어 쿵쿵 냄새를 맡아보았다. 역시 괜히 왔다.

베리 임포턴트 펄슨 시사회답게 극장은 유명 배우들과 감독들이 득실댔고, 그들을 보고 연신 수군거리며 휴대폰으로 촬영해대는 사람들로 더 정신이 없었다. 동기 중 제일 잘나가는 동준이 먼저 나타났다. 까무잡잡하고 단단한 인상의 동준은 이전보다 더 자신감이 넘쳐 보였다. 작년에 가장 주목받은 독립장편을 찍어 관계자들이 모두 동준을 알고 있었다. 동준은 봉준호, 최동훈 같은 유명 감독들하고도 웃으며 악수를 했다.

동기들 몇몇은 단편 시절부터 프로듀서들에게 명함을 받고 활발히 미팅을 했다. 그래본 적이 없는 나는 위기감을 느끼며 우주에 쏘아놓은 미지의 신호를 기다렸다. 왜 내게는 나타나지 않는지, 그들은 도대체 어떻게 생긴 존재들인지. 영화 〈컨택트〉에서 봤던 미지의 외계인, 문어처럼 생긴 헵타포드를 상상해봤다. 그런 생각을 하고 있는데 마침 민머리를 한 사내가 다가왔다.

"안녕하세요, 김동준 감독님. 저는 '푸른 고래' 영화사의 하준수 피디라고 합니다. 감독님, 요즘 어떻게 지내고 계세요?"

하 피디는 생글 웃으며 내가 아닌 동준에게 명함을 건넸다.

"아, 저 '라이언 픽처스'에서 영화 준비하고 있습니다."

동준도 황금 사자 로고가 금박으로 박힌 고급스러운 명함을 하 피디에게 건넸다. 고래에, 사자에, 아주 동물의 왕국이구나. 나는 둘 사이에 투명인간처럼 서 있다가 "화장실 좀" 하고 자리를 벗어났다.

관심의 공산주의가 필요하다. 관심의 재분배, 최소생계 유지처럼 최소관심 유지가 되는 사회. 아무도 내게 명함을 건네지 않았다. 내가 오늘 받은 명함이라곤 고태경의 개인택시 명함뿐이었다.

"어떡하냐……."

엘리베이터에 타면서 동기 중 한 명이 중얼거렸다. 쉿! 여기 다 관계자들이야. 상영관을 나와서 다들 말을 아꼈다. 속마음들이 들리는 듯했다. 이 영화에 80억 원이 쓰였다니. 영화는 참담해서 눈을 감아버리고 싶었다. 단편 시절, 미스터리의 장르적인 긴장감을 탁월하게 연출하는 솜씨로 주목받았던 B선배였는데 〈악당들〉은 누가 연출했어도 상관없었을 무색무취의 오락영화였다. 그것도 잘 빠진 게 아니라 클리셰 범벅으로 밋밋해져 버린. 빠르게 넘어가는 컷들은 속도

감을 위한 게 아니라 이미지에 자신이 없어 얼른 넘기는 것처럼 느껴졌다.

나는 그래도 B선배가 대단해 보였다. 현장과 편집실에서의 어마어마한 수난기를 들었기 때문이었다. 세상에 나쁜 영화는 없다. 나도 이런 영화를 만들고 싶다는 자극을 주는 좋은 영화, 나도 할 수 있겠다는 용기를 주는 좋은 영화뿐이다. 오늘 본 영화는 후자에 가까웠다.

"뒤풀이 안 가? 조금만 앉아 있다 가."

집으로 가려는 나를 동준이 붙잡았다.

어차피 뒤풀이 가봐야 나는 깍두기로 있겠지,라는 생각이 들었지만, 오랜만에 동기들과 회포를 풀고 싶은 마음이 더 컸기에 나는 못 이기는 척 따라갔다.

안 왔으면 큰일 날 뻔했네.

30분 뒤 나는 그런 생각을 하고 있었다. 뒤풀이가 열린 감자탕집에는 스크린에서 자주 보던 스타들이 함께 섞여 앉았는데, 바로 옆 테이블에 채화영 배우가 앉은 것이다! 나는 자리에서 벌떡 일어났다. 촌스럽게 호들갑 떨기에는 눈치가 보여 자제했지만 계속 흘끔거렸다. 채화영은 사십대 후반에 가까운 나이였지만, 세월을 비껴갔다는 표현이 딱 들어맞는 동안이었다. 배우들이야 종종 보는 편이었는데도 심장이 뛰었다. 채화영은 배우들의 배우, 스타들의 스타였다.

나는 계속 눈치를 보다가 용기 내서 싹싹하게 말을 걸었다.

"선배님, 제가 제일 좋아하는 영화가 〈초록 사과〉예요."

"어머 그래요?"

"네. 제가 다큐멘터리를 촬영하고 있는데요. 〈초록 사과〉의 고태경 조감독님이라고…… 기억하시나요?"

채화영은 아주 뜻밖의 이름을 들었다는 듯 큰 눈망울을 더 크게 떴다. 아주 잠시 스쳐 지나가는 표정은 당혹감이었다. 이름을 기억하지 못하는 것인지도 몰랐다. 하긴 얼마나 많은 영화 현장과 스태프들을 겪었겠는가.

"배우님 인터뷰를 꼭 하고 싶은데 제가 매니저님 통해서 연락드려도 될까요?"

동준처럼 번듯한 영화사의 명함을 건넬 수 있었다면 좋았으련만. 내가 찍은 첫 장편영화가 당연히 나의 명함이었지만, 나는 〈원찬스〉 감독이라고 소개하지 않고 한교영을 나왔다고 소개했다.

"혜나 씨, 그러면 내가 매니저 연락처를 줄 테니까……."

채화영이 무언가 말하려는데 반갑지 않은 훼방꾼이 나타났다.

"너네는 아직도 몰려다니냐."

카랑카랑한 목소리에 목뒤가 뻣뻣해지고 닭살이 돋았다. 조병훈 교수였다. 뾰족한 얼굴에 날카로운 눈매, 좁은 입술이 오늘따라 유난히 두드러져 보였다. 이제는 조병훈을 볼 일이 없다고 생각했는데……. 나는 꾸벅 인사를 했다. 조병훈은 인사를 받는 둥 마는 둥 나를 투명인간 취급하더니 동준에게 가서 사근사근하게 물었다.

"동준아, 요새 준비하는 거는 어떻게 돼 가냐? 정신없지?"

"네, 지금 한창 프리프로덕션 중인데요. 잘 진행하고 있습니다."

"뭐 도움 필요하면 언제든지 연락하고."

참 눈물겨운 사제지간이다.

"넌 요즘 뭐하나?"

조병훈은 동준에게는 '동준아'라고 이름을 불렀지만, 나에게는 '너'라고 불렀다. 꼭 중고등학교 때 남자애들 무리 중에서 볼 수 있던, 강자한테 약하고 약자한테 강하던 아첨꾼 같았다. 나는 글을 쓰고 있다고 얼버무리며 술잔을 비웠다. 오늘은 술 안 마시려고 했는데.

"이 친구 영화 잘 만들어. 화영 씨 〈간증의 밤〉 봤지?"

조병훈이 채화영에게 동준을 소개했다. 채화영이 반달 모양으로 눈웃음을 지었다.

"아, 〈간증의 밤〉 감독님이구나. 당연히 봤죠. 영화 너무 좋던데 조 감독님 제자였구나."

조 감독. 조병훈이 나와 같은 조 씨라는 게 짜증이 났다.

"제자는 무슨 이제 경쟁자지 뭐. 이제 난 젊은 피들한테 안 돼. 하하."

"김 감독님, 지금 준비하는 영화는 뭐예요? 좋은 시나리오 있으면 저도 연락 줘요. 호호."

채화영이 동준에게 영업을 했다. 채화영이! 게다가 나는 혜나 씨였고 동준은 김 감독님이었다. 영화 잘 찍고 볼 일이다.

술자리가 이어지고 나는 담배를 피우러 나왔다. 평소에는 전자담배를 피웠지만, 오늘은 독한 게 피우고 싶었다. 따라 나온 동준에게 연초를 빌리며 말했다.

"하여튼 조병훈 재수 없어. 사람이 어쩜 저렇게 일관됐냐."

동준이 공감한다는 듯 웃더니 나의 근황을 물어왔다.

"〈원찬스〉 개봉하고서 영화사랑 미팅은 좀 했어?"

"그냥 뭐 혼자 쓰고 있지. 반응이 전혀 없네."

내가 겸연쩍어하며 웃었다.

"초조해하지 말고 좀 기다려봐. 연락 올 거야. 나도 영화 토렌트 풀리고 하니까 그거 보고 연락 많이 오더라. 총알이나 많이 준비해둬."

총알은 시나리오나 아이템을 말한다. 나는 쓰게 웃으며 연기를 길게 뿜었다. 동준에게 얻어 피운 말보로는 독하고 맛없었다.

취기가 오른 상태로 집에 돌아와서도 동준의 말이 맴돌았다. 토렌트 풀리니까 그래도 연락 좀 오더라라니. 영화 제작자들이 개봉했을 때 부지런히 영화 보러 극장도 안 다닌다는 말이야? '원찬스 토렌트'를 검색창에 쳤다. 2013년 영국 영화 〈원챈스〉만 잔뜩 나왔다. 그렇다. 〈원찬스〉는 불법 다운로드 프로그램인 토렌트에조차 안 풀리는 영화였다.

나는 '이거 토렌트에 풀어버릴까' 하는 생각이 들었고, 여느 때처럼 생각을 행동에 옮기는 데는 오래 걸리지 않았다. 나는 구글에서 토렌트 배포하는 법을 검색했다. 너무 쉽게 많은 정보가 나왔다. 다시 생각해도 무플은 악플만큼 끔찍한 일이었다. 〈원찬스〉로 나를 평가받고 싶지는 않으면서도 그 추위에 그 고생을 하며 찍었는데, 한 명이라도 더 내 영화를 봤으면 싶었다.

나는 토렌트에 내 영화 배포 게시물을 올리고 잠들어버렸다.

6

조건이 있어

일어나자마자 제일 먼저 하는 일, 커피를 내리고 월터 앞에 앉아 습관적으로 검색창에 〈원찬스〉를 쳐 넣었다. 댓글 평가가 꽤 늘어나 있었다. 유료 다운로드받지는 않지만 토렌트로 풀리자 꽤 봤는가 보다. 과연 그렇게 토렌트로 받은 영화를 얼마나 스킵하면서 몇 배속으로 봤을지는 모를 일이지만. 토렌트 사이트에 들어가보니 〈원찬스〉가 상업영화와 할리우드영화를 제치고 일간 다운로드 베스트 1위를 찍었다. 그래도 1등을 한 번 해보는구나. 그것도 기념이라고 자조하며 캡처를 했다.

나는 〈원찬스〉로 동전 한 푼도 벌지 못했다. 영화는 꿈을 먹고 사는 일이기에 노동으로 칠 수 없는 것인가? 영화는 타르코프스키의 말마따나 순교자의 길인가? 그럼 엄마는 또 이렇게 말하겠지. '그러게 월급 따박따박 나오는 방송국 들어가랬잖아.'

귀신같이 엄마에게서 전화가 왔다. "밥은 먹고 다니냐?"로 시작된 안부 인사는 결국 잔소리로 귀결됐다.

"어떻게 내 배 속에서 너 같은 청개구리가 태어났는지 모르겠다. 너 그거 언제까지 할 거야?"

글쎄, 나도 잘 모르겠어, 엄마.

엄마는 〈원찬스〉를 보고 별로 재미는 없다면서도 티켓을 직접 구매해서 친지들에게 나눠줬다. 전국 987명의 관객 중 20명은 책임진 셈이었다. 엄마 친구들이 좋아할 영화는 아닌데…….

"지금이라도 안 늦었어, 공무원 시험 준비해."

"공무원은 무슨 공무원이야."

"네 나이에 이제 받아줄 데는 공무원밖에 없지. 그래 가지고 결혼이나 하겠냐."

아, 진짜 어쩔 수 없는 옛날 사람.

"엄마는 무슨 결혼 생활 행복하지도 않았으면서."

내 말에 엄마는 타격을 입지도 않고 반격했다.

"너는 그거 적성에 안 맞는다니까. 영화라는 게 종합예술 아니냐. 그 어려운 걸 네가 뭔 재주로 한다는 거야. 너 유튜브 할 생각 없어? 요즘에 나이 든 사람들 유튜브 엄청 봐. 돈도 잘 번다던데."

우리 집은 늘 이런 식이다. 엄마, 나 그래도 토렌트에서 1등 했어.

*

우선은 고태경과 가까워져야 하는데, 오십대 남자와는 어떻게 친해져야 하는지 난감했다. 고태경이 좋아하는 건 뭘까? 그에 대한 정보가 없으니 극장과 영화밖에 생각나지 않았다. 내가 언제 뵐 수 있겠냐고 메시지를 보내자 내일 만나자는 답장이 왔다. 내가 카메라를 가지고 가도 되겠냐고 물었더니, 상관없다는 답이 왔다. 문자를 받은 나는 영화 제작이 본격적으로 시작된 것처럼 두근거렸다.

고태경이 만나자고 한 을지다방으로 갔다. 날이 더운데도 고태경은 여느 때와 똑같은 차림으로 베레모를 쓰고 서류 가방을 들고 나타났다. 그는 내가 들고 온 무식하게 무거운 알루미늄 하드 케이스와 카메라 기종에 관심을 가지고 살펴봤다.

"선생님, 말씀 편하게 하세요."

내가 사근사근한 태도로 다가갔다.

"아니에요. 이게 더 편해요."

고태경은 물끄러미 나를 보더니 물러섰다. 애써 벽을 세우고 거리를 두려는 게 느껴졌다.

"지난번에 드린 기획서는 한번 살펴보셨어요?"

"부산에서는 틀어줄 것 같지 않던데요."

고태경은 카메라에 시선을 둔 채로 심드렁하게 말했다.

"왜요?"

나는 발끈했다. 고태경은 부산영화제에서 상영되는 다큐멘터리 영화의 경향들에 대해 말했고, 나는 그렇지 않다고 친구의 사적인 다큐멘터리도 상영됐었다고 반박했다. 괜히 포커페이스라는 단어가 있는 게 아니었다. 고태경의 무표정한 얼굴과 말투를 보니 수락을 하려는 건지 거절하려는 건지 감이 안 왔다.

나는 이것저것 고태경에게 묻기 전에, 그의 마음을 열고자 나의 얘기부터 들려주었다. 어린 시절 〈초록 사과〉를 보고 영화에 빠진 것부터, 기회가 생겼을 때 급하게 스태프를 못 구하고 〈원찬스〉 촬영에 들어간 것까지. 나는 촬영 회차가 반 토막 난 〈원찬스〉 현장에서 프로듀서에게 어떻게 안 되겠느냐고 무릎까지 꿇었지만, 촬영은 전부 마치지 못하고 종료되었다. 십 년 동안 염원하던 내 집을 드디어 짓게 됐는데 공사 기간과 재료가 절반밖에 주어지지 않은 거랄까. 부실시공이 될 수밖에 없었다.

"여느 영화과 졸업단편보다도 준비가 안 된 현장이었어요. 제작 기간 때문에 어쩔 수 없이 엔지를 오케이 해야 했어요."

내가 말해놓고 그것이 지금까지의 내 인생을 요약하는 것만 같았다. 노 굿을 오케이 하면서 살아온 인생, 변명 같은 인생. 관객들은 그런 사정에 관심이 없다. 영화는 영화로 말하는 것이다. 고태경은 진지한 표정으로 나의 이야기를 들으며 이따금 고개를 끄덕였다.

나는 본론으로 들어가지 못하고 다른 이야기를 꺼냈다.

"고 선생님, 인터넷은 안 하시나요?"

"영화제 예매하려면 인터넷 해야지요."

그의 대답을 듣자 인터넷에 친숙하지 못한 기성세대들은 인기 있는 영화제나 기획전 상영의 예매 전쟁에서 소외되겠다는 생각이 들었다.

"인터넷에 선생님 이야기가 꽤 있는 거 아세요?"

내가 살짝 웃으며 농담조로 조심스럽게 묻자 그는 표정에 조금의 변화도 없이 중얼거렸다.

"좋은 얘기는 아니겠네요."

마치 자신이 어떻게 보일지 알고 있다는 투였다. 익명의 조롱 같은 건 전혀 개의치 않는 듯한 태도였다. '아시면서도 GV에서 왜 그러시는 거예요?'라고 대뜸 물어보고 싶었지만, 나는 GV 빌런이 아니었으므로 참았다.

나는 슬슬 조바심이 일어 단도직입으로 물었다.

"다큐멘터리는 생각 좀 해보셨어요?"

고태경은 천천히 고개를 저었다. 낭패감이 들었다.

"안 되겠어요."

"아니, 선생님. 왜요?"

"의도가 불순해요."

나는 거짓말하다 들킨 사람처럼 눈을 크게 깜빡였다.

"불순하다뇨? 제가 이걸로 뭐 돈을 벌려는 것도 아니고……."

"조 감독 스스로 더 잘 알 텐데요."

내 생각을 꿰뚫어 보는 듯한 눈빛이었다. 나는 반박하면서도 찔리는 구석이 있었다.

"그럼 카메라는 왜 가지고 오라고 하신 거예요?"

"내가 언제 가지고 오라고 했나. 가져와도 상관없다고 했지요."

고태경이 심드렁한 표정으로 나를 봤다. 그리고는 손목시계를 흘끗 보더니 일어날 채비를 했다.

"더 있을 거요? 봐야 할 영화가 있어서 나 먼저 일어날게요."

내가 어, 하는 사이 고태경은 나를 남겨두고 자리를 떴다. 이대로 포기할 순 없었다. 영화과에서 체득한 건 회유, 설득, 매달리기,

안 되면 되게 하라는 정신이었다. 단편 〈한나〉 촬영 때에도 그랬다. 내 마음에 딱 드는 마당이 있는 빨간 벽돌집을 발견했다. 섭외를 위해 장소 이용료를 드린다고 해도 주인 할머니는 완고하게 거절했다. 보름간 주인 할머니 댁을 찾아가서 빨래, 청소, 안마까지 안 해본 게 없었다. 지친 스태프들이 다른 대안을 찾자고 했지만 결국 집념으로 촬영 허락을 얻어냈고, 그 집에서 촬영한 장면이 상영될 때마다 뿌듯했다. 나는 뒤늦게 자리에서 일어나 고태경의 뒤를 졸졸 따라붙었다. 그가 갈 곳은 뻔했다.

극장 매표소에 도착한 고태경은 좌석 여유가 있음에도 극장의 맨 뒷자리 표를 끊었다. 한국독립영화였고 상영이 끝나고 GV가 예정되어 있었다. 나는 고태경의 뒤에서 나타나 말했다.

"저는 이분 옆자리 주세요."

"지금 뭐 하는 거요?"

"저도 이 영화 보고 싶어서요."

"어차피 옆에 앉아서 대화 나눌 것도 아닌데 따로 앉지 그래요."

고태경은 못마땅한 표정으로 말했다.

나는 굴하지 않고 고태경의 옆 좌석을 구매했다. 오십대 남자와 둘이서 영화를 보는 건 처음 있는 일이었다. 고태경은 상영 시작 전에 서류 가방에서 큼직한 대학노트를 꺼내 무릎 위에 올려두었고, 극장의 불이 꺼지자 모자를 벗었다. 그는 스크린에서 눈을 떼지 않은 채, 대학노트에 뭔가를 열심히 메모했다. 오랜 시간 기술을 습득했는지 필기하는 소리도 거의 들리지 않았다. 어두워서 자신이 쓰는 글씨를 알아볼 수나 있을까 싶었다.

그런데 상영이 시작된 지 한 시간 즈음부터 대각선 앞자리에 앉은 남성이 휴대폰을 수시로 확인했다. 삼십대 후반 정도로 보이는 그는 목덜미에 타투를 하고 있었다. 나는 평소에 '반딧불'들에게 '저기요, 휴대폰 불빛이 방해되거든요'라고 깐깐하게 말하는 편이었지만, 험상궂게 생긴 남자와 트러블이 생길까 싶어 주저했다.

그때 고태경이 낮은 목소리로 그를 저지했다.

"거 방해되니 휴대폰 하지 마쇼."

나는 흠칫하며 놀랐고, 남자는 뒤를 돌아 목소리의 주인인 고태경을 찾았다. 남자와 고태경은 서부극의 총잡이들처럼 서로를 노려봤다. 잠시 팽팽한 긴장이 감돌았다. 결국 남자는 고태경의 완고한 표정에 휴대폰을 집어넣었다. 나는 다시 무심하게 스크린을 응시하는 고태경을 보며 우리 편이 이긴 것 같은 쾌감을 느꼈다.

영화가 끝나고 고태경은 단호히 말했다.

"미국 대통령이어도 김정은이어도 극장에서 휴대폰은 안 될 일이지."

그런 고태경이 약간 멋져 보인 것도 잠시뿐이었다. 영화가 끝나고 GV가 시작되자 고태경은 여느 때처럼 손을 번쩍 들고는 마이크를 건네받았다.

"우선 영화 잘 봤습니다. 그런데 왜 결말을 이렇게 끝낸 건지 듣고 싶습니다."

강인해 보이는 인상과 달리 수줍게 GV에 임하던 삼십대 중반의 청년 감독이 대답했다.

"일종의 열린 결말로 관객들에게 질문을 던지고 싶었던 거죠. 주인공의 입장이라면, 관객분들은 과연 어떤 선택을 할 수 있을까."

이전에도 이런 질문을 받았었는지 준비한 멘트를 외운 티가 났다. 그러나 고태경은 호락호락하지 않았다.

"열린 결말이라고 하기에는 던져놓은 떡밥 회수가 너무 안 되지 않았나요. 그걸 전부 맥거핀이었다고 말하는 거요?"

"결말이 불친절했다고 느끼셨군요."

"불친절을 넘어서 두 시간 동안 감상한 관객으로서 매우 무례하고 무책임하다고 느꼈습니다."

"제가 사과라도 해야 할까요?"

어색하게 하하 웃는 얼굴이었지만, 감독도 만만치 않았다. 상영관의 분위기는 썰렁해졌다. 관객 중 몇몇은 고태경을 알아보고 "저 사람, 그 사람 아냐? 유튜브에 감독하고 싸운 GV 빌런?" 하고 수군거렸다. 고태경의 옆자리에 앉아 있으려니 나는 얼굴이 화끈거렸다. 관객들이 내 얼굴도 알아볼까 싶어 고개를 숙였다. 따로 앉자고 할 때 따로 앉을걸. 나는 고개를 숙이고 있다가 고태경이 펼쳐놓은 노트를 보게 됐다. '최용혁 촬영감독. 절제된 카메라 워킹이 인상적. 새벽 장면의 조명 세팅 훌륭.' 노트에는 감상한 영화의 연출, 촬영, 편집에 대한 메모가 깨알처럼 빼곡했다. 어둠 속에서 쓴 것 치고는 정갈한 글씨였다.

"고 선생님, 밥 좀 사주세요."

극장을 나서며 내가 말했다. 이왕 이렇게 된 거, 계속 뻔뻔하게 나가기 전략이었다.

"내가 왜 밥을 사줘요?"

"영화인 후배에게 밥 좀 사주실 수 있는 거 아니에요?"

그가 강조했던 '영화인'에 방점을 찍어 말했다. 고태경은 못마땅한 표정으로 나를 보더니, 뭘 좋아하느냐고 물었다. 나는 가리는 것 없이 다 잘 먹는다고 넉살 좋게 대답했다. 고태경은 상인들이 호객하는 골목을 지나 맛있는 연탄 갈비 냄새가 나는 노포에 나를 데리고 갔다. 5월 저녁의 을지로 거리는 대학 축제라도 열린 것처럼 야외 테이블에서 술 마시는 사람들로 바글거렸다. 나는 주변의 달뜬 분위기에 이끌려 목소리 톤을 한껏 높였다.

"선생님, 주종은 뭘 좋아하세요? 소주 한 병 시킬까요?"

"나는 술 끊었어요."

단호하게 거절하는 태도가 술에 꽤나 사연이 있는 듯했다. 고태경이 취하면 어떨지 몰라 다행이다 싶으면서도, 술의 기운을 빌려 친해져보려던 계획이 무산되어 아쉬웠다.

"선생님, 〈초록 사과〉가 개봉했을 때 저는 중1이었어요. 처음 본 건 열아홉 살 때였고요. 연애도 못 해봤던 저한테 〈초록 사과〉가 왜 그렇게 매력적이었는지 모르겠어요."

나는 또다시 〈초록 사과〉에 대해 이야기하며 말문을 텄다.

"〈초록 사과〉 촬영하셨을 당시에 연세가 어떻게 되셨어요?"

"99년도에 내 나이가 서른세 살이었죠."

"그때 딱 지금 제 나이셨네요!"

나는 대단한 발견이라도 되는 양 호들갑을 떨었다. 고태경과 나는 스무 살 차이가 났다. 그러나 그도 고전 작품들은 나와 동시간대에 체험한 관객이었다. 고전영화로 대화가 넘어가자 우리 사이의 세대 차이는 사라졌고, 우린 일본 고전 영화와 멜로 드라마의 거장 나루세 미키오 감독에 취향의 접점이 있음을 발견했다. 취향에 대한 대화가 통하자 그는 천진한 소년처럼 좋아하는 모습을 보였다.

"나루세 미키오전은 한국영상자료원에서 할 때도 보고 서울아트시네마에서도 봤지요."

"서울아트시네마도 자주 다니시나봐요?"

"그럼, 낙원상가 시절 마지막 상영에도 갔었는걸요."

"어, 거기 계셨어요? 저도 그날 갔는데!"

종로 낙원상가 사 층에 입주해 있던 서울아트시네마의 마지막 상영 후 단체 사진을 찍은 기억이 나서 즉시 페이스북을 뒤졌다. 나는 거기서 베레모를 쓰고 있는 고태경을 발견했다. "저는 여기 있어요" 하고 가리키며 나도 모르게 입가에 미소가 번졌다. 칠 년 전 같은 시간, 같은 공간에 있었다고 생각하니 연대감이 생기는 기분이었다.

노포 안의 왁자지껄한 분위기 속에서 술을 마시지 않아도 취한 것처럼 대화에 흥이 올랐다.

"고 선생님, 영화에 대한 식견이 대단하시네요" 하고 내가 연이어 감탄하자, 무표정으로 퉁명스럽던 고태경은 한결 부드러워졌다. 나는 고태경이 참여했던 90년대 후반 한국 멜로영화들에 대한 상찬을 이어갔다. 2010년대는 멜로영화의 쇠퇴기였다. 관객들은 진득하게 지켜보기보다는 컷이 많이 쪼개지는 빠른 템포의 영화를 선호했다. 느린 호흡의 순한 멜로영화들은 스크린에서 자취를 감추고, 자극적인 MSG가 잔뜩 들어간, 이른바 막장 설정의 텔레비전 드라마가 범람했다.

"그럼 조 감독은 〈초록 사과〉를 스크린에서 못 봤어요?"

내가 왠지 부끄러워하며 대답했다.

"네…….〈초록 사과〉를 스크린에서 보셨다니 너무 부러워요."

〈초록 사과〉를 스크린에서 볼 기회가 내게 없었던 것은 아니다. 영상자료원 특별전에서 상영된 〈초록 사과〉 상영일은 지금 일하고 있는 학원의 면접을 보러 가야 하는 날이었다. 앞으로 스크린에서 볼 기약이 없다고 생각하니 너무 서러운 마음이 들었지만, 적어도 일 년간의 내 밥벌이 자리를 포기할 수는 없었다. 인생보다도 영화가 더 중요하다고 했다는 트뤼포라면 일자리를 포기하고 영화 보는 것을 선택했겠지만 나는 그러지 못했다. 십 년 안에는, 내 살아생전에는 어디선가 또 상영해줄까? 제주도에서 상영한다 해도 보러 달려갈 텐데.

"〈초록 사과〉에서 제일 좋아하는 대사가 뭐예요?"

고태경의 물음에 나는 망설이지 않고 답했다.

"난 사랑에 빠진 게 아니에요. 당신을 사랑하기로 내가 선택한 거지."

대사의 뒷부분은 고태경이 동시에 말했다. 입꼬리가 올라간 고태경은 흐뭇한 표정으로 나를 바라봤다.

"그 대사, 내가 쓴 거요."

"네?"

그 대사는 채화영이 아이디어를 낸 것으로 알려져서 당시 채화영은 '당차고 창의력 있는 배우' 이미지로 호평을 받았었다. 그런데 그

대사를 본인이 쓴 거라고? 얘기를 들어보니 고태경의 아이디어를 억울하게 뺏어가고 그런 것은 아니었던 것 같다. 오히려 고태경은 자신이 쓴 대사가 회자되는 것에 자부심을 가지고 있었다.

"감독님이 각본에 참여시켜주셔서 그때 많이 배웠지."

내가 그 대사를 꼽은 이후로 고태경의 마음 한편에 있던 빗장이 열린 것 같았다. 내가 다시 한 번 말을 놓으라고 하자 고태경은 신나게 떠든 게 부끄럽다는 듯이 헛기침을 하더니 "그래, 그렇게 하지" 하고 말을 놓았다.

최강호 감독 밑에서 연출부 막내부터 조감독까지 한 고태경이었다. 〈초록 사과〉 현장에 대한 이야기가 듣고 싶었던 나는 채화영의 이야기를 꺼냈다.

"얼마 전에 〈악당들〉 시사회에 갔다가 뒤풀이 자리에서 채화영 배우님과 인사 나눴거든요. 제가 인터뷰 제안을 드렸는데……."

내 입에서 채화영의 이름이 나오자마자 고태경은 흠칫 놀라더니 만난 이래 가장 적극적으로 관심 있는 표정을 보였다.

"그래서? 채화영이 뭐라고 했어?"

"대답을 못 들었어요. 방해하는 사람이 나타나서……."

금세 실망의 기운이 얼굴에 드리운 고태경은 가득 찬 물컵을 술잔 비우듯이 비웠다.

"확정은 아니지만, 인터뷰할 예정이에요. 매니저 연락처도 받았고요."

나는 고태경의 변화에 의아해하며 떠듬떠듬 대답했다. 고태경은 골똘히 생각에 잠겼다. 말이 없던 고태경이 진지한 눈빛으로 나를

한참 바라봤다. 뭐지? 어색한 공기가 흐르고 내 얼굴에 뭐가 묻었나 생각할 즈음,

"할게."

"네?"

"다큐 출연, 한다고."

왁자지껄 시끄럽던 노포 안이 일순간 조용해지는 것 같았다. 나를 찍고 있는 카메라가 있다면 이 순간 내 표정에 서서히 줌인 했으리라. 나는 의심이 들었다.

"정말요? 무르기 없기예요."

나는 유치하게 새끼손가락을 걸고 지장이라도 찍고 싶었다.

"대신 조건이 있어. 나는 조 감독이 약속 하나 해줬으면 좋겠어."

갑자기 조건이라니, 무슨 제안을 할지 부담이 밀려왔다.

"채화영의 인터뷰에 나도 데리고 가줘. 채화영에게 직접 건네줄 시나리오가 있어. 그걸 내 입봉작으로 생각하고 있어."

고태경의 태도는 진지했다. 아무 필모그래피가 없는 것은 아니지만 십 년 넘게 영화판을 떠나 있었던 감독 지망생이 전도연, 김혜수, 전지현, 이영애와 데뷔작을 찍겠다고 하는 거나 마찬가지였으므로 뜬구름 잡는 이야기처럼 들렸다. 저렇게 확고한 믿음을 가진 시나리오가, 정말 있기는 한 걸까.

"인터뷰는 아직 확정된 건 아닌데요."

"자네는 기어이 인터뷰하고 말 것 아냐?"

"그, 그렇죠!"

입안이 바짝 말랐다. 나는 맥주가 당겼지만 대신 김빠진 콜라를

들이켰다.

"그럼 오케이. 그리고 하나 더."

하나라더니, 대체 뭐가 남은 거지.

"내가 영화 제작에 들어가게 되면 그 과정까지도 담아줄 수 있어?"

"네?"

"최근에 나이 오십이 다 돼서 데뷔작으로 600만 대박 터트린 최석우 감독 자네도 알지? 그 친구 십 년 전에 내가 있던 영화사 옆 사무실에서 같이 영화 준비하던 친구야. 나는 그 사람 심정 알아. 누구보다 잘 알아. 그 사람 인생은 영화야. 종교 영화야. 십 년 넘게 무언가를 기다리고 손에 잡힐 듯하다 멀어지고 반복하다 보면 결국 우리의 힘만으로는 어쩔 수 없다는 걸 알게 돼."

그는 형형한 눈빛으로 나를 보더니, 확신에 찬 어조로 덧붙였다.

"나는 곧 데뷔할 거야. 그 과정을 담으면 참 의미 있는 인간승리기가 되지 않겠어?"

대화를 나눠보니 고태경이 허풍선이 같지는 않았지만, 솔직히 그 가능성은 극히 희박하다고 생각했다. 그런데 그의 자신감과 확신은 뭘까. 너무 오래 추구한 꿈이 환상을 만든 건 아닐까.

진짜로 고태경이 그렇게 된다면 더 큰 규모의 제작지원까지 받아 장편 다큐멘터리를 완성할 수도 있겠다. 많은 사람들이 어떻게 감독이 되는지 궁금해하지만, 성공한 감독들의 후일담 인터뷰를 찾아볼 수는 있어도 데뷔 진행 과정을 기록한 다큐멘터리는 없었다. 지망생의 긴긴 세월은 그럴 자격이 없다는 듯 좀처럼 기록되지 않는다. 내가 이 다큐멘터리에 열의를 갖는 건—인정하기 싫지만—나의 처지도 마찬가지이기 때문이 아닐까.

"약속할 수 있어?"

고태경이 또다시 물었다. 우선 지르고 봐야 했다. 그러나 나는 허세를 부리거나 공수표 날리는 걸 도저히 못 하는 성격이었다.

"저도…… 마냥 이 작품만 찍을 수는 없어요. 제 생계가 있고요. 제작지원 신청을 여기저기 했는데 아직 어디서도 지원받지 못했거든요. 일 년 이상 이 작품을 찍을 생각은 없고…… 올해 연말에 서울영화제 출품 생각하고 있어요."

나는 솔직하게 말했다. 내 대답을 신중히 듣던 고태경이 물었다.

"그럼 조 감독은 이다음에 뭘 하고 싶은 건데?"

글쎄, 참 어려운 질문이었다. 어릴 적에는 무슨 일을 하는지도 모르면서 감독이라는 자리가 멋있어 보였지만, 이제는 그런 감투에 대한 환상은 사라진 지 오래였다. 감독 지망생들 중에 명예욕과 보상심으로 버티는 사람이 없지는 않겠지만, 대부분은 그저 영화를 누구보다도 사랑하고 영화를 만들고 싶어 하는 사람들이다. 다음 작업을 지속할 정도로 내 영화를 봐주는 사람이 있고 생계를 유지하면서 꾸준히 작업할 수만 있다면, 규모와 상관없이 그저 '좋은 영화'를 만들고 싶다는 건 나이브한 생각인 걸까.

"좋은 영화를 만들고 싶어요. 더 나은 환경에서 배우, 스태프들에게 읍소해가며 민폐를 끼치지 않고, 그들에게 정당한 보상을 하면서."

고태경은 입을 꾹 다물고 고개를 끄덕였다.

"알았네. 그래도 채화영 건은 지켜야 해."

이번엔 내가 밝은 표정으로 고개를 크게 끄덕였다. 거의 막차 시간까지 시간 가는 줄 모르고 대화를 나눈 우리는 다음을 기약하고 헤어졌다.

광화문에는 우리 동네까지 가는 좌석버스가 새벽까지 있었다. 부지런히 가면 버스를 탈 수 있는 시간이었다. 종로에서 광화문까지 하드 케이스를 들고 잰걸음을 했다. 케이스 포함 오 킬로그램 가까이 되는 카메라를 들고 가는 그 길이 나 자신에게 주는 형벌처럼 느껴졌다. '영화를 잘 못 만들어서' '지원을 받지 못해서'라는 죄명이었다.

간신히 놓치지 않은 새벽 막차 버스는 만원이었다. 나는 버스 바닥에 내려놓은 알루미늄 하드 케이스에 걸터앉았다. 피곤에 절은 사람들의 술 냄새와 땀 냄새가 코를 찔렀다. 버스에서 내리자 옥탑방까지 올라가는 계단 형벌이 남아 있었다. 낑낑거리며 하드 케이스를 올려놓고 택시를 탈 걸 후회하며 쓰러졌다.

다음날 골병이 나서 온종일 누워 있어야 했다. 평소 체력에는 자신이 있었지만, 카메라를 들려고 안 쓰던 근육을 썼더니 온몸에서 비명을 질러댔다. 다음부터 촬영 때만큼은 택시를 타겠다고 다짐했다. 그리고 제발 제작지원을 받게 되기를 빌었다. 촬영에 필요한 비용 이외에도 사운드 믹싱과 같은 후반작업 비용 마련을 위해서는 제작지원금이 필요했다.

나는 지원금을 받아야만 영화를 찍을 수 있고, 영화를 찍지 못하면, 서른세 살의 나는 아무것도 아니었다.

7

시네필들은 시네마테크에서 재회한다

"이십 년째 데뷔 못하고 중년이 된 감독 지망생이 원한을 품고 GV 빌런 짓을 하고 다닌다 이건가요?"

머리가 희끗한 중견 남성 다큐멘터리 감독이 내가 제출한 기획안을 넘기며 물었다. 나는 상암 DMC 첨단산업센터에서 독립영화 제작지원 사업 면접을 보는 중이었다.

"'정말 그럴까' 하는 질문에서 출발했는데 그게 전부는 아닌 것 같습니다."

"고태경 씨 본인은 자신을 촬영하는 것에 대해 어떤 입장인가요?"

"이 작품을 통해서 자기 존재를 영화계에 알릴 기회로 여기는 것 같습니다."

심사위원들 사이에서 피식 웃음이 나왔다. 유일하게 웃지 않은 여성 감독이 날카롭게 물었다.

"그저 오락적인 인물 희화화 아닌가요? 이를 통해 관객들과 어떤 소통을 하려고 하는 것인지, 솔직히 연출자의 태도가 의심스러운데."

나는 당황한 기색을 숨기고 애써 입꼬리를 올리며 답했다.

"마냥 희화화하려는 것은 아니고요. 계속 관찰해보니 고 선생님은 정말로 성실히 사는 분이었습니다. 그런 모습도 담고 싶습니다."

"만약 지원을 받지 못하게 되면 어떻게 할 건가요?"

그냥 지원해주시면 안 될까요. 지원을 받지 못하더라도 완성하겠다는 의지를 보여야겠지만, 완성하려면 지원이 꼭 필요하다는 것을 어필해야 했다. 그러나 나는 우물쭈물하며 자신 없게 "완성해야죠……"라고 기어들어가는 목소리로 대답했다.

"관객들이 〈초록 사과〉에 대한 다큐멘터리를 왜 봐야 할까요. 이게 뭐 〈올드보이〉처럼 성공한 영화도 아니고 말이야."

"성공하지 않은 사람의 목소리도 담겠다는 게 이 다큐의 취지인데요."

나는 발끈해서 반박했다.

"그게 혜나 씨 지난 작업의 실패와도 연관이 있을까요?"

"그건……."

나는 곧바로 대답하지 못했고 정적이 흘렀다. 스스로 내 작품이 망했다느니 했지만, 타인의 입에서 육성으로 '실패'라고 듣는 건 처음이었다. 엄청 무례한 일인데 나는 왜 '실패라뇨?' 하고 따지지 못했을까. 작업에 참여한 배우와 스태프들이 있는데 연출자인 내가 실패라고 대외적으로 인정해도 괜찮은 걸까. 심사위원들끼리 대화를 나누더니 그대로 면접이 종료됐다.

면접을 보고 나온 뒤 지원사업은 물 건너갔다는 생각이 들면서, 내가 쓸모없는 일을 하고 있는 건 아닌가 하는 의심이 피어올랐다. 지원사업 신청이라는 게 되면 물론 좋지만 이렇게 기대하고, 실망하고, 자존감 깎이고, 어마어마하게 에너지를 뺏기는 일이다. 그러나 별수 있나. 전세금까지 빼서 그 돈으로 영화를 찍고 세계 영화제를 휩쓸고 그런 스토리의 주인공도 있지만, 나는 아니었다. 최소한 내 삶을 영위하면서 영화를 찍고 싶었다. 심사위원들의 웃음소리를 떠올리며, 무슨 일이 있어도 이 영화를 꼭 완성하겠다고 다짐했다.

*

"나 완전 대머리독수리야."

솔지가 사극 촬영 현장에서 횃불 소품을 관리하다가 머리가 그을렸다며, 벙거지 모자를 벗어 휑한 정수리를 보여주었다.

"야! 너 괜찮아? 다른 데는?"

깜짝 놀란 내가 호들갑을 떨었다.

"다른 데는 괜찮은데, 잠을 못 자니까 몸이 힘들지. 현장 진짜 빡세."

"제발 몸도 마음도 다치지 마."

나는 모처럼 촬영이 없는 솔지와 함께 파스타를 먹었다. 자신이 키우는 고양이와 똑 닮은 고양이상인 솔지는 새침할 것 같은 첫인상과 달리 엄청난 친화력의 소유자다. 우울한 기질을 풀풀 풍기는 연출 전공들 사이에서 솔지의 에너지는 단연 돋보였다. 사람은 자기를 좋아해주는 사람을 좋아하게 마련이다. 내 영화에 솔지는 언제나 스태프 1순위로 지원했고 우리는 서로 품앗이하며 동고동락했다.

우리는 밀린 근황을 업데이트했다. 솔지는 유명 감독 L의 현장에 꼭 가고 싶다며 자리가 없는 연출부 대신 미술부로 갔는데, 그게 재미있었는지 벌써 미술 파트로 상업영화 두 작품째였다. 솔지는 썸타고 있는 조명부 세컨드 얘기, 현장의 고충 얘기로 시간 가는 줄 몰랐다.

"야 배솔지, 너 정말로 영화인 같다."

"뭐, 너도 영화인이면서."

"나 영화인 맞는 걸까? 나는 영화인의 정체성이 별로 없는 것 같아."

"네가 왜 영화인의 정체성이 없어? 장편영화까지 개봉했는데."

"어디 가서 직업이라고 말하기 어려워서 그런 거 아닐까. 십 년 동안 영화로 돈 벌어본 적이 없으니까."

'은행원들이 모이면 예술에 대해 이야기하고, 예술가들은 돈에 대해 이야기한다'는 오스카 와일드의 말은 우리에게도 적용됐다. 솔지는 현장에서 돈 쓸 일이 없어서 돈이 모인다고 했고, 나는 각종 알바로 번 돈을 써가며 다큐멘터리 촬영을 하고 있다고 말했다. 솔지는 다큐멘터리에 대해 듣더니 걱정하는 표정을 지었다.

"너 얼른 시나리오 써. 한 가지에 집중해야지. 그래도 될까 말까인데. 나중에 너 상업영화 입봉할 때, 배솔지 미술감독과 작업하고 싶다고 말해도 다른 사람들이 토 달지 않을 필모 쌓고 있을게."

내 다음을 기대해주는 거야? 〈원찬스〉 촬영이 끝나고 절망에 빠진 나를 고생했다며 토닥여주고 독려한 것도 솔지였다. 나는 고마운 마음에 식당을 나와서 솔지를 와락 끌어안았다.

"영상자료원에서 스탠리 큐브릭전 하는데 〈배리 린든〉 보러 같이 갈래?"

내가 물었다.

"황금 같은 휴차에 세 시간짜리 영화를 봐야겠냐. 나 노원 가야 돼. 로또 사러. 거기서 1등이 많이 나와."

솔지가 웃음을 흘리며 말했다.

"진짜 부지런하다, 너. 로또 되면 나 영화 좀 투자해주나?"

"1억짜리 영화면 해줄게."

"요즘 로또 1등이 얼마나 받지?"

"최근에 20억. 세금 6억 떼면 14억 정도."

"애개, 그 정도야? 저예산 영화 하나도 찍기 버겁겠네."

카페에서 늘 제일 저렴한 아메리카노만 마시면서 그런 말을 잘도 뱉었다. 누군가는 로또가 되면 슈퍼카를 살 것이고, 누군가는 세계여행을 다닐 것이고, 누군가는 건물을 사서 재테크를 할 것이고, 누군가는 영화를 만들 것이다. 내 말을 들은 솔지가 킥킥대며 웃었다.

"야, 너 영화인 맞아."

*

〈배리 린든〉은 좀 길긴 했지만 보는 내내 눈이 호강했다. 나는 영화에 압도되어 극장 앞에서 담배를 피우는 사람들 옆에 서서 "영화 죽이지" 하는 대화를 엿들었다.

시네필끼리 연애하다 헤어지면 영상자료원이나 아트시네마에서 마주치게 된다. 영화를 보고 나오던 종현은 얼굴을 가린다고 모자와 마스크를 쓰고 있었지만, 서로 단번에 알아봤다.

"어라, 네가 서울아트시네마 아니었나?"

놀란 표정을 한 종현의 첫마디였다.

"아닌데, 내가 영상자료원이었는데. 내가 상암이 더 가깝잖아."

"그래. 내가 착각했나 보다."

넌 그걸 지킬 생각이었니. 종현과 사귀던 때 "만약에 우리 헤어지면 나는 영상자료원 갈 거니까 넌 아트시네마 다녀"라고 내가 선언했었다. '언젠가 헤어져야지' 하는 생각으로 만나던 시절이 아니었으므로 농담으로 한 이야기였는데 종현은 아니었나 보다. 어색하게 서 있는 상황을 먼저 깬 건 종현이었다.

"혼자 보러 왔어?"

"응."

"영화 진짜 좋았지?"

"압도적이네."

"저녁 같이 먹을래?"

"그럴까?"

이래도 되는 건가? 20분 뒤, 너무도 자연스럽게 우리는 '블루 벨벳'에서 맥주를 마시고 있었다. '블루 벨벳'은 종현과 영상자료원을 갈 때면 늘 함께 오던 단골 술집으로, 음악 선곡을 참 좋아했던 곳인데 다른 사람과는 한 번도 오지 않았다. 그러고 보니 이 년간 연애하면서 서로 주고받은 게 참 많았다. 종현은 내게 프리미어리그 축구와 강배전 드립 커피의 맛을 알려줬고, 나는 전자담배와 힙합 음악을 전해줬다. 서로가 추천해준 영화, 음악, 책, 취미들이 섞여서 서로의 취향을 이루게 되었다.

영화에 대한 우리의 수다는 근황까지 이어졌다. 나는 고태경에 대한 이야기를 대략 들려주었다. 하루에 두 번이나 하니 설명이 더 능숙해졌다.

"열심이네, 재밌겠는데."

종현은 조금 놀란 얼굴로 말했다. 종현이 '네가 지금 그런 거 할 때냐'라고 말하지 않아서 좋았다. 오히려 남이 되자 종현은 연애 초반의 조심성과 배려심을 되찾았다. 마치 우리 사이에 있던 일을 편집해서 말끔히 들어내버리고, 거짓말처럼 모든 게 좋았던 시절로 돌아간 것 같았다. 저 태연하게 웃는 얼굴을 보니 이곳에 처음 와서 나누던 대화가 생각났다.

"감독님, 그럼 〈한나〉가 해외 영화제 초청되면 나도 같이 가는 거예요?"

한껏 들뜬 종현은 가지런한 치아를 드러내며 말했다.

"그럴 수 있으면 좋겠네요."

내가 미소 지으며 대답했다.

〈한나〉 촬영을 마치고 처음으로 종현과 둘이서만 영상자료원 데이트를 하던 날이었다. 나는 촬영도 끝났으니 감독님이라는 호칭은 그만하라고 했다. 우리는 맥주를 마시며 한층 친밀해졌다. 조명이 어두워서 서로에게만 집중할 수 있었다. 우리의 대화는 흘러나오고 있는 재즈 피아노 연주에 어우러졌다.

"종현 씨는 뭐에 관심 있어요?"

"난 사람들이 사랑에 빠지는 것들에 관심 있어요. 무엇을 좋아하는지. 그게 왜 그렇게 좋은지. 나도 그런 사랑을 받고 싶은 걸 수도 있고요."

종현이 왠지 쓸쓸하게 말했다. 교포 출신이라 그런지 종현은 낯간지럽게 '사랑'이라는 단어를 자주 사용했다. 학창 시절을 싱가포르에서 자라고 한국에 돌아와 대학에서 건축을 전공한 종현은 한국에 가족이 한 명도 없었다. 건설회사에 다니다가 배우가 되고 싶어서 새로운 분야에 도전한 종현은 이방인의 정서 같은 것을 가지고 있었고, 나는 그 용기를 응원하고 싶었다.

"혜나 씨는 뭘 좋아해요?"

'이런 순간이요'라고 말하고 싶은 것을 참았다. 그런 날은 인생에 아주 드물게 있었다. 간질간질한 기대감으로 가득 찬 날. 같이 본 영화도 좋았고, 술집의 분위기도, 시원한 맥주 맛도, 대화도 좋았다. 모든 것이 완벽하게 느껴지는 날. 그래서 두고두고 이날이 기억되겠구나 싶은 날.

"건축 바닥 진짜 힘들죠. 개인 생활이라고는 전혀 없고, 박봉에, 야근, 철야. 업무 강도도 장난 아니고……. 나는 건축이 약간 영화 비슷한 구석이 있다고 생각해요. 현장에 대한 로망이 있고, 산업에 더 가까우면서, 또 전공자들은 자기가 예술 비슷한 걸 하고 있다는 감성도 있고."

종현이 말했다. 건축 전공하는 사람들 사이에서는 "아직 탈건(脫)
안 하셨어요?" "탈건 하세요" "탈건 축하해요" 같은 말이 있다는 것
도 종현에게 처음 들었다.

그렇게 몇 번의 데이트 이후 우린 연애를 시작했다. 로맨틱한 순
간들이 있었다. 우리는 매우 다른 영화 취향에도 불구하고 다음 기
회가 없을 것처럼 뻔질나게 극장을 드나들었고, 〈8월의 크리스마스〉
촬영지를 보러 군산 여행을 가기도 했다. 그랬던 우리였는데, 시간이
흘러 서로가 관심에서 멀어졌고 1순위가 아니게 됐다. 종현도 나도
일인분의 사람이 되는 것이 우선순위였다.

맥주 500cc 세 잔에 취기가 올랐다. 내가 전자담배를 피우러 나가
려 하자 종현은 "어, 나도" 하며 따라나섰다. 종현과 사귀던 때는 자
연스럽게 한 모금씩 나눠 피웠는데, 이제 그러면 안 될 것 같았다.

"다 피우고 너 줄게. 너도 하나 사지 그랬어."

"너한테 얻어 피우는 게 꿀맛이지."

종현은 생글 눈웃음을 지었지만 어딘지 긴장한 기색이었다. 전자
담배가 충전될 때까지 기다리면서 왠지 예전에 했던 행위를 반복하
는 기분이 들었다.

"이제 와서 말하는 건데, 나 〈원찬스〉 하고 싶었어."

부르르, 전자담배 충전이 다 되었다는 진동에 깜짝 놀랐다.

"뭐? 왜 말 안했어?"

나는 종현에게 전자담배를 건넸다.

"네가 제안할 줄 알았지. 그런데 끝까지 시나리오 안 보여주더라. 자존심 상하더라고."

종현은 폐활량 자랑이라도 하듯 한 모금 길게 빨아들이더니 연기를 한참 내뿜고는 이를 드러내며 웃었다.

"아, 이거 진짜 그리웠어."

마약이라도 하는 듯한 과장된 저 표정, 다시는 못 보게 될 줄 알았는데……. 긴장이 조금 누그러드는지 종현이 입을 열었다.

"너랑 작품 두 개를 같이 했잖아. 근데 〈히치하이킹〉 반응이 안 좋은 게 꼭 내 탓인 것 같더라고. 만회할 기회 같은 게 있으면 했는데, 네가 〈원찬스〉 때 아무 얘기도 안 하더라. 나는 네가 정식으로 오디션을 보자고 했으면 봤을 거야."

종현의 얼굴에 슬픔이 비쳤다. 맥박이 빨라지는 게 느껴졌다.

"네가 나를 끊어내려는 것 같았어……."

종현이 나지막하게 덧붙였다. 당시에 나는 종현이 하고 싶어 한다는 낌새를 애써 부정하며 종현에게 시나리오를 안 보여줬었다.

"맹세하는데 그런 게 아니었어."

"그럼 왜 헤어지자고 한 거야?"

"그건……."

다가오는 크랭크인 와중에 시나리오 수정에 대한 압박, 모이지 않는 스태프들 등의 이유로 나는 크게 위축되어 있었다. 평소 내 작업에 냉철한 평가를 해주던 종현이었고—나도 종현의 그런 점을 좋아했었지만—그때 나는 종현의 냉담한 평가가 두려웠다. 〈원찬스〉를 종현이 좋게 평가하지 않을 거라고 예상했다. 나는 무책임하게 설명도 없이 도망친 거였다. 어색한 침묵이 길어졌다.

"됐어. 다 지난 일인데 뭐. 너 고생 많았더라."

종현은 내가 〈원찬스〉 현장에서 어떤 고초를 겪었는지 소문을 들었다고 했다.

"그래도 결국 완성했네. 축하한다고 말해주고 싶었어."

종현이 나를 미워하고 내 실패에 대해 쌤통으로 여길 줄 알았다. 뭉클한 마음이 들었다.

"넌 어떻게 지냈어?"

내가 물었다.

"나야 뭐……."

나는 종현이 의기양양해 있을 줄 알았는데 의외였다. 종현은 시선을 내리깔고, 손톱으로 다른 손톱을 긁으며 만지작거렸다.

"공황 장애라는 거 연예인들이 뺑치는 건 줄 알았는데. 내가 주연으로 두 시간을 이끌고 가야 한다고 생각하니까 '이제 어떡하지' 하고 공황이 오더라. 요즘 약 먹고 있어."

장편영화를 책임지는 주연도 감독만큼이나 부담이 큰 일이었다. 종현을 위로해주고 싶었다. 나도 모르게 고개를 숙인 종현의 머리를 쓰다듬으려다가, "힘들었겠다"라고 나직이 말했다. 종현은 나를 보더니 희미하게 웃었다. 혹시나 오늘 종현이 내가 스탠리 큐브릭전 보러 올 것을 기대하고 극장에 온 것은 아닐까.

헤어질 때 종현이 손을 내밀어 악수를 청했다. 내가 어색하게 손을 잡자 종현은 내 손을 꽉 잡았다. 종현은 외로워 보였다. 잠시 말 없이 어색한 시간이 흘렀다. 종현이 뱅뱅 돌려가며 더 마시자거나 같이 있자는 말을 하려는 그 시간을 견디는 게 싫었다. 내가 침묵을 깼다.

"나 갈게."

내가 먼저 돌아섰다.

"다음에 영화 같이 볼래?"

종현이 물었다.

"그래, 다음에 보자."

종현과 악수했던 손에서 익숙한 종현의 살냄새가 났다. 마음 정리를 다 끝낸 둘이 뭐 하는 길까. 이건 분명 좋지 않은 징후다.

8

촬영 시작

촬영을 시작하기로 하고부터 고태경은 다행히 협조적이었다. 우선은 그의 일과를 함께하며 관찰하기로 했다. 그와 함께 오늘의 행선지인 대한극장으로 가는 길에 내가 물었다.

"그런데 왜 촬영하는 거 마음을 바꾸신 거예요?"

"궁금해?"

"네."

"나도 자네가 연구대상이란 말이야. 한교영 출신의 감독이 데뷔작을 그렇게 찍었을 때 어떻게 되는지."

"'그렇게'가 어떻게 인데요?"

나는 발끈했다. 제작지원 면접 이후로 나는 신경이 날카로웠다.

"도입부에서 주연배우들이 그렇게 눈을 깜빡이는데 그걸 잡아주지 않고 뭐 했어. 연기는 결국에 시선이고 눈이야. 초반에 계속 눈을 깜빡이니까 주인공에게 신뢰가 안 가던데. 그런 건 현장에서 못했으면 감독이 편집에서 잘 정리해줬어야지."

약간 욱했지만, 수긍할 수밖에 없는 정확한 지적이 뼈를 때렸다. 고태경은 영화 전공자라거나 자기 작품을 만든 전문가라는 감투는 아무것도 없는 사람이었다. 그러나 고태경의 영화를 보는 눈썰미, 어떻게 촬영됐는지와 편집 순서에 대한 기억력은 놀랄 정도로 정확했고 영화에 대한 지식 또한 누구보다도 해박했다. 그는 파워 블로거나 인터넷 커뮤니티에서 활동하는 '네임드'도 아니었다. 그는 그런 것에는 전혀 관심이 없어 보였다. 자신을 창작자라고 생각하기 때문인 듯했다.

"〈초록 사과〉를 오마주하려고 했으면 더 잘했어야지."

부끄러워 얼굴이 화끈해진 나는 아무 반박도 하지 못했다. 아무도 알아주는 사람은 없었지만, 〈초록 사과〉를 오마주한 것도 사실이었다. 누군가 내 영화를 읽어주는 것에 목말라 있었기에, 고태경의 일침도 귀 기울여 들었다.

"오늘은 어떤 영화 보실 거예요?"

극장에 들어서며 내가 묻자 고태경은 말없이 극장 로비 한편에 있는 부스를 가리켰다. 부스에는 'D대학 영화과 졸업영화제'라고 적힌 포스터가 붙어 있었다. 졸업영화제? 여기서 볼 만한 작품은 걸러져서 각종 기성 영화제들에서 상영될 텐데 굳이…… 하고 생각하는 사이, 고태경은 익숙하게 부스로 가서 티켓을 받았다.

어김없이 극장 맨 뒤에 앉아 대학노트를 펼친 고태경에게 내가 물었다.

"선생님은 왜 영화를 뒤에 앉아서 보세요?"

"나는 영화를 볼 때 몰입해서 보려는 게 아니라, 영화를 어떻게 만들었는지 전체를 보려는 거야."

그는 두 시간 동안의 영화 관람이 유희가 아니라 공부 시간인 것처럼 말했다.

상영된 영화들 중에는 뭘 말하고자 하는지 모르겠는 '이거 어떡하지' 싶은 작품이 있는가 하면, 올해 영화제에서 '반응 좋겠는데' 싶은 번뜩이는 작품도 있었다. 졸업영화들을 보니 내 트라우마가 떠올랐다. 나는 왜 잘 만든 작품이 아니라 '이거 어떡하지' 싶은 작품에 마음이 가는 걸까. 상영이 끝나고 '이거 어떡하지' 싶은 작품을 만든 학생이 스크린 앞에 서서 관객들에게 인사했다. 저 학생도 누구보다 잘하고 싶었을 텐데.

나는 대학생들과 그들을 바라보는 고태경을 번갈아 카메라에 담았다. 따로 GV가 없었기에 오늘은 빌런 짓을 촬영할 수 없겠다고 생각하고 있는데, 고태경이 성큼성큼 발걸음을 옮겼다. 나는 얼른 고태경을 따라 비상계단을 올랐다. 비상구를 나온 고태경은 제집 드나들 듯 영사실의 좁은 문을 벌컥 열고 들어갔다. 기계 돌아가는 소음이 가득하고 퀴퀴한 냄새가 났다.

"좀 같이 가요."

내가 숨을 몰아쉬며 말했다.

"머리 조심해."

나는 네? 하고 묻자마자 퍽 하고 머리를 부딪치고 말았다. 아오, 혹이 생길 것 같은 머리를 어루만지고 있는데 안쪽에 있던 영사기사가 "여기는 들어오시면 안 되는데요"라며 우리를 제지했다. 앳돼 보이는 영사기사는 길고 빼빼 마른 몸에 얼굴은 붉어서 꼭 성냥개비가 걸어오는 것 같았다.

"신입인가?"

당당한 고태경의 태도에 성냥도 나도 당황해서 얼음이 됐다.

"네, 그런데요?"

"오늘 상영한 영화의 초점이 안 맞던데. 사운드도 작고 말이야. 3관은 레벨 7 정도는 맞춰야 돼."

"레벨 7 맞아요. 그런데 누구시죠?"

성냥은 수상쩍다는 듯한 눈빛으로 고태경과 나를 훑었다. 고태경은 많은 말을 하지 않고 익숙한 움직임으로 기계 쪽으로 갔다. 고태경이 가리키는 곳에 성냥과 내가 가서 보니 레벨 6이었다.

"그리고 왜 마스킹 제대로 안 해? 내가 다 고치고 나갔는데."

그러고 보니 몰입을 높이기 위해 영화 화면비에 맞게 스크린을 검은 천으로 가리는 마스킹이 작동하지 않았었다.

"에이, 그거 아무도 신경 안 써요."

팔짱을 끼고 거만한 태도로 짝다리를 짚은 성냥이 고태경을 긁었다. 눈에 불씨가 지펴진 고태경이 호통을 쳤다.

"마스킹 차이가 얼마나 큰데! 사람들이 왜 돈 내고 일부러 극장까지 와서 휜 화면을 봐야 해!"

"지금까지 컴플레인 받아본 적 없는데……."

성냥이 작은 소리로 구시렁거렸다. 귀 밝은 고태경은 그 말을 놓치지 않았다.

"자네 여기서 일한 지 얼마나 됐나?"

"3개월이요……."

"그럼 이제 첫 컴플레인 받았으니 앞으로 똑바로 해!"

한바탕 포효한 뒤, 고태경은 일 가르치는 선임처럼 성냥에게 영사기기에 대해 지도했다. 다행히 성냥이 고분고분하게 굴어서 불씨가 사그라지는가 싶었다.

"아니, 그런데 학생들 작품인데 왜 그렇게 깐깐하게 굴어요. 당사자들도 뭐라고 안 하는데."

성냥이 이번에는 기름을 끼얹었다. 고태경의 눈빛이 활활 타오르기 시작했다. 폭풍전야처럼 일순간 영사실의 공기가 변했고, 기계 돌아가는 소리가 커졌다.

"그게 영사기사가 할 소린가!"

고태경의 불호령에 영사실이 쩌렁쩌렁 울렸다.

"제 몫도 못 하는 얼간이 같으니! 너 영화를 좋아하기는 하는 거냐?"

고태경은 성냥을 파렴치한 패륜범이라도 보듯 쳐다보며 주먹을 꾹 쥐고 치를 떨었다. 성냥이 눈치가 좀 없어도 생존 본능은 작동하는 듯, 팔짱을 풀고 차렷 자세가 됐다.

결국 고태경은 성냥으로부터 앞으로 더 신경 쓰겠다는 대답을 듣고서야 영사실을 나섰다. 고태경은 계단을 내려오면서도 분이 풀리지 않는지 씩씩거렸다.

"도대체 자기가 하는 일에 긍지가 없어."

나는 내내 눈치를 보다가 조금 흥분이 가신 듯한 고태경에게 물었다.

"영사실에서 일하셨었어요?"

"여기서 삼 년 정도 일했었어. 현장에서 피땀 흘려 찍은 영화를 엉터리로 상영하는 꼴을 도저히 못 보겠어서 영사 일을 배웠지."

그래서 그렇게 잘 알았던 거구나. 관람 환경에 관해서 만큼은 깐깐한 고태경 덕분에 관객들이 득을 보고 있는 거였다.

극장 로비로 나온 고태경은 상영관으로 영화를 보러 들어가는 관객들을 감상하듯 지켜봤다. 그 모습이 마치 좋은 풍경을 바라보며 마음의 평온을 되찾으려는 것 같았다.

"극장이라는 곳이 참 재미있지. 결국 우리는 스크린에 쏟아진 빛을 보기 위해 일부러 어둠 속으로 들어가는 거 아닌가."

누군가 소리 내서 말하면 오글거릴지도 모를 말이었지만, 고태경의 낮은 목소리는 80년대 한국영화 성우의 대사처럼 멋있게 들렸다.

평소에 식사하는 모습을 촬영하고 싶다고 하니, 고태경은 나를 낙원상가 지하시장으로 인도했다. 지하에 펼쳐진 던전에는 여기저기서 김이 모락모락 올라왔다.

"이 집 삼십 년 된 곳인데 어머님 손맛이 아주 제대로인 곳이야. 잘해."

고태경에게 메뉴 선택의 고민은 없었다. 고태경이 "어머님, 저 왔습니다"라며 자리에 앉자 주인 할머니가 알아보고 김 가루 수북한 잔치국수를 내왔다. 2500원짜리 잔치국수는 양이 푸짐했다. 나는 고태경이 혼자 국수를 후루룩 먹는 모습을 다양한 앵글로 촬영했다.

고태경이 어찌나 먹음직스럽게 먹는지 나는 비빔국수를 시키면서 멸치 육수를 따로 달라고 했다. 이번에는 주인 할머니가 탱탱한 면을 날랜 손놀림으로 양념에 버무려서 내주었다. 새콤한 향에 먹기도 전에 침이 나왔다.

내가 허겁지겁 국수를 먹자 맞은편에 앉은 고태경은 나에게 천천히 먹으라고 하고는 노트를 정리하기 시작했다. 학생들 작품에 뭘 그렇게 적을 게 있을까. 슬쩍 훑어보니 ㄱ의 연출 노트에는 감상한 영화의 좋은 지점과 아쉬운 지점, 배우와 스태프의 이름들이 꼼꼼하게 적혀 있었다. 같이 작업하고 싶은 사람들의 리스트라도 만드는 듯했다.

"선생님은 어쩌다가 영화감독의 꿈을 꾸시게 되셨어요?"

"어릴 때부터 영화 보는 걸 워낙 좋아했지. 자네도 알지 않나? 트뤼포가 말한 영화를 사랑하는 세 가지 단계 말이야."

아 이런, 트뤼포. 알다마다. '첫 번째 단계 본 영화를 반복해서 보는 것, 그다음은 영화에 관한 글을 쓰는 것, 마지막으로 영화를 만드는 것.' 트뤼포의 이 말에 나를 포함해서 얼마나 많은 사람들이 영화감독이 되겠다고 투신했을까. 정작 트뤼포 영화는 지루하게 봤으면서도.

"또 '아무리 위대한 평론가도 삼류 감독만큼 영화를 알지 못한다'라고 고다르가 말했지."

고태경은 성경 구절이라도 인용하듯 장엄하게 말했다. 그런 말들이 인생을 대신 살아주지는 않는데……

"선생님은 학구열이 대단하신데 영화학교에 가실 생각은 없으셨어요?"

"영화학교들도 써봤지. 십 년 넘게 있던 현장을 떠나고 나서 사십 대 초반에 나도 한교영의 문을 두드렸어. 세 번이나 최종 면접에서 받아주지 않더라고."

나는 악명 높은 한교영의 최종 면접에서 그가 어떻게 싸웠을지 궁금했다.

"자네 다닐 때도 조병훈이 선생이었나?"

"네? 네."

나는 캑캑하고 사레가 들릴 뻔했다. 조병훈을 알고 있다니, 이름만 들어도 기분이 별로였다.

"세 번째 도전했을 때, 면접에서 조병훈이 그러더군. 자네를 뽑아줄 일은 없을 테니 나가서 영화를 만들라고."

"많이 원망스러우셨겠어요. 그래서 학교에 한이 되셔서 영화과 졸업영화제까지 가서 챙겨보시는 건가요?"

나는 살짝 떠봤지만 의외의 답변이 돌아왔다.

"내가 영화를 찍게 되면 막내 스태프들은 젊은 사람들하고 작업하게 될 테니까, 그들을 관찰하러 가는 거야. 나는 저 학생들 모두영화인 후배들이고 내 경쟁자라고 생각해. 내가 꾸준히 졸업영화제를 보러 다니는 건, 젊은 감각을 잃지 않으려는 거야. 영화 산업은이삼십대가 주요 타겟층이잖아."

고태경은 자신이 영화를 찍게 되리라는 것을 확신하고 있었다. 나는 그가 부조리극 〈고도를 기다리며〉의 등장인물처럼 느껴졌다. 그는 정말 손에 잡힐 작품을 준비 중인 걸까. 아니면 그저 허황된 신기루를 좇고 있는 걸까. 나타나지 않는 유에프오를 기다리는 사람이 여기 한 명 더 있군. 그러나 뭐라도 우주에 쏘아 올려야 외계로부터의 신호가 돌아오든지 할 것 아닌가.

"영화학교에 가지 않아도 단편영화는 찍을 수 있지 않으셔요?"

질문에 바로바로 대답하던 고태경은 입을 다물고 한참 말이 없었다. 그는 물을 꿀꺽꿀꺽 마시더니 물 잔을 탁 하고 식탁에 내려놓았다.

"나는 내가 같이하고 싶은 스태프들이 있어. 그들과 함께 할 수 있는 여건이 되면 찍을 거야."

영화학교에 갔더라면 어쨌든 망작이라도 자신의 작품을 찍었을 거다. 돈이 많이 들어가는 영화는 습작의 기회랄 게 없고, 실패를 통해 성장할 기회는 거의 주어지지 않는다. 연습 삼아 콘티를 그리고 현장에 대해 시뮬레이션을 해보지만 실제로 현장에서 스태프들과 소통하는 건 다른 차원의 문제다. 콜타임* 차이로 삐진 배우의 기분 달래기, 자기 고집으로 디렉션을 안 따르는 배우에게 한마디 하기, 촬영 중에 여유 없는데 계속 펑크 난 예산 얘기하는 프로듀서, 한 앵글을 끝까지 고집하며 안 찍겠다는 촬영감독. 사람은 전부 다르고 모두가 내 마음같이 움직이지는 않는다.

"자네는 영화학교에서 뭘 배웠어?"

식사를 마치고 나란히 걸으며 고태경이 내게 물었다.

"뭐…… 별 게 있겠어요. 제 재능이 어쭙잖은 수준이라는 거죠."

---

* 현장 도착 시간

"재능?"

고태경은 코웃음을 쳤다.

"재능이니 뭐니 하는 건 이십대에나 하는 거 아냐? 그냥 하는 거지. 이 나이 되니까, 재능 있다던 사람들 그만두고 재능 없다고 생각했던 사람이 성공하는 것도 다 지켜봤어. 꾸준히 계속하는 의지야말로 진짜 재능이지."

"어쭙잖은 재능은 저주라던데요."

"누가?"

"조병훈이요. '구린 영화를 찍으면 구린 사람이 되는 거야'. 조병훈이 그렇게 말했어요. 그렇지만 어느 정도 맞는 말이죠. 잔인한 사실 같은 거죠……."

나는 고개를 떨구고 기죽은 목소리로 중얼거렸다.

"그래서 자네가 구린 사람이다?"

나는 부정하지 못했다. 졸업한 지 오 년이 다 돼 가는데도 그 저주의 말을 풀지 못하고 있었다. 정수리에 시선이 느껴져서 봤더니 고태경이 나를 한심하다는 건지, 안쓰럽다는 건지 모를 표정으로 보고 있었다. 생각에 잠긴 고태경의 걸음이 느려졌다. 지하에서 지상으로 이어진 계단을 오르던 고태경이 우뚝 멈춰 섰다.

"그런데 그게 선생이 제자에게 할 소리인가?"

"그러게요……."

나는 같이 멈춰 서서 중얼거리고는 새삼 내가 받는 취급을 당연하게 생각해왔다는 사실을 깨달았다. 고태경은 각자 제 몫이 있다는 것을 강조했다. 조병훈은 학생들에게 독설을 퍼부으며 선생으로

서 자부심을 느꼈을까. 우리는 빛이 가득한 지상으로 올라왔다. 눈이 부셨다.

*

고태경은 매일 택시 운전을 하고 혼자 극장을 찾았고, 혼자 밥을 먹고, 다방에서 감상한 영화에 대한 분석, 연출 노트를 작성했다.

"내가 이렇게 열심히 준비하고 있는 것을 보면 투자자들도 나를 신뢰하지 않겠어?"

그가 씩 웃으며 말했다. 고태경은 정말로 이 다큐멘터리를 통해 자기 어필을 할 수 있다고 생각하는 듯했다. 촬영을 시작하자 고태경은 카메라를 의식했다. 나 또한 카메라가 돌아가는 동안 고태경이 괴상한 멘트를 하거나 뭔가가 벌어지기를 내심 바라기도 했다.

하지만 다큐멘터리 카메라에 찍히는 사람이 자기 발언의 영향을 매 순간 생각한다면 진실한 순간을 포착할 수 없을 거였다. 자신의 얼굴이 큰 스크린에 클로즈업 숏으로 가득 찬다고 항상 의식한다면 그것은 연기밖에 되지 않을 것이다.

가끔 고태경이 자신을 연출하려고 하는 게 보였고, 처음에는 이를 어떻게 다룰지 고민됐다. 사람들은 모두 사회에서 자신이라는 캐릭터를 연출하면서 살아간다고 생각해서, 나는 그 모습도 그대로 담기로 했다. 고태경은 '너무도 많이 본 사나이'였다. 장면에 대한 아이디어를 던지기 시작했고, 나는 네네, 하면서 끄덕이되 그의 홍보 영상을 찍는 건 아니었으므로 그 말을 진지하게 듣지는 않았다.

그 후로도 몇 차례 고태경과 함께 극장을 다녔다. 고태경과 다니는 동안은 술 대신 커피를 마셔댄 통에 카페인 과다 섭취로 인한 각성 상태였다.

내가 고태경에게 놀란 점은 패배 의식이나 자격지심이 거의 없다시피 한 거였다. 나는 그가 GV에 나타나서 질문하는 게 비틀린 질투나 원한에서 비롯된 것이라고 예상했지만, 그의 질문은 비난이나 조롱이 아니었고, 자신의 지식을 드러내고 뽐내기 위함도 아니었다. '저 연출자는 어떤 생각이었고 자신이라면 어떻게 했을까' 하는 영화 제작을 시뮬레이션해보기 위한 질문이 대부분이었다. 그는 GV 시간에 제작과정에 대해, 현장에 대해, 후반작업에 대해 꼬치꼬치 물었다. 극장이 곧 그의 영화학교였던 것이다.

9

유튜버 윤미와 프리 솔로

"여기가 요즘 을지로에서 제일 힙한 카페야."

커피와 케이크를 스마트폰 동영상으로 찍으며 윤미가 말했다. 빈 티지라고 우기며 시멘트 마감을 하다 말아 흙먼지가 커피에 쏟아질 것 같은 카페 안은 평일인데도 사진을 찍으러 오는 사람들로 붐볐 다. 연극영화과라고 하면, 사람들 대부분이 연출이 아니라 연기 전 공인 줄 알 정도로 하얗고 인형 같던 윤미의 미모는 여전했다.

영화과 학부 시절 윤미와 나는 서로의 작품을 품앗이해주기도 하 고 시나리오도 같이 썼다. 솔지와 함께 셋이 어울리긴 했지만 윤미 와 내가 따로 만나는 사이는 아니었기에, 윤미의 연락이 의외였다. 어쩐 일이냐는 나의 물음에 윤미는 촬영에 정신이 팔려 나를 쳐다 보지도 않고 말했다.

"그냥 오랜만에 보고 싶어서. 솔지는 현장 가 있잖아."

"근데 뭘 그렇게 찍어."

"응, 나 유튜브 하거든. 너 유튜브 좀 보니?"

"그냥 조금."

윤미가 검지로 나를 가리키며 높은 톤의 목소리를 더 높였다.

"유튜브야말로 한국에서 유례없는 민주적, 혁명적인 분야야. 학벌과 스펙, 빽 없이도 성공할 수 있는 곳."

그렇니. 나는 유튜브를 즐겨 보지 않아 크게 공감하지 못했다. 오랜만인 윤미에게 거리감을 느낀 나는 공통의 관심사로 화제를 돌리고 싶었다.

"요즘에 영화는 뭐 재밌게 봤어?"

"뭐, 볼 거 없던데. 이제 영화 보는 거 별로야. 극장 안 간 지 꽤 됐어."

나는 그 말에 충격을 받았다. 윤미는 나보다 훨씬 더 영화를 사랑하고 많이 보는 애였다. 동기들 중 누구보다도 부지런했던 윤미는 극장에 살다시피 하면서 영화제 스태프도 여러 번 했다. 과방에 모여서 밤새 소주 마시며 이틀 동안 홍상수 영화 전작 몰아보기 상영회를 열었던 것도 윤미였다.

윤미는 졸업단편영화 예산 마련을 위해 알바를 세 개씩 해가며 열심히 준비했는데, 현장은 뜻대로 되지 않았다. 작은 접촉사고는 계속해서 났고, 촬영부 막내가 600만 원이나 하는 칼자이스 렌즈를 떨어트린 게 가장 큰 불운이었다. 누구 하나 크게 안 다친 게 천만다행일 정도로, 정말이지 온갖 악귀가 들러붙은 현장이었다. 그 이후로 윤미의 현장은 '아무리 바빠도 고사는 꼭 지내야 한다'는 영화과의 전설적 사례로 남았다. 독한 년 소리 들어가며 찍은 윤미의 졸업작품은 어느 영화제에서도 상영되지 못했다.

그때 윤미의 결단을 생각하면 짠하다. 그 정도면 영화에 환멸을 느낄 법도 한데, 윤미는 영화에 대한 애정의 끈을 놓지 않으려고 상업영화 현장의 연출부로 갔다. 윤미의 남자친구는 촬영부로 간 현장에서 제작부 막내와 바람이 나버렸다. 마초적인 현장 분위기, 존경하던 감독의 욕설, 체력적으로 가혹한 이틀 연속 밤샘 촬영으로 인해 윤미는 오히려 영화에 대한 애정을 잃어버리게 되었다.

윤미가 알바를 세 개씩 뛰면서 악착같이 돈을 모은 이유는 오로지 영화를 만드는 데 쓰기 위해서였다. 그러나 그 현장에서 윤미는 영화에게 화가 났다. 아끼고 아끼면서 살던 윤미는 한이 맺혔는지 현장에서 돌아온 후로 해외여행을 다니기 시작했다.

대가와 보상을 바라지 않고 순수할 수 있는 건 덕질밖에 없는 걸까. 윤미는 현장에서 힘들 때 아이돌 덕질이 큰 위로가 됐고, 아이돌을 보느라 유튜브에 빠져 지냈다고 했다.

"근데 유튜브 보다 보니까 촬영이나 편집이 아쉬운 게 보이더라고. 배운 게 아깝잖아. 그래서 유튜브 시작하게 됐지. 하다 보니 적성에 맞더라고. 뭐, 직장인 나름이겠지만 일반 직장인만큼은 벌어."

윤미가 속사포처럼 쏟아내더니 내 휴대폰을 가져가 자기 유튜브 채널 '윤쓰 스튜디오'를 검색해서 구독을 누르고 다시 건넸다.

윤미의 채널은 시작한 지 육 개월 만에 구독자 9만 명으로 꽤 인기를 끌고 있었다. 윤미가 이렇게 빨리 구독자를 모으고 있는 것은, 그래도 배운 가닥이 있어 영상이 매끈했기 때문이었다. 채널에 업로

드된 영상은 다양했다. 베를린 여행 브이로그, 양양 서핑, 아이폰 최신모델 개봉기, 뮤직 페스티벌, 치앙마이 한 달 살기, 인스타 핫플레이스 맛집 탐방.

"뭐, 힙하다고 하는 건 다 하고 있어."

나는 아무 말도 하지 않았는데, 목록을 보고 있는 내게 윤미가 자조하듯 말했다. 윤미는 늘 자기 조롱을 먼저 하며 자신을 방어했다.

"힙하다는 거 대체 뭘까."

내가 약간 실소했다.

"사람들이 따라다닐 걸 제공하는 거지 뭐. 예전에는 잃어버린 자아를 찾아서 인도에 갔는데 요즘에는 잃어버린 자아가 아이슬란드에 가 있잖아."

윤미가 냉소적으로 말했다.

윤미가 화장실에 간 사이, 윤미의 유튜브 채널에서 가장 조회수가 높은 동영상을 클릭했다. 영상 속에서 윤미는 근래에 개봉했던 한국영화를 그와 비슷한 소재의 할리우드영화와 비교하며 빠르고 새침한 말투로 온갖 조롱을 퍼부었다. 가끔 찰진 욕설을 뱉고 비웃는 듯한 목소리 연기도 했다. 윤미는 영화를 음식 가격과 비교했는데 "그 돈으로 차라리 치킨 사 드세요"가 밀고 있는 유행어인 듯했다. 마무리로는 능숙하게 "구독과 좋아요, 꼭 눌러주세요"를 덧붙였다. 잘 편집된 영상을 보며 나도 모르게 피식하고 웃기는 했으나, 씁쓸함이 진하게 퍼져나갔다. 내가 기억하는 윤미는 시니컬한 면은 있었지만, 어떤 영화에 대한 사랑을 고백할 때면 그 영화가 보고 싶어져서 참을 수 없게 만드는 재주가 있는 애였다. 그랬던 윤미가 영화를 조롱하는 유튜버가 되었을 줄은 몰랐다.

"왜 좋아하는 영화 리뷰가 아니라 이런 걸 해?"

'이런 거'라는 내 표현에 기분이 상할 수 있다고 생각했지만, 윤미는 별로 개의치 않았다.

"이게 더 인기 있어. 자극적일수록 조회수가 나와. 사람들이 좋아해주고, 돈도 되고."

윤미는 시니컬하게 덧붙였다.

"그게 더 잘 팔리는 세상이니까."

그래. 어떤 것에 대한 사랑보다는 조롱과 냉소가 더 쉬우니까. 그 말에 어느 정도 동의하는 현실이 서글펐다.

"넌 요즘에 어떻게 지내?"

윤미의 물음에 나는 다큐멘터리를 찍는다고 말했다. "웬 다큐?" 하고 묻는 윤미에게 나는 자초지종을 말해줬다. 고태경에 대해 소개할 때, 나는 더 이상 비웃으며 말하지 않았다.

"그거 돈 받고 찍는 거야?"

눈이 동그래진 윤미가 물었다.

"아니……. 그냥 찍는 거야. 독립영화야."

제작지원을 받았다고 당당하게 못 말하는 게 아쉬웠다.

"너 대단하다. 그럼 취미로 하는 건가?"

"취미로 하는 건 아니고…… 하고 싶어서 하는 거야."

"돈을 못 번다. 하고 싶어서 한다. 그게 취미 아니야?"

공격적인 어조는 아니었다. 나는 그 물음에 '그러게'라고 자조하며 동의하지도, '취미 아니거든'이라고 시원하게 반박하지도 못했다.

썰렁한 분위기 속에서 윤미가 좋은 아이디어가 생각났다는 듯 말했다.

"너 그거 넷플릭스 스타일로 만들어서 넷플릭스에 팔아봐. 거긴 터치 하나 없고 돈도 많이 준다더라."

"넷플릭스 스타일이 뭔데? 나 넷플릭스 안 봐서 몰라."

내 무덤덤한 대답에 윤미는 문명의 혜택을 못 누리는 야만인이라도 보는 표정이었다. 전도라도 하듯 윤미가 열을 올렸다.

"너는 영화 한다는 애가 넷플릭스도 안 보니? 이제 넷플릭스 못 이겨. 그 인물의 미스터리를 파헤치는 형식으로. 경쾌한 음악에. 애니메이션도 좀 넣고. 러닝타임은 30분 미만으로. 사람들은 긴 거 안 좋아해."

"이거 극장에서 상영하려고 찍는 거야."

"나는 너 생각해서 하는 말이지. 영화제에 뭐 그렇게 집착해? 상영해도 돈도 한 푼 안 주잖아."

"뭐…… 돈 때문에 하는 건 아니지……."

"돈 때문에 하는 건 아니다? 그럼 너 언제까지 그렇게 할 건데? 알바하면서 너 돈 쏟아가면서 영화 찍고, 영화제 가면? 수상해서 상금 타는 건 일부지. 제작지원금 받는 것도 박 터지는 경쟁이고. 너 감독님 소리도 들어봤잖아. 그거 별거 없잖아."

나는 무슨 말을 해야 할지 모른 채 듣고만 있었다.

"유튜브도 이제 레드오션이라 너도 유튜브 하라는 말은 못 하겠고……."

나를 걱정하는 건지 놀리는 건지 애매한 투였다.

"꼭 극장에서 틀어야 돼? 영화제에서 튼다고 몇 명이나 봐. 내 채널 나와서 GV 빌런 썰 푸는 영상이 더 파급력 있을걸? 내가 코너 만들어줄게. 사람들이 많이 보면 너도 좋잖아?"

만나자고 한 이유가 이거였구나. 윤미는 내 표정을 살피더니 덧붙였다.

"너도 지금까지 찍은 걸 어디에라도 써먹어야 할 거 아니야. 찍은 거 괜찮은 소스 좀 나한테 주고. 조회수 터지면 출연료도 좀 줄게."

고태경이 고개를 숙인 채 자그마한 휴대폰 화면으로 영상을 보는 모습을 상상해보고는, 나도 모르게 고개를 저었다. 고태경과 약속했다. 이 영화는 극장에서 상영해야 했다.

"윤미 너, 영화관 가는 거 정말 좋아했잖아."

"나 이제 극장 잘 안 가. 집에 누워서 유튜브랑 넷플릭스 봐. 불편 감수하고 멀리까지 가서, 너 찍는 사람 같은 어떤 진상이 있을지도 모르는데……."

팬이 돌아서서 안티가 되면 더 무섭다는 게 이런 건가. 나는 왠지 극장의 편이 되어 옹호하고 싶었다.

"수많은 사람들과 동시에 감상하는 집단 체험은 극장 말고는 할 수 없잖아."

"그건 뭐 넷플릭스 보고 SNS에서 실시간으로 감상 나누면 돼."

흥분한 윤미는 대단한 비밀을 털어놓듯 분위기를 잡더니 말했다.

"있잖아, 나는 꼭 영화가 아니었어도 됐어. 나는 그냥 뭐가 되고 싶은 거였어. 그거 인정 못 했었다? 그런데 이걸로 돈도 벌고, 나를 좋아해주는 사람들이 생기니까 인정하게 되더라. 그거 다 인정 투쟁이었다는 거 받아들이고 나니까 편해졌어. 난 그렇게 꿈만 먹으면서 아무 보장도 없이는 못 살겠어. 이건 나한테 밥을 사 먹을 돈을 줘."

윤미와 나 사이에 잠시 정적이 흘렀다. 아무 말이 없는 내가 답답하다는 듯 윤미가 덧붙였다.

"너 〈프리 솔로〉라는 다큐 알아? 잠수 장비 없이 하는 프리 다이빙처럼 로프도 없이 맨몸으로 암벽 오르는 걸 프리 솔로라고 해. 다큐 주인공 보면서 '미쳤다'를 얼마나 자주 외쳤는지 몰라. 그건 미끄러지면 아예 끝장인 거잖아. 너 영화하는 거 보면 *그것*처럼 보여."

"그 정도는 아니야. 과장한다."

내가 힘없이 웃으며 말했다. 슬슬 나도 열이 오르기 시작했다.

"과장이라고? 너 몇 년 해보고 안 되면 어쩔 거야? 안전망이 있어? 마흔 돼서 뭐 할 거야? 퇴직금이라도 있어?"

퇴직금? 영화감독 지망생에게 퇴직금이랄 게 뭐가 있을까. 이제는 필름 시대도 아닌데. 무형의 4기가바이트 파일? 3테라 하드디스크?

"뭘 믿고 그러는 거야? 너 인생이 여러 개야? 다 포기하고 살 거야?"

윤미는 끝내지 않고 덧붙였다.

"혜나야, 너 왜 그런 짜증나는 사람을 찍어? 사람들이 좋아하는 걸 찍어. 그런 루저 진상한테 동질감이라도 느끼는 거야?"

"너는 그럼 왜 그 짜증나는 사람을 유튜브 콘텐츠로 만들려는 건데?"

내가 발끈하며 받아쳤다. 우리의 대화가 점점 유치해지고 있었다.

112

"기분 나빴으면 미안, 공격하려던 건 아니었어."

윤미는 사람 기분 나쁘게 만드는 말을 아무렇지 않게 내뱉고는 곧장 사과했다.

"난 진짜 궁금해서 그래. 아무런 보상이 주어지지 않는데, 세상의 인정조차 주어지지 않으면, 그것을 왜 계속해나가겠어? 보상심리로? 할 수 있는 게 그것밖에 없어서? 그런 삶을 응원할 수 있어, 너?"

나는 윤미의 그 질문이 고태경에게 내가 던지고 싶은 질문과 맞닿아 있다는 것을 깨달았다. 카르페 디엠이니, 욜로니. 그렇게 살고 싶어도 감독 지망생뿐만 아니라 입시생들이, 취준생들이, 모든 청춘들이 유예된 삶을 살고 있다. 그중에서도 영화는 더더욱 기약도 없이 기다리고 또 기다리며 살아야 하는 일이다.

문득 윤미가 나의 동의도 구하지 않고 여태 촬영 중이었다는 걸 발견했다.

"이것도 올리려는 거야?"

나는 카메라를 보고 말했다.

"응, 브이로그 올려도 되지? 너라는 거 밝혀도 돼?"

윤미가 천진하게 물었다. 내가 뭐 정체를 밝힐 만한 위인이나 되나. '얼마 전 화제됐던 GV 빌런 영상의 주인공, 영화감독 친구를 만났습니다.' 이런 내용의 10분짜리 콘텐츠가 되겠구나. 친한 척 영화과 시절 이야기를 보정된 추억으로 이야기하고, 예뻐 보이는 카페에 가서 맛있어 보이는 디저트를 먹고, 경쾌한 음악을 깔고. 조회수 좀 나오겠지.

기분이 나빴다. 내가 인터넷에서 화제가 되니 이용하려는 것 같왔다. 동시에 의문이 생겼다. 그럼 나는 뭐가 다른가? 나는 고태경을 이용하는 게 아닌가? 나는 고태경에게 무엇을 바라고, 무엇을 줄 수 있는 걸까?

나는 윤미의 얼굴을 찬찬히 살피며 지난 시절을 떠올렸다.

"윤미야, 우리 밤새 콘티 그리던 거 기억나? 네가 제일 열심히 그렸어."

결국 장소가 바뀌어서 하나도 콘티대로 못 찍었지만.

"생뚱맞게 옛날얘기는 왜 꺼내."

윤미는 떠올리기 싫다는 듯 짜증을 냈다.

"나는 영상 올리는 거 싫으니까 올리지 마. 그리고 나 너랑 그런 영상 안 찍을 거야."

내가 단호하게 말하자 윤미는 한쪽 입꼬리를 비틀며 웃었다.

"생각 바뀌면 언제든 연락해."

윤미와 헤어져 을지로에서 시청까지 걸어갔다. 노포들을 지나 철거되고 있는 재개발 구역을 지나면, 8차선 대로를 끼고 까마득하게 높은 빌딩 숲이 펼쳐진다. 유튜브 브이로그 시대에 두 계절 동안 돈한 푼 벌 수 없는 독립 다큐멘터리를 찍고 있다니. 재개발되고 있는 풍경들 사이에서 내가 멸종된 공룡 화석처럼 느껴졌다.

매트리스에 누워 윤미의 SNS에 들어가봤다. 윤미의 프로필에는 '#유튜버 #크리에이터'와 함께 유튜브 링크가 걸려 있었다. 나는 윤미가 눌렀던 유튜브 채널 구독을 취소했다.

우리는 각자가 원하지 않는 이야기를 가지고 살아간다. 잘하고 싶었는데, 큰 잘못을 저지르지도 않았는데, 콘티도 열심히 그렸는데. 우리는 왜 우리가 사랑하던 것들을 미워하게 될까.

윤미는 자신이 조롱한 영화들을 극장에서 보기는 했을까. 이제 윤미는 영화를 보면서 어떻게 조롱해서 업로드하면 재밌겠다는 생각이 먼저 들 것이다. 그런 생각을 하니 안타까웠다. 돈 안 되는 다큐멘터리를 찍고 있는 내가 9만 구독자를 가진 돈 잘 버는 윤미를 안타까워하면 안 되는 건가 싶지만.

잠이 오지 않았다. 윤미와의 한바탕 언쟁 이후로 새삼 알게 되었다. 나는 정말 극장을 좋아하고, 영화를 좋아한다는 사실이다. 어두운 극장 안에서 많은 사람들과 감정의 동기화가 된 것 같은 기분을 느끼는 건 근사한 일이다. 나는 불 꺼진 방에서 홀로 소리 내어 말해보았다.

"나는 극장을 정말 사랑해. 나는 영화를 정말 사랑해."

*

제작지원 면접의 결과를 기다리며 나는 학원에서 일하는 시간 외에 고태경과 자주 만나며 촬영을 진행해나갔다. 어느덧 매미가 요란하게 울어대는 뜨거운 여름으로 들어섰다. 그 무렵 나는 종현과 관계 정립을 하지 않은 채로 미적지근한 관계를 유지하고 있었다. 우리는 연애할 때와 다름없이 함께 영화를 보고, 맛집에 가고, 술을 마시고, 같이 잤다. 오랜만에 간 종현의 집에는 내가 선물한 스타워즈 피규어 인형, 어린 왕자 무드 등, 그리고 내 칫솔이 그대로 있었다. 종현도 나도 암묵적으로 감정을 소모하지 않기로 약속이라도 한 사람처럼 굴었다. 혼자 밥 먹는 건 지겨웠고 외로움을 벗어날 수 있는 익숙함이 나쁘지 않았다.

장마가 끝나갈 무렵 독립영화 제작지원 사업에 최종 선정되었다는 연락을 받았다. 사운드 믹싱, 색 보정 같은 후반작업 비용에 숨통이 트이게 됐다. 지원을 받게 돼서 쾌재를 부른 동시에 압박감이 밀려왔다. 이제는 돌이킬 수도 없다. 픽션의 캐릭터가 아닌 실존 인물의 삶을 공개한다는 책임감이 무겁게 밀려왔다.

윤미가 말한 '프리 솔로' 이야기가 머릿속에서 떠나질 않았다. 함께 시간을 보내면서 고태경에 대한 나의 태도가 바뀌고 있으면서도, 나는 주류에 속하고 싶었다. 입시학원 수업보다는 동준처럼 대학생들의 동경을 받으며 특강을 하고 싶었다.

나는 고태경과 나를 동일시하는 동시에 고태경처럼 되고 싶지는 않았다.

10

단팥죽은 언제든지

촬영이 진행되고 더 자주 만나면서 고태경이 나를 대하는 태도가 달라지고 있었다. 그는 나와 대화 나누는 것을 즐겼고 무엇보다도 포커페이스였던 표정이 풍부해졌다. 고태경은 자신의 삶을 이야기로 만들고 싶어서 준비되어 있는 사람 같았다. 그건 관심을 받고 싶어서라기보다는, 자기 자신을 하나의 캐릭터로 파악하고 이야기로서 가치가 있다고 여기는 태도였다.

한번은 촬영을 마치고 이동하려는데 고태경이 장비 정리를 도와주었다. 내가 안 도와줘도 된다고 손사래 치자, 고태경은 "장비를 만지면 영화 찍는 기분이 들어서 좋아"라며 미소 지었다. 그 이후로 내가 카메라를 들면 삼각대 가방은 고태경이 들었고, 내가 삼각대를 세팅하면 고태경은 알아서 무선마이크를 자신에게 장착했다. 현장 출신이어서 그런지 즉각적으로 촬영이 이루어지도록 눈치 빠르게 준비했다. 우리는 팀처럼 움직였다.

그날 내가 알루미늄 카메라 가방을 낑낑대며 드는 것을 보고 고태경이 한마디 했다.

"자네도 영화 찍으려면 체력을 길러야지. 운동은 좀 하나?"

"그럼요. 저 이래 봬도 운동하고 있어요."

현장은 정말 체력 싸움이다. 체력이 달려 집중력이 떨어져 올바른 판단을 못하는 것은 끔찍한 일이다. 나는 일주일에 두 번은 달리기를 꾸준히 하고 있었다.

"선생님은 따로 운동 좀 하시나요?"

내 물음에 고태경은 자신만만한 표정이 되었다.

"난 이틀에 한 번은 십 킬로미터씩 뛰고 있지. 말이 나온 김에 나 운동하는 모습 좀 담아주면 좋겠는데."

그는 체력관리를 열심히 한 자신의 건재함을 보여주고 싶은 듯했다. 그리하여 우리는 늦은 저녁 사백 미터 트랙이 있는 공원 운동장에서 만났다. 운동장에는 달리고 있는 사람들이 많았다. 고태경은 러닝 타이즈를 입고 캡을 쓰고 나왔다. 운동을 열심히 한다는 그의 말이 사실인지, 대부분 뱃살이 늘어난 그 나이대 중년 남자들과 비교하면 비교적 군살 없는 탄탄한 몸매였다.

"준비운동 꼭 해야 해. 조 감독도 같이해."

헛둘헛둘, 고태경은 요란하게 구령 소리를 내며 몸을 풀었다. 나는 창피했지만 고태경을 따라 스트레칭 했다.

우선은 같이 달리지 않고 고태경이 홀로 운동장을 뛰는 모습을 다양한 사이즈로 카메라에 담았다. 금세 다섯 바퀴를 달린 그는 땀을 흘리며 내게 물었다.

"스무 바퀴 음료수 내기 어때?"

"좋아요."

달리기는 자신 있던 내가 호기롭게 내기에 응했다. 나는 촬영을 위해 액션 캠을 달고 같이 뛰었다. 금세 몸이 더워지고 호흡이 가빠졌다. 열 바퀴째부터 거리가 벌어졌다. 고태경은 더운지 캡을 벗고 앞서 나갔다. 나는 조금은 초라하게 벗겨진 그의 뒤통수를 보며 달렸다.

트랙을 도는 고태경은 건재함을 과시하려는 듯 복싱 자세를 취하고 허공에 주먹을 쉭쉭 날리기도 했다. 그는 무엇과 싸우고 있는 걸까.

한참을 뒤처진 내가 멈춰 서서 헉헉 숨을 몰아쉬었다. 그의 귀에 이어폰이 꽂혀 있지는 않았지만, 음악이 흐르고 있는 것 같았다. 그가 완주 후 두 팔을 번쩍 들어 올리며 발을 구르는 순간 나는 확신했다. 그의 머릿속에 〈록키〉의 영화음악이 울려 퍼지고 있다는 것을.

*

고태경은 일주일에 두 번 노인복지센터에서 60세 이상 어르신들을 대상으로 영화 만들기 수업을 하고 있었다. '노인 영화교실'이라고 불리는 작은 강의실에는 육십대부터 구십대까지 나이 지긋한 수강생들이 자리에 앉아 있었다. 고태경이 나를 소개했다.

"지난 시간에 말씀드렸죠. 영화 만드는 조혜나 감독입니다."

"안녕하세요. 조혜나입니다. 어르신들 촬영 허락해주셔서 감사드리고요. 그냥 저는 없는 사람처럼 생각하시면 됩니다."

내가 꾸벅 90도로 인사를 하자, 수강생들이 열렬한 박수로 맞아주었다. 지난 시간 수업에 빠진 듯한 할아버지에게 옆에 앉은 할머니가 "감독 선생님 영화 나오신대"라며 일러주었다. 나는 수업에 방해가 되지 않도록 구석에 삼각대를 펼치고 자리를 잡았다.

칠십대, 팔십대 수강생들에 비하면 고태경은 아직 새파란 젊은이였다. 수업을 지켜보니 고태경은 생각보다 유능한 선생이었고, 예상 외로 넉살도 좋았다. 노인교육에서 무엇보다도 필요한 건 인내심이었다. 돌아서면 까먹는 노인들의 기억력은 자꾸만 굴러떨어지는 시시포스의 돌 같았다. 노인들은 지난 수업에서 배운 것을 다 잊어버리고 되풀이해서 물어봤고, 다시 알려주다 보니 진도가 앞으로 나가질 못하고 있었다.

"조용우 어르신. 지난번에 찍어 오라고 말씀드린 거 찍어 오셨어요? 아주 훌륭하십니다."

"고 선생님이 잘 지도해주신 덕분에 잘 담긴 것 같습니다."

아흔 살이라기에는 허리가 굽지도 않고 엄청난 동안인 조용우 할아버지는 웃는 얼굴로 고개를 숙이며 고태경에게 깍듯하게 인사했다. 조용우 할아버지의 작품은 사진과 내레이션으로 구성된 본인의 인생을 담은 짧은 다큐멘터리였다. 6·25 참전, 사우디아라비아 항만 노동자. 조용우 할아버지의 삶은 한국의 20세기를 고스란히 관통하고 있었다.

"이걸 좀 영화로 만들어줘봐."

120

다음은 보석을 주렁주렁 치장하고 도도한 표정으로 자리에 앉아 있던 예순아홉 강복자 할머니의 차례였다. 강복자 할머니는 재개발에 대해 찍어둔 영상이 있다며 보여주었다. 평소에 접하던 독립 다큐멘터리를 생각하던 내 고정관념은 완전히 뒤집혔다. 재개발의 문제점을 고발하는 영상이 아니라, 자기 동네 재개발을 했으면 하는데 반대하는 사람들을 고발하는 영상이었다.

　"아유, 어르신. 이 수업은 제가 영화를 만들어드리는 수업이 아니라 만드는 법을 알려드리고 도와드리는 수업이에요."

　"아니 그래서 내가 영상 다 찍어둔 거 가져왔잖아! 잘 만들어줘봐."

　완전히 생떼 쓰는 고객을 상대하는 서비스업이었다. 고태경이 끝까지 웃는 얼굴로 만들어줄 수는 없다고 하자 강복자 할머니는 화를 내며 수업을 나가버렸다. 그저 카메라를 돌리고 있을 뿐인 나도 숨이 턱턱 막혔다. 고태경은 목청이 참 좋았는데, 이 수업을 진행하려면 그래야만 했다. 나는 현장에서 목청을 높이며 진두지휘하던 고태경의 삼십대, 지금 내 나이 무렵을 상상해보았다.

　어르신들의 발표가 끝나고 간단하게 휴대폰 동영상 편집 앱을 배우는 차례가 됐다.

　"카메라 감독님도 이것 좀 할 줄 아시나. 좀 봐줘요. 지난 시간에 배웠는데 잘 안 되네."

　편집 프로그램에 매달려 끙끙대고 있던 오송자 할머니가 내게 도움을 청했다. 고태경은 다른 어르신들을 상대하느라 쩔쩔매고 있었다. 구부정하게 허리가 굽어 거의 땅바닥에 붙어 다닐 것 같은 오송자 할머니 옆에 앉자 노인 냄새가 났다. 나는 간단하게 영상과 소리를 분할하여 이동하는 법을 천천히 알려주었다. 그러자 다른 어르신들도 나를 호출하기 시작했다. 나는 촬영을 하다 말고 수업을 도와주게 되었다. 기다리는 순서 없이 자신이 모르는 것을 봐달라고 생떼를 부리는 게, 꼭 천방지축으로 통제 안 되는 어린이집의 풍경 같았다.

그렇게 두 시간의 수업이 끝나자 얼이 빠져버렸다. 수업이 끝나고도 쏟아지는 질문 세례에 고태경과 나는 도망치듯 비좁은 장비실로 피신했다. 녹초가 된 고태경은 소위 감독 의자라고 불리는 접이식 의자에 깊숙이 걸터앉았다. 마치 스펙터클한 난이도의 몹 신* 촬영을 마친 감독 같아 보였다. 말이 없어진 고태경의 이마에 움푹 파인 주름이 한층 더 깊게 느껴졌다. 수척해진 고태경의 얼굴을 촬영하고 있자 고태경이 한참 숨을 고르더니 내게 말했다.

"조 감독, 보조강사로 나 좀 도와줄래?"

'자네 없이는 불가능해'라고 그의 얼굴이 말하고 있었다. 정신을 차려보니 나는 담당 사회복지사가 건넨 계약서에 사인하고 있었다.

"원래 수업에서 보조강사를 둘 수 있게 되어 있는데 고 선생님이 마땅한 분을 찾지 못하고 계셨거든요. 잘 되었네요."

맑은 웃음을 보이며 사회복지사가 말했다. 안도한 듯 미소 짓는 고태경을 보며, 그가 내심 노리고 있던 것은 아닐까 의심이 들었다. 그렇게 나는 예정에 없던 파트타임 자리를 얻었다.

---

* Mob scene, 대규모 인원이 동원된 장면

"말을 많이 하고 나면 허해."

"네, 허기지네요."

우리는 방전 직전의 휴대폰처럼 기력 없이 종로를 걸었다.

"조 감독, 단팥죽 좋아해?"

"단팥죽이요?"

고태경은 손목시계를 보더니 닫기 전에 부지런히 가자며 내 무거운 카메라 가방을 번쩍 들고 걸음을 재촉했다. 고태경은 발걸음이 몹시 빨랐다.

"경준 엄마, 잘 있었어?"

"어머, 감독 선생님 오셨네."

푸근한 인상의 팥죽집 사장님이 고태경을 알아보고 반갑게 인사했다. 고태경은 가게에 들어서며 능숙하게 단팥죽 두 그릇을 주문했고, 자리에 앉자마자 계피 향이 진하게 풍기고 견과류가 먹음직스럽게 뿌려진 단팥죽이 나왔다. 색감이며 향이 맛보지 않아도 벌써 맛있었다.

"어서 먹어봐."

고태경이 재촉했다. 호오! 한입 떠먹자 눈이 커지고 감탄사가 나왔다. 순식간에 당이 보충되는 느낌의 진한 단맛이었다.

"와, 진짜 맛있는데요."

고태경은 '거 봐 끝내주지' 하는 표정으로 피식 웃었다. 나의 반응을 지켜보던 고태경은 단팥죽을 고급 레스토랑에서 캐비어 요리 먹듯 우아하게 한입 떠먹더니 눈을 감고 음미했다.

"이게 제대로 된 단팥죽 맛이지."

달달한 팥의 맛과 쫄깃한 새알심의 식감이 수저질을 바쁘게 만들었다. 고태경과 나는 별말 없이 한 그릇을 금세 비웠다. 고태경은 먹방을 해도 될 정도로 보는 사람으로 하여금 맛있어 보이게 먹을 줄 알았다.

한숨 돌리고 당을 보충한 우리는 쌍화차를 시켜 마셨다. 나는 쌍화차의 달큰하면서도 씁쓸한 맛을 음미하며 고태경에게 물었다.

"노인센터 강의는 어떻게 시작하신 거예요?"

"자네, 오즈 야스지로 감독이 평생 결혼하지 않고 어머니랑 살았던 거 아나?"

"네? 아뇨……."

노인센터를 물어봤는데 웬 오즈 야스지로? 게다가 처음 듣는 이야기였다. 결혼이나 가족생활에 대해 잘 다루던 오즈 야스지로였기 때문에 그러리라고는 생각지 못했다.

"오즈의 생일과 기일이 같은 것 알아? 12월 12일에 태어나서 12월 12일에 죽었어."

"그것참 영화 같은 인생이네요."

"내 생일이 오즈랑 같거든."

아니, 그래서 어떻다는 건가……. 잠시 잊고 있던 GV 빌런의 면모가 자각됐다. 고태경은 가끔 의미에 파묻힌 사람 같았다. 온갖 것에 의미를 부여하는 것이 그의 생존법이었을까.

"그것참 재미있는 우연이네요."

"나도 어머니와 평생 함께 살았어……. 노인센터는 인연을 맺은 지 벌써 팔 년 됐어. 어머니가 건강하실 때 다니던 곳이야. 나도 몇 번 배웅하며 들른 적이 있었는데, 어머니가 우리 아들 영화 한다고 강사로 쓰면 어떻겠냐고 계속 말씀하고 다니셨지. 나이 마흔이 넘은 아들 일자리를 물어보고 다녔을 어머니를 생각하면…… 아직도 가슴 한편이 뭉친 것 같아."

고태경은 담담히 말했다. 가족 얘기를 듣는 건 처음이었다. 항상 궁금했던 부분이었지만 불쑥 사적인 부분을 물어볼 수는 없었다. 어린 시절 고태경은 영화를 무척이나 좋아하는 어머니를 따라 극장에 다녔고, 나이가 들어서는 고태경이 노모를 모시고 극장에 다녔다고 했다.

"어머니에게 '감독 선생님' 소리 듣는 모습 보여드리려고 노인센터에 여러 번 찾아갔지. 준비도 많이 하고 잘 가르칠 수 있다고 열심히 설득했어."

고태경이 그토록 열성으로 가르치는 이유를 알 것 같았다.

"팔 년 전에 어머니가 뇌졸중으로 쓰러지셨고, 일 년을 요양병원에 계시다가 가셨지. 영화 보는 것 참 좋아하셨는데…… 평생 불효만 했지."

고태경의 얼굴에 회한이 스쳤다. 말하지 않아도 그가 얼마나 극장에서 자신의 영화를 어머니께 보여주고 싶었을지 상상이 갔다. 그 이후로 늘 혼자 극장에 간 거였구나.

"어머니가 남긴 말씀처럼, 평생 공부한다고 생각하니까 마음이 좀 편해졌어."

그렇지만 평생 공부를 했으면 그것을 펼쳐야 하잖아요,라는 말이 내 목구멍까지 나왔다가 삼켜졌다. 나태하지 않고 끊임없이 배우려는 사람, 평생 공부하겠다는 태도가 나름 멋지다고는 생각했다. 하지만 영화를 만들지 못하면 다 쓸모없어지는 것 아닌가, 제작되지 않고 컴퓨터 폴더에만 담겨 있는 시나리오처럼. 평생 공부해서 GV 빌런으로만 발현되는 것은 안타깝지 않은가.

고태경과 함께하면서 나는 생각하기 싫어도 나이 든 내 모습을 상상할 수밖에 없었다. 시간이 갈수록 늙어가는 엄마 생각도 났다. 아무런 대책 없이 이렇게, 언제까지 버틸 수 있을까. 어두워지는 내 표정을 살피던 고태경이 농담을 던졌다.

"그래도 뭐, 오늘 일자리 하나 생겼잖아. 축하해."

고태경이 단팥죽 그릇으로 툭 하고 건배했다.

"맛있지? 사는 게 힘에 부칠 때, 여기 와서 단팥죽 한 그릇 뚝딱 하면 나쁜 생각도 사라지고 든든하다고. 하나 더 먹어도 돼. 채화영 건만 잘 성사되면 내가 앞으로 조 감독 단팥죽은 얼마든지 사줄 수 있어."

말은 그렇게 씩씩하게 했지만, 고태경은 쓸쓸해 보였다. 단팥죽을 한 그릇 더 시켜서 고태경과 나눠 먹었다. 슬퍼지려는데 단팥죽이 달아서 다행이었다.

11

택시 드라이버 인 서울

인터뷰 촬영을 위해 고태경의 집으로 승호와 동행했다. 두 달 뒤 마감인 공모전을 준비하며 집에 틀어박혀서 시나리오만 쓰고 있다는 승호는 머리 식힐 겸 흔쾌히 동행해주었다. 지금까지는 나 혼자서 VJ처럼 촬영과 질문을 전부 했다면, 오늘은 촬영자를 따로 두고 공식적인 인터뷰 분위기를 만들고 싶었다.

고태경은 허름하고 외벽에 금이 간 연립 주택에 살고 있었다. 고태경의 집 내부는 밖에서 보던 것과 달리 모든 게 잘 정리되어 깔끔했고, 넓지는 않았지만 혼자 살기에 부족할 것이 없어 보였다. 거실에 들어서자마자 가장 먼저 눈에 띈 것은 벽면에 붙어 있는 고태경이 이삼십 대에 참여했던 작품의 포스터들이었다. 그중 푸른 배경에 노란 원피스를 입은 채화영이 초록 사과를 들고 있는 포스터가 단박에 눈에 띄었다.

"와, 이거 《키노》 5주년 기념판 부록으로 주던 스페셜 포스터잖아요. 저도 진짜 갖고 싶었던 건데."

나는 호들갑을 떨며 휴대폰으로 포스터 사진을 찍었다. 고태경은 자기 컬렉션의 가치를 알아봐주자 기분이 좋아 보였다.

승호는 인서트*용으로 집 안 풍경 구석구석을 촬영했다. 테이블 위 16밀리 필름 캔에는 담배꽁초가 고슴도치처럼 꽂혀 있었다. 똑같은 셔츠와 바지가 네 벌이나 가지런히 각이 잡혀 있는 옷장도 카메라에 담았다.

고태경은 영화를 사랑하는 만큼 좋은 수집가이기도 했다. 책상에는 실물을 처음 보는 《로드쇼》 《스크린》 《키노》 같은 폐간된 영화잡지가 꽂혀 있었고, 《히치콕과의 대화》 같은 절판된 책들도 있었다. 해외 영화제 기념품도 많았다. 베를린 영화제 머그컵, 칸 영화제 포스터, 베니스 영화제 가방 등. 지인들이 외국에 나갈 때나 해외 영화제를 갈 때면 꼭 부탁해서 모은 것들이라고 했다.

"이게 내가 가진 것 중에 가장 귀한 보물이지."

고태경은 서랍장 깊은 곳에 귀중히 보관하던 35밀리 필름을 들고 와서 뿌듯한 표정으로 말했다.

"이게 1초 길이야. 최강호 감독님이 직접 키 스태프들에게 나눠주신 거야."

건네받은 필름을 빛에 비춰 자세히 살펴보자, 채화영이 무표정에서 서서히 입꼬리가 올라가며 미소 짓는 〈초록 사과〉의 엔딩 장면이

---

* 영화나 TV에서 장면들 사이에 끼워 넣는 삽입화면.

24개의 낱장의 프레임으로 이어져 있었다.

"와아아."

값을 매길 수 없는 귀한 것이었다. 보는 것만으로도 기쁜 나머지 촬영하러 왔다는 사실을 잊을 뻔했다.

고태경은 우리를 방으로 데리고 가서 소니에서 나온 구형 영상 편집기를 보여줬다. 내가 들고 다니는 알루미늄 케이스처럼 투박하고 큼직한 기계였다. 그 편집기의 키보드에는 돌려서 작동하는 원형의 조그셔틀이 달려 있었다.

"지금은 돈 주고도 구할 수 없는 거야. 이것도 내 보물이지."

내 눈에는 보물이 아니라 고물로 보였다. 고태경은 편집실 환경이 디지털 편집으로 바뀌면서 버려질 운명에 처한 이 편집기가 눈에 밟혀 낑낑대며 들고 왔다고 했다.

고태경은 편집기가 작동하는 것을 보여주었다. 조그셔틀을 시계 방향, 반시계 방향으로 돌리자 구형 모니터에 나오는 영상이 앞으로 감기, 뒤로 감기가 됐다. 승호는 장난감을 발견한 아이처럼 편집 기능이 각인된 키보드를 눌러보며 신나했다.

"이거 한번 볼래?"

고태경은 책상 위에 놓여있는 두툼한 시나리오를 들어 보였다. 훑어 넘겨본 시나리오는 폰트와 편집도 신경 써서 깔끔했다. "과장해서 말하는 게 아니라 100고까지 퇴고한 거야"라고 말하는 고태경은 자부심 넘치는 태도였다. 나는 지금까지 관찰한 고태경이라면 성실하게 백 번 원고를 고쳤으리란 것을 알 수 있었다. 백 가지 버전의 이야기면 그건 아예 다른 이야기라고 봐야 하지 않을까. 영화화되지 않은 시나리오는 컴퓨터 폴더 안에 무형의 파일로 남은 게 아니라 사람 키만큼 쌓여 있었다.

"이것도 한번 봐봐."

이번에는 직접 그린 콘티북을 보여주었다. 두툼한 시나리오보다 놀라움을 준 것은 그의 세밀한 스케치 실력이었다. 카메라의 움직임과 편집 지점까지 정교하게 쓰여 있는 콘티는 영화학도들에게 교재로 삼아도 될 정도였다.

"처음에는 나도 그림 실력이 못 봐줄 정도였지. 독학으로 십 년 넘게 그렸더니 이 정도 그리게 된 거야."

"와, 선생님 팔방미인이시네요. 이 정도면 웹툰 연재해도 되겠는데요!"

내가 감탄하며 칭찬했더니 고태경의 표정이 안 좋게 변했다.

"나는 웹툰 작가가 되려는 게 아니라 영화를 찍기 위한 콘티를 그린 거야."

쓸데없는 소리를 한다는 투였다.

"아, 저는 그냥…… 좋은 의미로 드린 말씀인데……."

"최강호 감독님이 호통치시며 하신 말씀이 있지. '일본에서는 팔방미인이 욕이다. 다재다능한 게 중요한 게 아니라 한 가지를 똑바로 잘해야 한다.'"

몰랐던 사실이었다. 감독이 똑바로 잘해야 하는 한 가지라면 역시 선택이겠지.

"최강호 감독님은 어떻게 지내세요? 인터뷰할 수 있으면 좋겠는데."

최강호 감독의 소식과 연락처를 알 길이 없던 내가 물었다.

"최 감독님은 건강이 안 좋아지셔서 지금 무주에 계셔. 휴대폰도 안 쓰시고······."

"뵌 지 오래되셨어요?"

"조만간 찾아뵐 생각이야. 연락을 안 드린 지 오래돼서······."

우물쭈물 답하지 못하는 걸 보니 사연이 있는 듯했다. 갑자기 분위기가 처지는 것 같아 내가 화제를 돌렸다.

"이건 무슨 마감 날이에요?"

달력에 빨간 사인펜으로 동그라미와 함께 '마감'이라고 적힌 것을 가리키며 내가 물었다.

"민현석이라고, 모레 찾아갈 영화사 대표가 내가 조감독 하던 시절에 제작부 막내 하던 녀석인데, 영화 두 편 흥행하고 재미 보더니 이번에 강남에 사무실을 차렸어. 내가 완고가 나오면 들고 찾아간다고 했거든."

민현석 대표라면 나도 기사에서 봐서 아는 인물이다. 나는 고태경의 속내를 캐고 싶었다.

"같이 일하셨던 분들 중에 잘 되신 분들이 많네요. 그런 거 보면 무슨 생각이 드세요?"

"뭐, 잘 되니 좋지. 나도 열심히 해서 다 같이 잘 돼야지."

고태경이 의연하게 말했다.

고태경의 후경에 〈초록 사과〉 포스터가 아웃포커스 돼서 담기도록 앵글을 잡고 인터뷰를 시작했다.

"내가 〈초록 사과〉 조감독을 하고 나서, 새천년이 딱 되었을 때, 이 제 본격적으로 입봉 준비를 해야겠다고 현장을 잠시 떠났지. 그사이에 도제 시스템도 사라지기 시작했고 투자되는 영화들도 바뀌었어. 90년대 느린 호흡의 멜로영화 같은 건 이제 만들어지지 않더라고."

깐깐하고 엄격한 조감독으로 인정받던 고태경은 A영화사에서 삼 년간 시나리오를 준비하고 데뷔를 기다렸다. 그런데 모두가 흥행하리라고 예상하던 A영화사의 대작 영화가 참패하고 말았고, 그 후폭풍으로 고태경의 프로젝트는 물거품이 되어버렸다. 공백기를 가진 고태경이 이 년 만에 B영화사에서 완성한 시나리오는 톱스타인 남 자배우가 붙으며 제작에 순풍을 타는 것 같았다. 그러나 그 남자배우가 고사를 지내기 전날 음주운전으로 큰 사고를 내고 말았다. 그렇게 고태경의 두 번째 영화가 엎어졌다. 순식간에 팔 년이 흘렀다. 그 뒤로는 고태경에게 들어오는 일이 없었다. 오랫동안 영화계에 공백이 생긴 그사이 고태경은 영사기사로 일하며 시끄럽고 컴컴한 영사실에서 시나리오를 고쳤다.

"내 딴에는 그렇게 해서라도 영화와의 거리가 멀어지지 않기 위해 애쓴 거지. 〈올드보이〉에서 오대수가 감금방에 도대체 얼마나 갇혀 있어야 하는지 몰라서 괴로워하잖아. 내가 입봉 준비하는 게 딱 그 처지 같더라고."

삼 년 동안 영사실에서 글을 쓰던 고태경에게 희망의 손길을 내 민 것은 C영화사의 C대표였다. C대표와 고태경은 술을 많이 마셨다. 고태경은 〈초록 사과〉로 인연을 맺은 채화영을 가장 돋보이게 만들 시나리오를 썼다고 했다. 채화영이 스타가 된 뒤였지만 고태경의 시나리오에 관심을 보여 프로젝트가 진행될 수 있었다. 그러나 고태경의 기구함은 여기서 그치지 않았다. C대표가 채화영의 이름으로 투자금을 모아 해외로 도주한 것이었다. 텅 빈 C영화사 사무실에서 고태경은 자신의 영화 인생에서 가장 크게 좌절을 느꼈다고 했다.

"거의 폐인이 됐지. 주변 사람들에게 폐를 끼쳤다고 생각하니 죽을 맛이더군. 알코올 중독까지 갔었어."

퍼즐이 맞춰지는 것 같았다. 채화영에게 시나리오를 건네려는 이유가 이런 것이었나. 폐인처럼 지내던 고태경은 마틴 스코세이지 감독의 〈택시 드라이버〉를 보고 구원이라도 받은 듯 눈이 번쩍 뜨였다고 했다. 〈택시 드라이버〉는 베트남 전쟁 참전 후유증을 겪던 뉴욕의 택시 기사 트래비스(로버트 드 니로)가 갱단으로부터 어린 소녀를 구한 영웅으로 거듭나는 영화다. 고태경은 시나리오 쓰는 것을 게을리하지 않으면서 동시에 체력관리를 열심히 했다. 극장은 언제나 열려 있었다. 고태경은 비가 오나 눈이 오나 늘 극장을 찾았고, 그것을 수행자의 의식처럼 십 년 넘게 행하고 있었다. 마치 그 루틴을 깨지 않고 지켜야만 감독 데뷔를 할 수 있는 것처럼. 그러면서 사람들과 단절되다시피 했다. 이것을 타개할 밥벌이 수단으로 그가 찾은 것이 바로 택시 운전이었다.

"선생님 잠시 쉬실까요?"

나는 고태경과 비좁은 베란다에서 햇살을 받으며 담배를 피웠다. 고태경이 건넨 직접 말은 수제 담배에서는 바닐라 향이 났다. 승호는 다큐멘터리를 찍어본 경험이 있어서 그런지 카메라를 돌리면 좋겠다 싶은 순간에 늘 이미 촬영 버튼을 누르고 뷰파인더를 들여다보고 있었다. 나는 촬영하고 있는 승호를 기록으로 남겨주고 싶어 휴대폰으로 사진을 찍었다. 표정을 잔뜩 찡그리고 뷰파인더에 온전히 집중하고 있는 사람을 사진으로 찍으면 멋지다기보다는 바보처럼 보인다. 승호가 촬영한 고태경과 내가 맞담배를 피우는 장면은 다큐멘터리에서는 편집되겠지만, 햇살 사이로 퍼지는 담배 연기가 몽환적인 그림이었다.

고된 인터뷰를 마치고 고태경의 인터뷰 위에 얹을 장면을 촬영했다. 고태경이 혼자 베란다에서 담배 피우는 모습, 조용히 다림질하는 뒷모습, 편집기의 조그셔틀을 앞뒤로 돌려보는 모습, 마당에서 택시를 애지중지하며 세차하는 모습을 촬영했다. 택시는 연식이 오래되었다는 걸 못 알아볼 정도로 광이 났다.

인터뷰 촬영을 마친 승호는 먼저 집으로 돌아갔다. 고태경이 택시를 운전하면서 어떻게 승객들과 대화를 나누는지 담고 싶었지만, 택시 영업을 방해할 수는 없었다. 내가 택시 운전하는 모습을 촬영하고 싶다고 하자 고태경은 나를 집 앞에 데려다준다고 했다.

고태경은 로버트 드 니로라도 된 것처럼 왼팔을 창문 쪽에 걸치고 오른손으로 핸들을 잡았다. 고태경이 〈택시 드라이버〉의 OST를 틀자, 멜랑꼴리한 재즈 테마가 흘러나왔다.

"버나드 허먼 음악은 역시 대단해. 이 색소폰 선율을 듣고 있으면 고독한 뉴욕의 밤거리를 운전하는 것 같은 기분이 든다니까."

고태경은 음악에 심취했다. 택시는 강변북로를 달리고 있었다. 무심히 운전하는 고태경의 약간 피로한 표정과 얼굴의 주름들, 카메라에 담긴 그림이 좋았다. 조수석에 앉은 나는 화각을 확보하기 위해 몸을 문 쪽에 기대어 구겨진 자세로 무릎 위에 카메라를 받쳐 들었다. 고태경의 시점 숏으로 서울의 야경들도 담았다. 아웃포커스 된 차들의 후미등이 붉게 빛났다.

"택시가 적성에 맞고 재밌어. 택시를 안 했으면 가보지 않았을 동네를 운전하면서 보는 재미도 있고, 촬영하기 좋은 로케이션 탐방도 되고…….. 행선지가 극장인 손님이나, 극장에서 귀가하는 손님을 태울 때 제일 기분이 좋지."

"손님들한테 말씀도 좀 거시고 하세요?"

"아니, 택시 기사가 운전을 편안하게 잘해야지."

고태경은 평소에 손님에게 말을 걸지 않았지만, 극장에서 귀가하는 손님을 태울 때는 말없이 OST를 틀어준다고 했다. 방금 영화를 보고 나와 그 영화의 OST를 들으며 감흥에 젖어 이동할 것을 생각하니 운치 있게 느껴졌다. 가끔 승객이 먼저 말을 걸면 자신의 해박한 영화 지식을 뽐내며 신나게 대화를 한다고도 했다. 영화를 보러 가는 승객에게 개봉 중인 영화의 평들과 감독·배우에 대한 정보를 알려주거나, 영화를 보고 나온 승객과 그 영화에 대한 감상을 나누기도 했다. 승객에게 좋아하는 영화를 물어보고 취향에 잘 맞을지 여부도 일러주었다. 심지어 그에게 영화 추천을 받아서 극장 데이트를 즐기는 단골 커플 승객도 있다고 했다.

한동안 정적이 흘렀다. 오늘 참으로 많은 말을 쏟아낸 그였다. 이렇게 시스템과 스태프가 체계적으로 갖춰지지 않은 다큐멘터리에서는 결국 촬영의 양이 질을 결정했다. 나는 침묵이 흐르는데도 카메라를 내려놓지 않았다. 운전하는 모습을 촬영하며 계속 카메라를 들고 있었더니 고태경이 나를 인터뷰하듯 말을 걸어왔다.

"조 감독은 〈원찬스〉 찍은 거 후회 안 해?"

어느새 고태경이 차창을 닫고 음악을 껐다는 것을 알아차렸다. 훅하고 아픈 부분을 갑자기 물어오자 나는 무슨 말을 해야 할지 막막했다.

"나도 조 감독하고 비슷한 상황이 있었어. 준비하던 영화사에서 나보다 앞서 들어가던 작품의 감독이 큰 사고가 난 거야. 그때 한창 유행하던 조폭 코미디 영화였는데 내게 제안이 왔지. 내가 준비하던 시나리오는 아직 초기 단계여서 얼마든지 넘어가서 데뷔할 기회였어. 고민했지만 결국 거절했지. 그때는 다른 기회들이 내게 더 찾아올 줄 알았거든……."

고태경의 목소리에 회한이 묻어 있었다. 아까 인터뷰할 때는 말하지 않은 내용이었다. 나는 팔이 저렸지만, 더 듣고 싶은—정확히는 카메라에 담고 싶은—조바심이 나서 길이라도 막혔으면 싶었다.

"후회를 안 해본 건 아니지. 그때 데뷔를 해야 했나 하고 말이야. 거절할 때는 전혀 아쉬워하지 않을 것 같은 영화였는데, 남자배우가 드라마로 인기를 확 끌면서 그 영화도 흥행했거든. 나 대신 데뷔한 그 감독은 그 뒤로 계속 작품을 하고 있고……. 그때 내가 배가 덜고팠던 건가 간절함이 부족했던 건가……."

나는 섣불리 질문을 던지지 않고 가만히 듣고 있었다. 고태경은 시선을 전방의 야경에 둔 채 말을 이어갔다.

"나 자신을 너무 많이 미워했네. 세상을 원망하고, 탓하고……."

그건 나 자신에게 하는 말 같았다. 차창 밖으로 강 건너편 여의도의 높은 빌딩들이 굳건히 서서 불빛을 반짝이고 있었다. 여의도 촬영 현장이 생각났고 빌딩들이 소리 없이 무너져 내리는 이미지가 떠올랐다.

"조 감독은 말이야, 좋은 기회를 얻었었잖아. 그거에 대해 어떻게 생각하고 있어?"

나는 머릿속이 헝클어져 입이 떨어지지 않았다. 잘하고 싶었지만 잘 해내지 못한 것에 대해서 어떤 입장을 취해야 할까. 내 능력에 대한 믿음이나 내가 확신하던 것들은 다 무너졌다. 그때 열악한 조건에서 작품을 찍은 건 내 선택이었다.

"정말 좋은 기회였죠……. 제가 다 망쳤어요. 그땐 사람들 원망도 많이 했는데 누굴 원망하겠어요. 다 제 잘못이에요."

내 입에서 메마른 소리가 나왔다. 나는 카메라를 들고 있다는 사실을 잠시 잊어버릴 정도로 생각에 잠겨 침울해졌다. 고태경은 나를 물끄러미 바라보다가 말했다.

"반반 하자."

"네?"

고태경은 마치 양념 반, 프라이드 반, 반반 하자는 듯이 툭 말했다.

"자네도 살아야지. 어떻게 다 자네 책임이야. 반반 해. 상황이 어려웠던 것도 사실이잖아. 네 탓만 하지 말고 세상 탓도 절반 하자고."

고태경에게 위로를 받게 될 줄은 몰랐다. 그리고 그게 효과가 있을 줄은 더욱 몰랐다.

"비싼 수업료 치른 거로 생각해. 실패도 못 해본 사람들이 수두룩해. 실패에 자부심을 가져."

그 수모를 겪은 게 잘한 일이라고? 영화를 만들며 겪은 고난을 통해 배운 기술들은, 영화를 만들 때 이외에 일상생활에서는 거의 쓸모가 없다.

"기회라는 게 원체 오지 않기 때문에 나는 조 감독이 잘했다고 생각해. 그때 안 했으면 뭐 어떻게 다르게 했겠어?"

어떻게 달랐을까. 수십, 수백 번도 더 상상해본 일이다. 그러나 그 순간들을 경험해보기 전에는 내 부족했던 점들을 몰랐다. 그 당시엔 준비가 되어 있다고 생각했지만, 결과적으로 나는 전혀 준비되어 있지 않았었다.

"작품 완성하려고 무릎까지 꿇었다고 했지? 그런 거 아무나 못해. 난 말이야, 이제 나한테 그런 기회가 주어지면 무릎 꿇는 거보다 더한 것도 얼마든지 할 수 있어. 진짜 부끄러운 건 기회 앞에서 도망치는 거야."

고태경이 잠시 간격을 두었다가 덧붙였다.

"완성한 것만으로도 대단한 거야. 모든 완성된 영화는 기적이야."

나는 생각지도 못했던 그의 말에 가슴 한편이 뜨거워졌다. 콧날이 시큰했다. 고태경이 나의 표정을 흘긋 살피더니 말없이 조수석의 창을 조금 내렸다. 시원한 바람과 소음이 어색한 공기를 채웠다.

어느새 고태경의 택시가 집 앞에 도착했다. 슬슬 장비들을 추스

르며 내릴 준비를 했다.

"고맙습니다. 잘 들어가세요."

의례적인 인사에 나는 고맙다는 진심을 실었다.

"아차차, 잠깐만."

고태경은 뭔가 깜빡했다가 기억이 난 듯 차에서 내려 트렁크 쪽으로 갔다. 과장되게 티를 내는 게 연기력은 꽝이구나 싶었다. 나는 뭔가 싶어 고태경을 따라갔다. 트렁크를 열자 나온 것은 나일론 재질로 된 카메라 소프트 케이스였다. 내가 '이게 뭐죠?' 하는 표정을 짓자, 고태경이 하드 케이스에서 카메라를 꺼내 소프트 케이스에 넣어주며 말했다.

"얼마 안 해. 뇌물이야. 좀 잘 생기게 찍어달라고."

고태경은 무안한지 서둘러 운전석에 타더니, 내가 고맙다고 말하기도 전에 출발했다. 카메라 가방이 훨씬 가벼워졌다. 나는 고태경의 택시가 시야에서 사라질 때까지 한참을 서서 지켜보았다. 고태경이 스스로의 모습에 뿌듯해하며 〈택시 드라이버〉의 로버트 드 니로가 그러했듯이 백미러로 나를 쳐다봤을 거란 생각이 들었다.

촬영을 시작한 이래 처음으로 옥탑까지 하드 케이스를 들고 낑낑대며 올라가지 않아도 돼서, 그리고 다큐멘터리를 같이 만들어가는 동료가 생긴 기분이 들어서, 계단을 오르는 발걸음이 몹시 가벼웠다.

12

감독 똑바로 해

"영화사 가기 전에 이발을 좀 하려고 하는데, 촬영할 거야?"

고태경은 선글라스를 쓰고 〈택시 드라이버〉에서 로버트 드 니로가 입었던 밀리터리 재킷, M-65 야상을 걸치고, 입에는 주윤발처럼 이쑤시개를 물고 나타났다. 내가 입을 벌리고 놀란 표정을 짓자 고태경은 "조금이라도 젊어 보이려고"라고 말했다. 잠바를 입기에는 더운 날씨였다. 로버트 드 니로처럼 모히칸 머리를 안 하고 나타난 게 그나마 다행이었다. 그의 품 안에는 총 대신 100고째 되는 시나리오가 장전되어 있었다.

고태경이 좁은 골목을 통과해 이끈 곳은 빛바랜 간판과 녹이 슨 철문이 인상적인 이발소였다. 영화 미술에서 소품이나 세트 등에 세월의 때를 입히는 작업을 '간지를 낸다'라고 하는데, 고태경이 일부러 이런 곳을 찾은 것이 아닐까 싶을 정도로 간지가 완벽한 곳이었다. 이곳은 오십 년 경력의 장인이 운영하는 이발소라고 했다. 고태경은 이발소에 들어서며 "선생님, 잘 지내셨어요?" 하고 깍듯하게 인사했다.

"고 감독, 오랜만이네. 오늘 영화사 미팅 가나?"

허허허, 하고 웃으며 노년의 이발사가 고태경을 반갑게 맞았다. 고태경에게는 영화사와 미팅을 하기 전의 이발이 일종의 의식인 모양이었다.

"내가 이발소에 고 감독 영화 포스터 붙여놓을 거야. 고 감독, 나 은퇴하기 전에 약속 지켜야지."

이발사가 고태경의 목에 분홍색 가운을 두르며 말했다. 일흔셋 나이의 이발사가 손을 떨지는 않을지 불안해 보였다.

"선생님, 언제까지 하실 건데요?"

고태경이 다정하게 웃으며 물었다.

"난 앞으로 십 년은 거뜬해. 고 감독은 뭐 아직 청년이니까."

이발사가 가위질을 시작했다. 사각사각, 숙련된 장인의 가위질 소리가 ASMR처럼 마음을 편하게 해줬고, 고태경은 지그시 눈을 감았다. 이발사의 날카로운 면도칼에 고태경의 희끗한 잔털들이 깔끔하게 잘려나갔다.

세면대에 고개를 숙이고 직접 머리를 감은 고태경은 몸이 가볍고 활력이 넘쳐 보였다. 고태경이 수건으로 머리를 털며 만족스럽게 거울을 봤다.

"아, 미남이야. 허허허."

"시원합니다, 선생님."

고태경의 목소리 톤이 평소보다 반 옥타브는 높았다. 정말로 카메라 LCD 화면에 고태경의 청년 시절 얼굴이 얼핏 보이는 듯했다.

고태경이 모는 택시가 강남의 언덕길을 올랐다. 중요한 경기를 앞둔 선수처럼 긴장한 고태경의 눈빛에는 힘이 들어가 있었다.

"떨리세요?"

"기분 좋은 떨림이지."

오늘은 과연 어떤 장면을 얻을 수 있을까. 고태경을 촬영하면서 가장 긴장된 순간이었다. 다큐멘터리 촬영에도 극영화를 촬영할 때와 비슷한 시뮬레이션 능력이 요구됐다. 촬영하게 될 공간, 인물의 관계, 인물의 동선, 놓쳐선 안 될 장면들, 대략 벌어질 일들을 시뮬레이션해보고 촬영 계획을 세워야 했다. 물론 그렇게 온전히 계획대로 되는 일은 극영화에서도 없고, 다큐멘터리 촬영에서는 더더욱 없지만, 최선을 다해 철저하게 준비해야 했다.

민현석 대표의 이름을 검색해보고, 인터뷰도 찾아 읽었다. 민 대표는 최근 두 편의 영화를 연달아 흥행시키면서, 잘나가는 젊은 제작자로 영화계에 이름을 알리고 있었다. 다행히 민 대표는 메일로 보낸 인터뷰 요청에 고태경과의 미팅 이후 30분 정도 시간을 내주었다. 한창 바쁜 민 대표가 이렇게 시간을 내서 만나주는 것을 보니, 고태경이 현장에서 나쁘지 않았겠구나 싶었다. 사진으로 본 민 대표의 깔끔한 인상과 짧은 답신에서 느껴진 쿨한 성격에 호감이 갔다. 혹시라도 고태경의 '채화영 프로젝트'가 진전되는 모습을 담을 수 있으면 좋겠다는 생각에 나도 두근거렸다.

MHS 필름 사무실은 압구정 한복판의 깔끔한 신축 빌딩 십 층에 있었다. 통유리로 이뤄져 개방적인 느낌을 주는 사무실에는 연달아 흥행한 두 편의 영화 포스터가 자랑처럼 걸려 있었다. 갓 대학을 졸업한 듯 앳돼 보이는 남자 직원이 우리를 넓은 회의실로 안내했다. 회의실의 통유리로 보이는 탁 트인 남산과 한강 전망은, 같은 서울에 살면서 누구는 이런 풍경을 보고 산다니, 하고 억울한 기분이 들 만큼 멋진 풍경이었다.

"바쁘니까 메일로 보내달라니까. 하여튼 고 선배 고집은 참 못 말려."

민 대표가 회의실에 들어서면서 말했다. 민 대표의 앵앵거리는 경박한 목소리 톤과 태도는 내가 생각했던 것과 전혀 달랐다. 민 대표는 자신이 바쁘다는 말을 열 번도 넘게 했다. 긴 수다나 안부는 서로 거두절미했다. 고태경이 묵직한 책을 건넸고, 민 대표가 시나리오를 받아들더니 차근차근 넘기기 시작했다. 고태경은 이렇게 미팅이 있을 때면 꼭 인쇄한 책으로 들고 가서 앉은 자리에서 꼼짝없이 읽게 하고, 그 자리에서 감상을 물어본다고 했다. 나는 시나리오를 읽고 있는 민 대표의 얼굴과 그를 바라보는 고태경의 표정을 번갈아 카메라에 담았다. 민 대표의 표정을 보면서 나도 긴장이 됐다. 민 대표가 몇 번 피식하고 웃었다. 한참의 시간이 흘러, 민 대표가 드디어 마지막 페이지를 넘겼다. 여운을 느끼는 듯 민 대표는 한참 동안 눈을 지그시 감고 있었다.

"선배 여전하네요."

민 대표가 첫 마디를 던지곤 잠시 멈추고 고태경을 바라보았다.

부정적인지 긍정적인지 알 수 없는 뉘앙스였다. 고태경과 나는 민 대표의 다음 말을 기다렸다.

"사람 냄새가 나."

나는 안도했다. 굳어 있던 고태경의 표정이 조금 풀어졌다.

"그런데요……. 이 대사 톤 이해를 못 해서 그러는데, 여기 한번 리딩 좀 해보세요."

민 대표가 시나리오를 가리키며 요구했다. 고태경과 민 대표의 시선이 오고 갔다.

"아니, 내가 배우도 아니고 무슨 연기를 해."

더군다나 카메라가 돌아가고 있었다. 민 대표가 다리를 꼬고 앉아 팔짱을 꼈다.

"못 하시겠어요?"

고태경이 무표정하게 민 대표를 바라봤다. 민 대표는 능글맞은 미소를 띠고 있었다.

"감정적으로 중요한 장면 같은데 배우한테 어떻게 디렉션 줄 거예요? 선배, 현장에서 뛰어본 지 십 년도 넘었잖아요. 이제는 감독이 까라면 까고 촬영 접으라면 접고 온종일 한 신 찍고, 그런 식이 아니에요. 현장이 얼마나 달라졌는데."

고태경이 입을 꾹 다물고 흠흠, 하고 헛기침을 했다. 나는 민 대표가 일부러 망신을 주고 있다고 생각했다. 고태경이 망설이며 연기를 하려는 것을 보고 있기 민망하고 괴로웠다. "카메라 끌까요?"라고 묻고 싶었지만 이건 불편해서 누군가에게 선택을 떠넘겨버리고 싶은 거였다. 마음을 다잡았다. 편집에서 선택할 수 있으니 우선은 담아야 했다. 마침내 고태경이 입을 열었다.

"정말 내 마음 모르겠어? 네가 모르면 누가 알아주니. 다른 사람
다 몰라도 너는 알아줘야지."

고태경이 손발이 오그라드는 어색한 연기를 펼쳐 보였고, 나는 그
곳에 없는 사람이 되고 싶었다. 고태경의 연기는 코미디언들이 일부
러 우스꽝스럽게 발 연기를 흉내 내는 것처럼 보였다. 민 대표는 소
리 내서 웃거나 하지는 않았지만, 표정에 우월감이 번지고 있었다.

"너무 올드해요. 스토리 전개도, 대사도. 고 선배는 아직도 90년대
에 머물러 있어요. 담백한 건 좋은데 우리가 뭐 곰탕집 차릴 것도
아니고. MSG가 이렇게 없어서 어떡해요. 이건 상업성이 없어요."

민 대표가 시나리오 모서리를 책상에 툭툭 치며 말했다. 나는 고
태경의 시나리오가 구겨지는 걸 지켜보며 참기 힘든 기분이 들었다.

"선배 요새 젊은 애들 연애 모르죠. 썸 탄다는 게 뭔지는 아나? 가
랑비 젖듯이 120분 동안 서서히 감정이 쌓여가는 그런 거 관객들이
좋아할 것 같아요? 선배, 그건 90년대 감성이고, 요즘 애들 90년대
태어난 애들이야."

민 대표는 반말을 섞기 시작했다. 상업성이라는 건 대체 뭐고 그
판단의 주체는 누굴까. 민 대표의 취향? 제작자, 투자자의 입맛? 그
게 예측 가능한 것이라면 왜 그렇게 고예산의 처참한 흥행실패작
들이 나오는 걸까. 고태경이 답이 없자 민 대표는 거기서 그치지 않
았다.

"선배, 단편영화라도 좀 찍어요. 방구석에서 혼자 글만 쓰면 누가
알아줘요. 책을 가져와도 투자자들한테 보여줄 게 있어야 할 거 아

니야. 그렇다고 선배가 포트폴리오 없어도 될 정도로 기가 막히게 글을 쓰는 건 아니잖아?"

나 같으면 붉으락푸르락해졌을 텐데, 고태경은 오히려 창백하고 무표정한 얼굴로 심호흡을 길게 하더니 자리에서 일어섰다.

"시간 내줘서 고맙다."

돌아서서 나가는 고태경의 뒤에 대고 민 대표가 말했다.

"요즘 영화들 좀 보세요. 고태경 선배."

고태경은 잠시 멈춰 섰다가 고개 돌리지 않고 그대로 회의실을 나갔다. 나는 그 모습을 끝까지 찍고 있었다. 나는 걱정이 돼서 민 대표 인터뷰를 젖혀두고 나도 모르게 카메라를 든 채로 고태경을 따라나섰다. 고태경은 벌써 주차장으로 내려갔는지 보이지 않았다. 엘리베이터에서 거울을 보니 내 얼굴이 붉어져 있었다. 볼에 손등을 대보니 뜨끈했다.

먼저 내려간 고태경은 택시 안에 타고 있었다. 나는 그가 혼자 있는 게 더 좋지 않을까 싶어 멀리서 지켜봤다. 고태경은 담뱃갑에서 허겁지겁 담배를 꺼내 말다가 잘 안 됐는지 성을 내며 집어던졌다. 주차장에 차 경적 소리가 한 차례 시끄럽게 울려 퍼졌다.

내가 따라 내려온 것을 알아챈 고태경은 흠칫 놀라며 아무 일도 없었다는 듯 창밖으로 시선을 돌렸다. 나는 어색하게 택시 쪽으로 가서 조수석에 탔다. 위로의 말을 해야 할까. 민 대표 욕을 해줘야 할까.

"저…… 먼저 들어가실래요?"

내가 조심스레 물었다. 고태경의 기분이 많이 상했을 테니 차마 카메라를 들이밀기가 불편했다. 이대로 헤어지고 싶었다. 고태경은 눈치를 보고 있는 나를 지그시 바라봤다.

"지금 뭐 하는 거야?"

"네?"

고태경의 무표정한 얼굴에 잠시 화가 스쳤다.

"조 감독. 감독 일 똑바로 해. 카메라를 들이대야지."

송곳으로 찔린 것 같았다. 고태경이 부연하지 않아도, 그 말이 무슨 말인 줄 알았다. 그 와중에도 영화를 너무 많이 아는 사나이, 고태경은 이 상황을 파악하고 나보다 더 감독같이 행동하고 있었다. 부끄러워졌다.

"내가 다큐를 만들어본 건 아니지만 말이야. 한 시간 영상을 만들기 위해 백 시간, 그 이상 촬영해야 한다는 건 알아. 이 영화의 감독은 자네잖아."

자신이 잔소리하는 것 같은지 고태경은 입을 다물었다.

"네, 알겠습니다."

나는 고태경의 얼굴을 향해 카메라를 돌리면서 말했다. 차마 지금 기분이 어떻냐고 인터뷰하지는 못하고 가만히 담배 피우고 있는 고태경을 촬영했다. 차창을 열자 폭염 속에 매미 우는 소리가 시끄럽게 들렸고, 고태경은 손수건으로 이마의 땀을 훔쳤다. 깔끔하게 이발한 머리가 땀으로 떡이 져서 지저분하고 볼품없어 보였다.

"인터뷰하고 와. 난 한 바퀴 돌고 올게."

다시 다급하게 사무실로 돌아와 숨을 몰아쉬는 나를 보며 민 대표가 피식 웃었다.

"저 양반 따라다니기 힘들지? 저런 성격 누가 좋아해. 저밖에 모르고. 사람 기분 나쁘게 만들고. 저 양반, 충무로에서 혼자 고립돼 친구도 없어. 집념이라는 게 잘됐을 때나 그렇게 부르는 거지, 그게 한 끗 차이거든."

나는 "아아, 네에" 하고 대표실에 마주 앉은 채 인터뷰 촬영을 시작했다. 민 대표는 카메라가 돌아가기 시작하자 일부러 악의적으로 말하는 듯 보였다. 우선은 묵묵히 민 대표가 하는 말을 카메라에 담았다.

"무슨 사연이 있으신가 봐요."

"이거 웬만하면 편집하지 마. 인물 다큐면 그에 대해 사람들이 제대로 알아야지. 조 감독도 C영화사 사건 들었어? 얼마나 민폐였는지 몰라. 그때 하도 한 번만 도와달라고 해서 내가 그거 스태프 하기로 했다가, 거의 일 년을 그냥 허송세월 보냈어. 그때는 돈도 제대로 안 줄 때란 말이야."

나는 침을 삼켰다.

"영사기사 한 거 또 영화에 대한 사랑이 어쩌고저쩌고 떠들었지? 그게 그 형님 레퍼토리지. 그거 사실 뻥인 거야. 그때 일로 고태경 두고 보자고 이를 가는 사람들이 한둘이 아니었어. 맨날 드나드는 충무로 한복판 극장 영사실, 거기에 숨어 있을 줄은 아무도 몰랐지. 결국 뭐, 두고 볼 만한 위인도 못 됐지만."

나는 마치 내가 모욕을 당하는 것처럼 어지러움을 느꼈다. 나는 그 와중에도 편집을 위해서 다시 정리된 멘트를 따야 했다. 인터뷰를 마친 나는 밖에서 기다리고 있을 고태경이 신경 쓰여 동작을 서둘렀다. 서둘러 장비를 정리하고 있는 내게 민 대표가 말했다.

"내가 조혜나 씨 〈원찬스〉 나쁘지 않게 봤으려 말이야."

민 대표가 〈원찬스〉를 봤으리라고는 생각하지 못했기 때문에, 나는 그 자리에서 얼어붙었다. 충무로 관계자들이 안 본 것이 아니라, 보고 나서 거른 거였다. 나는 처음으로 듣는 업계 사람의 평가에, 제작자로서 어떻게 봤는지, 그래도 가능성이 있기는 한 건지 물어보고 싶은 심정이었다. 그러나 뒤이은 민 대표의 말에 표정이 굳는 것을 숨길 수 없었다.

"영화계 후배라고 생각하고 하는 말인데······. 얼른 시나리오 써야지. 지금 이렇게 딴짓하고 있을 때야?"

내 턱에는 호두 주름이 잡혔을 거다. 나는 굳은 얼굴로 되지도 않는 억지 미소를 짓고는 "시간 내주셔서 감사합니다"라고 인사하고 돌아섰다. 나는 항상 반응이 늦었다. 특히 타격이 있는 말, 상처가 되는 말들에 대해서 내 감정을 알아채는 게 늦었다. 뒤늦게 돌아서서 민 대표에게 쏘아붙이고 싶었다.

고태경 선생님보다 영화를 많이 보는 사람은 없다고요. 잘 알지도 못하면서!

나는 사무실을 빠져나오다 회의실 테이블에 남겨진 고태경의 시나리오를 발견했다. 그냥 두면 저렇게 덩그러니 있다가 폐지 취급받고 버려질 것 같았다. 나는 회의실에 들어가 구출이라도 하듯 고태경의 시나리오를 챙겨 나왔다.

나는 민 대표의 말에 혼란스러웠다. 고태경의 택시에 탄 나는 목적지를 잃은 사람처럼 멍했다. 민 대표는 고태경에게 남은 유일한 충무로와의 연결고리였다. 고태경은 이날을 향해 달려오고 있었다. 나는 고태경에게 술이라도 사주고 싶었다. 그 핑계로 내가 좀 취하고 싶었다.

"이제 어디로 가실 거예요?"

나와 달리 고태경은 혼란스러워하지 않았다.

"극장에 갈 거야."

고태경은 입을 꾹 다문 채 서울극장 안에 위치한 서울아트시네마로 향했다. 이렇게 감정이 동요되는 일을 겪고서 바로 영화를 보러 가다니, 고태경은 지금 어떤 기분일까. 오늘은 사전에 촬영 협의가 되지 않았으므로 상영관 안에서 영화를 보는 고태경의 표정을 담을 수는 없었다. 나는 어두운 극장 안으로 들어가는 고태경의 뒷모습을 카메라에 담았다.

관객석에 앉아 카메라를 끄고 한숨 돌리자 영화는 머리에 들어오지 않고 온갖 생각들이 침범했다. 나는 민 대표의 말처럼 딴짓을 하고 있는 걸까. 돈 안 되는 일이라는 뜻이겠지. 만약 내가 이백만 관객이 보는 다큐멘터리를 만든다면 민 대표는 딴짓이라고 하지 않을 것이다. 그럼 '딴짓을 할 수 있는 시기'라는 건 대체 언제 주어지는 걸까.

민 대표의 말 때문에, 아니 그 말 덕분에 나는 더욱 이 다큐멘터리를 보란 듯이 잘 완성해야겠다고 다짐하며 주먹을 꽉 쥐었다. 좌절하기보다는 왠지 더 힘이 났다. 역시 나는 반골 기질이었다.

영화가 끝나고 고태경과 나는 서울극장 앞에 우두커니 서서 맞담배를 피웠다. 우리가 본 영화는 아녜스 바르다의 〈방랑자〉였다. 겨울날 젊은 여성이 방랑자로 떠돌다가 길에서 얼어 죽는 이야기였다. 마음이 여러모로 착잡했다. 나의 모습 같아 보이기도 했고, 고태경의 모습 같아 보이기도 했다.

고태경이 응시하고 있는 곳을 보니, 날벌레들이 포닥거리며 가로등 불빛에 쉼 없이 달려들고 있었다. 우리는 아무 말 없이 그 광경을 한참이나 지켜봤다. 아마 고태경도 나와 같은 생각을 하지 않았을까. 불나방처럼 무모하게, 스크린에 쏟아지는 빛을 좇는 사람들, 영화에 인생을 건 사람들.

나는 고태경보다 먼저 담배를 끄고 카메라를 들었다. 고태경과 다큐멘터리를 찍은 지 두 계절을 보내고 있었고, 이제는 좋은 멘트를 딸만한 타이밍의 촉이 생겼다. 담배 연기를 길게 내뿜고 있는 고태경의 눈 밑이 유난히 움푹 패어 초라해 보였다. 안타까우면서도 동시에 장면을 건졌다는 생각이 들었다. 다큐멘터리라는 게 이런 거였나. 쉽게 생각했던 이전의 나를 꾸짖었다.

"이번에는 잘될 줄 알았는데 말이야⋯⋯. 뭐, 인생에 계획대로 되는 게 뭐가 있나?"

고태경은 애써 씩씩한 연기를 하듯 톤을 높여 말했다.

"그래도 물론 영화는 계획대로 진행돼야 해. 모든 영화는 완성돼야 해."

촬영이 차질 없이 진행되도록 하는 것이 역할인 조감독의 언어 습관인 걸까. 고태경이 담배 연기를 카메라 쪽을 보며 내뿜었다. 렌즈가 희뿌옇게 됐다.

"뭔가를 증명하기 위해서 원한의 감정으로 영화를 만들고 싶지는 않은데……."

고태경은 담배를 비벼 끄고 주머니에 손을 찔러넣었다. 오늘 종일 돌아간 카메라의 배터리가 부족하다는 빨간 경고 표시가 화면에 떴다. 제발, 버텨줘.

"그토록 오래 바라던 일인데 한 번은 펼쳐 보이고 싶어. 앞으로 오 년, 십 년? 그다음은…… 죽어가는 거지. 영화는 계속 볼 수 있으니까. 팔십이 돼도 구십이 돼도 극장에 올 거야. 그때는 실버 영화관을 자주 가겠지. 나는 포기하지 않을 거야."

고태경은 본인의 취향에 자부심을 가지고 있었지만, 남의 취향을 깎아내려서 우월감을 느끼거나 냉소를 두르고 남을 조롱하는 그런 사람이 아니었다. 고태경은 누구보다도 영화를 사랑하고 그것을 증명하기 위해, 자신의 꿈을 위해 인생을 살고 있었다. 처음에는 다큐멘터리로 성격 개차반인 관심종자를 희화화하려는 속내가 없지 않았다. GV 빌런을 같이 있기 싫은 중년 아저씨로만 생각했다. 그러나 고태경은 불쾌하게 취해서 목소리 높이지도, 다짜고짜 내게 반말을 찍찍 하지도 않았다. 풍자처럼 시작한 다큐멘터리였는데 나는 고태경을 응원하게 됐다.

담배 연기로 희뿌옇게 된 카메라 LCD 화면에 클로즈업된 고태경의 눈가가 촉촉해져 반짝이는 것 같았다. 고태경이 말을 마쳤고 나는 긴급히 REC 버튼을 눌렀다. 녹화 완료 표시가 뜨자마자 배터리가 다 되며 LCD 화면이 검게 꺼졌다. 고태경의 얼굴이 사라지고 검게 변한 액정 화면에 힘든 표정을 하고 있는 내 얼굴이 비쳤다.

13

영화제 초청

촬영 소스의 녹취록을 풀고 있는 스타벅스 안은 나와 같은 폭염 피서객들로 바글거리고 있었다. 촬영이 없을 때면 인터뷰 녹취록을 풀거나 편집을 계속해나갔으므로 고태경의 얼굴과 목소리는 늘 나와 함께했다. 고태경이 하는 다음 대사를 따라 할 수 있을 정도로 반복해 보다 보니 내 영화의 주인공에게 정이 드는 것 같았다.

갑자기 과부하가 걸린 맥북 화면 마우스 커서가 무지개 모양으로 돌아가기 시작했다. 최근 OS 업데이트에서도 제외된 구형 모델인 월터는 마지막 투혼을 불태우고 있었다. 위이이이―잉. 드론처럼 지금 당장 날아가도 이상하지 않을 정도의 팬 돌아가는 소리가 나자 주위 사람들이 쳐다보기 시작했다. 어쩔 수 없이 월터를 강제종료했다. 뜨끈뜨끈 열이 나는 월터의 상판을 쓰다듬었다. 월터, 팔 년 동안 고생 많았는데 주인이 여유가 없어 은퇴도 못 하고 혹사당하는구나.

잠깐 테이블에 엎드려 있는데 휴대폰 진동이 요란하게 울렸다. 010으로 시작하는 모르는 번호였다. 아무 근거도 없이 왠지 두근거렸다. 제작지원을 이곳저곳에 신청해뒀기에 혹시 좋은 소식일까, 아니면 혹시나 영화사 미팅 같은 것일까 기대를 하면서 잽싸게 전화를 받았다.

"여보세요."

"신행 경찰서입니다. 조혜나 씨 맞으시죠?"

중년 남성의 메마른 목소리였다. 경찰이 왜 010으로 시작하는 개인 번호로 전화를 해. 보이스 피싱이구나. 전화를 끊었다. 어디선가 애가 서럽게 울기 시작했고 깔깔거리는 여자들의 웃음소리가 들렸다. 카페 안은 여전히 시끌벅적한 도떼기시장 같았다. 다시 휴대폰 진동이 요란하게 울렸다. 아까의 그 번호였다. 전화를 받지 않자 이번에는 문자 메시지가 날아왔다.

[보이스 피싱 아닙니다. 〈원찬스〉 토렌트 올리셨죠?]

심장이 철렁 내려앉았다.

배급사에서 신고한 거였다. 조서를 작성하고 있는 형사에게 어떤 절차로 나를 잡게 된 것인지 물어보자, 형사는 "조사하면 다 나와요"라며 웃었다. 경찰서로 가는 길에 잔뜩 겁을 먹고 '토렌트 배포' '합의금'과 같은 단어들을 검색하니, 나처럼 겁에 질린 사람들이 저마다 자신의 사연들을 올려놨다. 벌금이 50만 원에서 100만 원이라는 이야기부터 '벌금보다는 민사소송이 문제다' 하는 댓글을 읽었다. 가뜩이나 〈원찬스〉로 수익을 못 올려줬기에 배급사에서 왠지 민사를 걸 수도 있겠다는 생각이 들었다. 조서를 쓰며 '영화감독 조모 씨, 자신의 영화 불법 토렌트 배포'라고 기사라도 나면 어떻게 되나 아찔했다.

나는 기어들어가는 목소리로 형사에게 말했다.

"저…… 제가 이 영화의 감독인데 어떻게 안 될까요."

"뭐라고요?"

나는 포털 사이트 영화 정보에 뜬 내 사진을 보여줬다. 형사가 내 얘기를 듣더니 박장대소했다. 그러나 나는 덜덜 떨었다.

"그럼 저는 어떻게 되는 거죠?"

형사는 너무 겁내지 말라며 합의를 보면 괜찮을 거라고 말했다. 나는 눈을 딱 감고 배급사에 찾아가기로 했다.

배급사 사무실에 음료수 박스를 사 들고 찾아갔다. 수치심이 가슴께를 콕콕 찔러왔다. 〈원찬스〉를 그래도 좋게 봐주고 선택해준 고마운 배급사에 배신감을 안겨준 것 같아 머리를 땅에 박고 싶은 심정이었다.

"죄송합니다!"

"감독님……."

고개를 푹 숙이고 쩔쩔매고 있는 나를 보며 서 팀장은 한숨을 길게 푹 쉬었다. 나는 떨리는 목소리로 자초지종을 설명했다. 대표와 직원들이 함께 나를 보고 어찌해야 하나 싶은 표정을 지었다. 죄인처럼, 아니 실제로 죄인이었으므로 고개를 숙이고 선처를 부탁했다.

대표는 나를 데리고 나가서 갈비탕을 사줬다. 귓불까지 빨개진 나는 단내가 날 정도로 밥알을 오래 씹고도 좀처럼 삼키지 못했다. 음식이 입에 들어갔는지 코에 들어갔는지 모르게 훌쩍이며 먹은 갈비탕은 무척이나 짰다.

*

민 대표와의 미팅 이후에 며칠간 고태경은 기세가 꺾인 것 같았지만, 곧 이렇게 선언했다.

"사람이 목표를 잃어버리면 그때부터 확 늙는 거야."

고태경은 우울한 기색을 떨치고 채화영에게 건네겠다는 일념으로 시나리오를 고쳤다. 강의도 더욱 열심히 했다. 고태경은 수업 이외에 따로 수당을 받는 게 아닌데도 불구하고 어르신들의 촬영 현장에 나가서 지도했다. 그는 어르신들의 열정에 자신도 많이 배운다면서, 어르신들의 시나리오도 수정해주고, 콘티도 그려주고, 편집까지도 도와주었다. 그렇게 함으로써 그는 나름의 현장 연습을 겸하는 것 같았다. 그런 고태경의 헌신 끝에 놀랍게도, 노인 수강생들은 불가능해 보이던 1인 1작품을 완성했다.

그렇게 완성된 작품을 다 같이 감상하는 노인 영화교실의 종강일이 찾아왔다. 자신의 삶에 대한 미니 다큐멘터리가 많았고, 손주와 놀아주기 위해 스마트폰을 배우는 이야기, 노년의 동거 문제를 다룬 극영화도 있었다. 전문 배우가 아니라 가족들, 친구들이 출연해서 연기는 어색하고 촬영과 편집은 어설펐지만, 만든 사람의 의도가 고

스란히 전달되어서 뭉클함이 퍼지는 작품도 있었다.

수업 도중 주머니에서 진동이 요란하게 울려 휴대폰을 보니 배급사 서 팀장이었다. 또 왜? 덜컥 겁이 났다. 역시 사람은 죄를 짓고 살지 말아야 한다. 쉬는 시간에 복도에 나와 전화를 걸었다. 서 팀장이 높은 톤으로 말했다.

"감독님! 월써에서 메일이 왔어요."

무슨 말인지 이해하는 데 시간이 걸렸다. 서 팀장이 말한 월써 (Warsaw)는 폴란드의 수도 바르샤바였다.

"바르샤바국제영화제에 〈원찬스〉가 초청됐어요. 영화제 쪽에서 비행기랑 숙소 제공 때문에 감독님 체류 일정을 알려 달래요. 감독님, 축하드려요."

갑작스러운 소식에 "아, 네? 네. 감사합니다" 하고 말했지만, 전화를 끊고 복도에서 주먹을 불끈 쥐며 쾌재를 불렀다.

"무슨 좋은 일 있어?"

화장실에 다녀오던 고태경이 물었다.

"아, 아니에요."

나는 나쁜 일을 하다 들키기라도 한 것처럼 화들짝 놀라며 대답했다. 내가 해외 영화제에 초청되었다는 소식이 숨길 일인가. 축하받을 일인데. 그러나 나는 말할 타이밍을 놓치고 말았다. 모양새가 이상해졌다.

수업 마지막 시간 동안 나는 고태경을 의식해서 입꼬리가 올라가는 걸 참았다. 이 기쁜 소식을 승호에게 먼저 알리고 싶었다. 승호가 몇몇 해외 영화제를 돌려보라고 했고 그중 바르샤바가 있었다.

"축하해, 조 감독."

수업이 끝나고 고태경이 축하를 건넸다.

"네?"

"자네 얼굴 보니 뭐 좋은 일 있는 게 분명해. 뭔지는 모르지만 축하해. 영화사 미팅이라도 잡혔어?"

"아아, 아니에요."

고태경은 궁금한 게 많을 터인데 참고 있었다. 그렇다고 내가 이 것저것 말하기에는 자랑처럼 느껴져서 말하기가 불편했다. 고태경이 민 대표와 잘 안 풀렸는데 나는 영화제에 초청되니 눈치가 보였다. 그러나 어차피 알려야 할 일이었다. 나는 어색하게 웃으며 기어들어 가는 목소리로 말했다.

"제가…… 해외 영화제에 가게 되었네요."

"〈원찬스〉로?"

믿기지 않는다는 듯 고태경이 반문했다. 나는 조금 발끈했다. '근래에 작업한 게 〈원찬스〉밖에 없는데 당연하죠'라고 생각만 하고 입 밖으로 내뱉지는 않았다.

"잘됐네……."

그렇게 말하는 고태경의 표정은 무뚝뚝했다. 고태경과 나 사이에 묘한 기류가 감돌았다.

수업을 마치고 고태경과 나는 어르신들로부터 우렁찬 박수갈채를 받았다. 수강생 중에 머리가 하얗게 센 일흔둘의 오송자 할머니를 인터뷰했다.

"나, 이거 고 선생님한테 배우니까 정말 좋아. 우리 아들딸한테 뭐 하나 배우려면 치사해서 못 배워. 엄마가 그걸 어떻게 하느냐고 배우지 말라 해. 아이, 참 답답해 죽는 줄 알았다니까. 배운 거 재밌어서 막 새벽 3시까지 편집했어."

"어르신, 정말 대단하셔요. 존경스러워요."

내가 엄지를 치켜들며 말했다.

"놀면 뭐 할 거야. 계속 배워야지. 배우면 내가 할 수 있잖아. 내가 할 수 있는 게 얼마나 좋다구."

오송자 할머니는 신이 나서 대답했다.

"어르신이 그렇게 좋으시다니 제가 참 보람 있네요."

고태경이 말했다.

"이거 완성되면 꼭 보러 갈게. 나도 나오는 거지? 나 편집하지 말구."

"네, 다음에 또 뵈어요. 어르신. 건강하세요."

오송자 할머니는 관객들에게 인사라도 하듯 카메라를 향해 손을 흔들었다. 나와 고태경은 오송자 할머니를 배웅하며 작은 체구가 더 작아져가는 뒷모습을 한참 지켜보았다.

수업의 종강까지 촬영하고 나니 다큐멘터리 촬영도 한 챕터가 마무리되는 기분이었다. 아직 채화영과 최강호 감독, 주변 인물들의 인터뷰와 보충해서 찍을 인서트 촬영이 남았다. 이제 채화영과의 인터뷰를 성사시켜야 했다.

기쁜 소식에 들떠 있는데 마침 종현이 안부를 물어왔다. 고태경 앞에서 쉬쉬하던 나는 마음껏 축하를 받고 싶어서 바르샤바영화제

공식 초청장을 캡처한 사진을 보냈다.

"대박! 유럽 가는 거야? 좋겠다. 나도 유럽 가고 싶다."

"너도 갈래?"

내가 물었다.

"정말?"

"숙소는 영화제 있는 3일만 나오는 거야. 나머지는 그냥 여행이야. 뭐, 나 혼자 가도 되고."

"나도 가고 싶어."

종현은 요즘 촬영 일이 드물어서 바에서 알바를 하고 있었다. 올해를 빛낼 라이징 스타 기사도 났지만, 생각만큼 충무로의 러브콜이 있지는 않았다.

나는 이때까지 남들 다 가는 해외여행을 가본 일이 없었다. 친구들이 그 흔한 일본 여행 한번 가자고 할 때도 나는 '그 돈을 모으면 단편영화 한 회차를 더 찍을 수 있는데'라고 생각하며 참았다. 잠시 고민했다. 종현과 연애하던 시절, 해외 영화제에 초청되면 같이 가자고 나눴던 대화가 떠올랐다. 기쁨도 나누면 두 배라고 하지 않았던가. 혼자 가는 것보다는 둘이 가는 게 더 재밌겠지. 선택은 빠르게 이루어졌다.

"그럼 같이 가자."

*

채화영의 인터뷰 건으로 담당 매니저인 박 실장에게 전화를 했다.

내 소개를 하고 독립 다큐멘터리 영화라고 하자 박 실장은 "메일로 기획서 보내주세요"라고 퉁명스럽게 말하고는 전화를 끊었다. 나는 박 실장이 채화영에게 전달도 안 하고 커트할까 싶어 박 실장과 소속사 공식 메일로 촬영 제안서를 동시에 보냈다.

다큐멘터리에 쓰일 고태경의 젊은 시절 푸티지*를 찾기 위해, 고태경이 스태프로 참여했던 영화들의 메이킹 영상을 찾아다녔다. 〈초록 사과〉를 만든 제작사는 사라졌고 당시의 영화사는 대부분 다른 영화사에 합병되었다. 합병된 영화사들에 문의하자 관련된 자료를 보존하는 담당자도 없고, '그런 건 가지고 있지 않다'는 사무적인 대답이 돌아왔다.

다행히 영상자료원에서 〈초록 사과〉 메이킹 영상을 구할 수 있었다. 나는 영상자료원 직원과 이 메이킹 영상을 찍은 스태프에게 어부바라도 해주고 싶은 심정이었다.

메이킹 영상 속에는 지금의 고태경과 같은 사람이라고 믿기 힘든 잘생긴 '젊은 고태경' 조감독이 목청 높이며 현장을 지휘하고 있었다. 반가운 기분에 나도 모르게 미소가 번졌다. 젊은 고태경과 현재의 고태경을 교차 편집으로 붙여볼 생각을 하니 신이 났다.

메이킹 영상 중에 채화영이 최강호 감독에게 크게 혼나는 부분이 있었다. 지금은 대중에게 카리스마 있는 배우로 알려진 채화영이지만, 아직 앳된 모습을 한 이십대 초반의 채화영은 현장의 모든 것에 조심스러워 보였다. 뭔가가 잘 안 되었는지 최강호 감독이 "집중

---

* 미편집 영상 원본

똑바로 안 해!"라며 호통을 쳤다. 젠틀하기로 유명한 최강호 감독이 화를 내는 모습을 보니 신기하면서도 흥미로웠다. 메이킹 카메라는 채화영이 큰 눈망울에서 닭똥 같은 눈물을 뚝뚝 흘리는 모습을 포착하고 있었다. 우는 모습도 어쩜 그렇게 아름다운지 메이킹 영상인데도 영화가 따로 없었다. 그때 젊은 고태경이 채화영을 건물 구석으로 데리고 가서 달래주었다. 카메라는 멀리서 줌인 하고 있어 둘의 대화는 들리지 않았다. 채화영을 위주로 찍혀서 고태경은 얼굴이 반쯤 나왔다. 이전에 봤다면 채화영에게만 집중해서 봤을 영상이었지만, 하관의 턱선만으로 고태경을 알아보니 재미있었다. 고태경이 뭐라고 용기를 불어넣어 주었는지 채화영은 이내 눈물을 그치고 현장에 돌아와 좋은 연기를 펼쳤다. 고태경에게 저 당시에 채화영한테 무슨 말을 한 건지 물어보고 싶었다.

그때 마침 고태경에게서 전화가 와 화들짝 놀랐다. 양반은 못 되는군.

"자네 떠나는 게 다음 주라고 했지."

고태경의 목소리는 어쩐지 힘이 없었다.

"네."

"최 감독님 소식을 들었는데, 몸이 많이 안 좋으신 거 같아."

"아, 어떡하죠. 언제 찾아뵐 거예요?"

나도 모르게 '아무래도 촬영은 힘들겠지' 하고 촬영에 대한 걱정부터 들었고, 그런 자신이 한없이 부끄러워졌다.

"고비는 넘기셨다고 하니까 좀 호전되면 찾아뵙자고."

왠지 고태경이 최강호 감독을 찾아가길 꺼리고 두려워한다는 인상을 받았다. 그러나 나는 이내 영화제를 갈 생각에 사로잡혔다.

*

"바르샤바가 전쟁을 목격한 도시라서 'War-Saw'래. 재밌지."

을지로 노가리 골목에서 만난 승호는 자기 일처럼 기뻐하며 축하
해주었다. 바르샤바영화제가 영화진흥위원회에서 분류하는 B급 영화
제건 C급 영화제건, 지구 건너편에서 내 영화를 틀어준다고 할 때의
기분은 말 그대로 세상에 내 존재가 초대받는 기분이었다.

언제 가느냐, 어디어디를 가느냐 신나게 수다를 떨면서도, 승호가
혼자 가느냐고 묻지는 않았기에, 종현의 얘기는 굳이 꺼내지 않았
다. 짧은 일정이지만 처음으로 가는 유럽이었기 때문에 비엔나도 들
르기로 했다.

"비엔나 가서 여행 온 외국 남자랑 〈비포 선라이즈〉 찍는 거
아냐?"

승호가 말했다.

"흐흐, 그럴 수도 있지."

나는 감상적이 돼서 술잔을 짠 부딪치며 덧붙였다.

"네 덕분이다. 고마워."

"내가 뭘, 영화가 괜찮으니까 가는 거지."

어떤 점을 좋게 봐준 것일까. 복잡한 심경이었다. 나는 실패라고
괴로워하던 〈원찬스〉의 미덕을 찾고 있었다. 쭈글쭈글 주름지고 접
힌 마음이 아주 약간은 펴지는 기분이었다. 이번 기회에 바르샤바

에서 〈원찬스〉에 대한 양가적인 감정을 정리해 잘 떠나보내고 새롭게 출발하고 싶었다.

"〈원찬스〉 찍을 기회, 고맙다고 너한테 제대로 말한 적 없잖아. 나, '왜 이렇게 준비가 안 됐을 때 이런 기회가 나에게 왔지' 하고 못난 생각도 했었어."

내 고백에 승호는 그게 왜 자기한테 고마워할 일이냐며 손사래 쳤다. 우리는 천천히 기분 좋게 취했다. 좋은 소식이 최고의 안주였다. 뽐내는 마음은 조금도 없이 구김 없는 태도로 기쁜 소식을 전하고, 걱정 없이 승호에게 축하를 받고, 지난 속내까지도 털어놓자 어떤 것이라도 말할 수 있을 듯한 기분이 들었다. 승호도 그렇게 느꼈던 모양이다. 내가 "왜 그만뒀던 거야?"라고 묻자 승호는 "뭐 이제는 다 지난 일이니까"라며 입을 열었다.

"유부남이 얽혀 있었어."

의외의 단어였다. 승호는 담담히 지난 이야기를 들려줬다.

승호의 전 여자친구 은주는 승호를 만나기 전 열 살 연상의 유부남인 선배 뮤지션 P와 만나고 있었다. 은주는 마치 '그 정도는 당연히 이해하지? 넌 그런 거 이해 못하는 사람 아니지?'라는 듯 그 이야기를 스스럼없이 꺼냈다. 그 태도가 너무 당당해서 승호는 얼결에 아무렇지 않은 척했다.

그러나 아무렇지 않은 게 아니었다. 승호가 은주에게 반한 계기가 된 사랑 노래가 누군가 사랑하는 사람을 위해 부른 노래라는 것은 알았지만, 그 사람이 결혼한 지 일 년도 채 되지 않은, 애처가로 알려진 유부남 P인 줄은 몰랐다. 그가 아직도 은주의 주변을 맴돌고 있다는 사실도.

그 일은 승호가 그리던 인생의 콘티뉴이티를 벗어나는 일이었다. 승호가 세상을 파악하는 뷰파인더는 '결국 짝을 만나 행복하게 살았습니다'로 끝나는 로맨스의 플롯이었다. 승호는 그 짝이 은주인 줄 알았다.

"로맨스의 세계에서 플롯의 결말은 결혼이잖아. 〈500일의 썸머〉에서 썸머가 결혼하면서 가능성이 끝나지 않는다면 어떻게 되겠어? 결혼이 그렇게 대수로운 일이 아니라면, 로맨스 영화들에서 주인공이 왜 그렇게 결혼식장에 달려가서 자신의 마음을 외치겠어?"

승호는 은주를 이해해보려 했지만 끝내 이해할 수 없었다. 승호는 은주에게 "우리는 다른 사람 같다"라고 말하며 이별을 통보하고 돌아섰다. 그래서 헤어졌으면 됐을 일이었다. 나는 승호의 이야기를 들으며 목 막힌 것처럼 답답해하다가 '그나마 다행이네'라고 속으로 중얼거렸다.

그러나 은주가 승호를 눈물로 붙잡았고, 승호는 매몰차게 뿌리치지 못했다. 승호는 은주와 계속 만났다. 은주를 좋아하면서 동시에 이해하지 못하고 미워하는 것은 너무 힘든 일이었다. 마침 P는 은주에게 다시 추근거렸고 승호는 모든 원흉을 P에게로 돌렸다. 승호는 P의 부인에게 폭로해버렸다. 그 일로 승호와 은주의 관계도 파탄이 났다. 승호는 장편 제작과정에서 하차하고 영화를 같이 하기로 한 스태프들로부터 맹비난을 듣고 거의 모든 관계가 끊어졌다. 승호는 평생 절제하며 살아오던 기능이 고장 나버린 것처럼 폭음했다. 그 일 이후 승호는 최근까지 히키코모리처럼 은둔 생활을 하며 힘든 시간을 보냈다고 했다.

"사람이 삼 개월만 고립되어 있어도 정말 자살을 생각하게 되더라."

승호의 이야기를 듣는데 너무 속이 상했다.

"너 울어?"

승호는 당황했다. 나도 왜 눈물이 났는지 모르겠다. 승호 앞에서 눈물이 난다는 것도 쪽팔렸다. 승호만큼은 낭만의 세계에서 계속 살기를 바랐던 것 같다.

"기분 좋은 일 있는데 이런 얘기해서 미안⋯⋯."

승호는 난처해하며 미안한 표정을 지었다.

"연락하지 그랬어."

나는 목이 메어 그렇게 말하고는 몇 달 전에 받지 않았던 승호의 연락을, 유독 길었던 진동 소리를 떠올렸다.

"깊은 절망에 빠지면 주변에 도와줄 사람이 있다는 것도 잊어버리더라고."

승호가 힘없이 웃었다. 내가 먼저 연락을 좀 할걸. 계속 연락을 미뤘던 게 후회됐다. 승호에게 이런 사연이 있을 줄은 몰랐다. 승호가 은주를 바라보던 행복한 표정이 떠올랐다. 나는 한숨을 길게 푹 내쉬었다.

"맨날 그 사십대 남자를 상상했더니 내 삼십대를 잃어버린 기분이야."

그렇게 말하는 승호의 얼굴은 정말 나이가 들어버린 것 같았다.

"내가 많은 사람들한테 민폐 끼치고 잘못했지⋯⋯. 그런데 정말로…… 찍을 수 있는 상태가 아니었어."

그 말을 꺼내는 승호는 아픈 기억을 더듬는 듯 힘들어 보였다. 한편으로는 누구에게도 하지 않은 이야기를 입 밖으로 처음 말하면서 승호도 정리가 되는 듯했다.

"안 찍은 게 더 다행일 수도 있다, 너."

나는 울다가 웃으며 신소리를 했다. 승호가 피식 웃었다.

"어떻게 다 네 탓으로 해. 너하고 세상하고 반반 하자."

내 말에 승호는 눈을 휘둥그레 떴다.

"누구한테 배운 개똥철학인데. 효과 있더라고."

나는 웃으며 승호의 잔에 소주를 따라줬다. 승호가 소주를 빠르게 들이켰다. 나는 그런 승호를 신기하게 바라봤다.

"사람이 그 정도의 일을 겪으면 변하긴 변하는구나."

"나도 변한 내 모습이 재밌어. 늙어버린 것 같아."

"그래. 이제 너 완전 아저씨야."

승호가 쓸쓸하게 웃었다. 그래도 자조할 수 있을 정도는 된 것 같아서 안심했다. 일 년 전의 나라면 '고작 연애 실패하고서 인생 다 끝난 것처럼 군다'며 승호를 나약하다고 여겼을 거다. 〈원찬스〉를 찍으면서 신경안정제를 먹고, 촬영이 끝난 뒤에는 우울증의 동굴 속에 처박혀 있었으므로 나는 승호를 이해할 수 있었다. 나도 변했구나. 일 년 사이에 많은 일이 있었다.

"나도 살다 보니 유럽에 초청될 줄 알았겠냐. 너도 좋은 소식 있을 거야."

"그래. 나 열심히 했어. 부끄럽지 않게 열심히 했어."

승호는 취해서 혀가 꼬이기 시작했다. 우리는 마지막 남은 술잔을 비웠다. 승호는 시나리오 공모전 발표를 기다리고 있었다. 진심으로 승호에게 좋은 성과가 있기를. '자살은 바보 같은 생각이었어, 살아 있길 정말 잘했어'라고 생각할 정도로 행복해지기를 바랐다.

술집에서 나온 우리는 함께 비틀거렸다. 나는 승호의 어깨를 살짝 두드렸다. 새삼 승호가 어떠한 포장도 없이 나를 보여줄 수 있는 사람, 열등감을 느끼지 않고 서로를 축하할 수 있는 편안한 사람이라는 것을 깨달았다. 승호에게 진행 중인 편집본을 보여주고 싶어졌다.

"혜나야. 너 기분 좋아 보이니까 좋다. 그런데 꼭 뭐가 되어야지만 사랑받을 수 있는 건 아니야."

많이 취한 승호가 나에게 헤헤 웃으며 말했다.

"뭐야, 갑자기 왜 그런 말을 해."

"그냥 그렇다고."

그것이 진실이 아니어도, 그렇게 말해주는 승호 때문에 마음이 짠했다. 승호는 빤한 말을 굳이 표현하는 애였다. 꼭 자기 영화처럼 나이브했다. 예전에는 그게 촌스럽다고 생각했지만, 이제는 그게 내가 갖지 못한 승호의 재능이라는 것을 안다.

택시가 강변북로를 달렸다. 술 때문에 힘이 들어 숨을 몰아쉬었다. 승호의 그 일도 다 지나간 일이다. 영화를 망쳤다고 생각했던 나도 살아 있고, 자살을 생각했던 승호도 살아 있다. 고태경의 택시였다면 슬픈 재즈 음악을 틀어줬을 것 같았다. 자기가 좋아한 것 때문에 아파하는 사람들이 주변에 너무 많았다. 우리가 추구하던 꿈과 기대하던 삶이 전부 무너진 다음은 어떻게 해야 하는 걸까. 차창

밖으로 강 건너편 여의도 빌딩들이 고요하게 무너져 내리고 있었다.

*

　출국. 단어만으로 설렜다. 나는 〈비포 선라이즈〉 촬영지를 비엔나 구글 맵에서 체크하고 여행 루트를 짜며 들떠 있었다. 비엔나 첫날에는 〈비포 선라이즈〉의 주인공들이 첫 키스를 나누던 관람차가 바로 앞에 내다보이는 가격대 있는 호텔을 예약했다.

　그런데 종현이 급하게 단편영화를 촬영하게 됐다고 했다. 인지도를 얻고 상업영화에도 가끔 조·단역으로 캐스팅되면서 단편 작업은 뜸하더니, 대학 졸업작품에 출연하겠다는 거였다. 얘기를 들어보니 출국 전날까지도 촬영한다고 해서 나는 불안하고 예민해졌다.

　종현은 "뭐 비행기 끊어놨고 떠난다는데 어떡할 거야. 걔네가 일정 맞추겠지"라며 태평했다. 나는 촬영으로 바쁜 종현을 대신해 여행 일정을 짜고, 비행기와 숙소를 알아보고 결제했다. 나는 여행 직전까지도 분담해서 알아보기로 한 것을 하나도 찾아보지 않았다는 종현에게 싫은 소리를 했다.

　"나 우리 엄마 모시고 효도 여행 가는 거 아니거든?"

　"내가 안 찾아보고 싶어서 그랬냐? 바빴잖아."

　나도 시간이 촉박했다. 서울영화제 출품 마감이 두 달 앞으로 다가왔다. 그래도 평생에 다시 오지 않을 수도 있는 기회인 해외 영화제와 유럽 여행을 제대로 즐기고 싶었다.

　종현은 애매한 태도를 취하고 있었다. "우리 무슨 사이야?"라며 관계 정립을 해야 할 필요성을 느꼈는데 여행을 앞두고 싸우고 싶지 않아 멈췄다. 이렇게 함께 여행을 가도 괜찮을까 걱정이 됐고 기분이 별로였다.

이때까지만 해도, 이 선택이 어떤 일을 초래할지 몰랐다.

14

바르샤바, 진쿠예 바르조

바르샤바 쇼팽 국제공항까지 모스크바를 경유하는 러시아 항공을 타고 열네 시간을 비행해 도착했다. 비행기에서 종현에게 촬영지를 갈 예정이니 아직도 보지 않은 〈비포 선라이즈〉를 보라고 재촉했다. 종현은 시큰둥하게 30분 정도 보더니 제시(에단 호크) 같은 한량 캐릭터가 별로라며 꺼버렸다.

"난 그렇게 본전 뽑으려고 작정한 여행은 별로야."

종현의 그 말에 기분이 상했다. 다 정해두고 짜인 대로 여행하고 싶지 않다는 게 종현의 입장이었지만, 나는 거기까지 가서 짧은 일정 동안 유유자적하고 싶지는 않았다. 내 말수가 적어지자 종현도 말이 없어졌다.

영화제 측에서는 바르샤바 시내 중심부에 있는 메리어트 호텔에 숙소를 줬다. 높은 층에 배정받으면 좋겠다고 생각했는데, 호텔 프런트 직원이 가장 높은 삼십구 층 키를 건넸다. 우리는 언제 다퉜냐는 듯 신이 나서 엘리베이터에서 함께 환호했다.

호텔 방의 넓은 창으로 바르샤바의 랜드마크인 문화과학궁전이 손을 뻗으면 닿을 것처럼 보였다. 이름은 궁전이지만 폴란드에서 가장 높은 마천루인 이 건물은 주변의 현대적 빌딩들과 달리 고풍스러운 건축양식으로 지어졌다. 그 안에 자리한 극장에서 영화를 상영한다고 하니 멋스럽게 느껴졌다. 나는 환하게 웃는 얼굴로 문화과학궁전을 배경으로 사진을 찍고, 인스타그램에 사진을 업로드했다. SNS에 사진을 업로드한 건 거의 반년 만이었다.

삼십구 층에서 내려다본 바르샤바는 조용하고 황량한 느낌의 주황빛 도시였다. 먼저 곯아떨어진 종현을 두고 야경을 안주 삼아 맥주를 마셨다. 이곳은 2차 대전 때 나치의 공습으로 도시 전체가 파괴되었다가, 그 폐허에서 재건된 곳이다. 지평선이 끝없이 펼쳐져 있는 낯선 풍경에 와 있는 게 실감 나지 않아, 도시 전체의 불이 꺼지도록 좀처럼 잠을 이루지 못했다. 영화학도가 된 지 햇수로 십사 년, 지난 시절을 돌이켜봤다.

조혜나, 나름 고생했어. 바르샤바와 서울의 거리만큼이나 먼 길을 온 기분이었다.

"〈원찬스〉 감독님이시죠?"

상영을 앞두고 극장 로비에서 통역을 도와줄 금발에 파란 눈을 가진 리사와 인사를 나눴다. 나는 리사에게 한 걸음 떨어져 어색하게 서 있는 종현을 친구라고 소개했다.

도시에 안개가 자욱하고 빗방울이 조금씩 떨어졌다. 이런 날씨에 평일 오전 상영이라니 극장이 텅 빌까봐 우려했지만, 극장은 거의 찼다. 상영되는 내내 상영관 안은 조용했고 나름 한국에서는 웃음이 터지던 부분에서도 아무 반응이 없었다. 한국어 대사를 번역한 영어 자막을 가지고 폴란드어로 번역했으니 그 간극이 얼마나 될까 아찔했다.

진행자인 올가는 단발머리에 안경을 쓰고 말이 무척이나 빨라 유 프로와 비슷한 기운을 풍겼다. 걱정과 달리 올가의 쾌활한 진행 덕에 GV 분위기는 활기가 있었다. 폴란드 관객들의 질문은 대체로 호의적이었고, 영화에 대한 호감을 미소와 표정에서 확인할 수 있었다.

"한국은 보수적이라고 알고 있는데 영화에 나오는 친구도 연인도 아닌 관계가 실재하는 건가? 아니면 영화적 설정인가?"

한 관객의 질문에 답을 하며 나는 내가 찍은 영화의 내용을 종현과 되풀이하고 있다는 것을 깨달았다. 다른 관객은 자기가 한때 서울에서 살았다며, 그리운 동네가 나와서 반가웠고 영화를 만들어줘서 고맙다고 했다. 외국인 GV 빌런은 나타나지 않았다. 무난한 질의응답이 오간 후, 리사가 나에게 마무리 인사를 하라고 일러줬다.

"'진쿠예 바르조(Dziękuję bardzo)'가 대단히 감사합니다, 예요."

"바르샤바, 진쿠예 바르조."

내가 마이크에 대고 말하자 객석에서 웃으며 큰 박수를 보내줬다.

관객과의 대화가 끝나고 칠십대로 보이는 은발의 할머니 관객이 수줍게 다가와 영화를 잘 봤다며 악수를 청했다. 손이 따뜻했다. 그

곳에서도 시네필들은 쉽게 알아볼 수 있었다. 은발의 할머니는 점심 시간이었는데 밥도 거르고 다음 영화를 보기 위해 바로 줄을 섰다. 그 모습을 보고 미소가 절로 나왔다. 나는 그녀에게 한 번 더 "진쿠예 바르조"라고 인사하고 극장을 나섰다.

영화제 기념품 숍을 찾아 에코백과 자석을 사고, 내 것과 고태경에게 줄 영화제 포스터를 두 장 사면서 종현에게 "너도 포스터 챙길래?" 하고 물었다. 종현은 "내가 왜? 난 필요 없어"라고 심드렁하게 대답했다. 나는 포스터를 구겨지지 않게 보관할 지관통 파는 곳을 찾아 종현을 이끌고 한참을 헤맸다. 사람들에게 물으며 꽤 먼 거리의 화방을 찾아갔는데 영업하지 않았다. 또 다른 화방은 훨씬 먼 곳에 있었다.

"그 사람 거 꼭 챙겨야 해?"

거의 반나절을 따라다닌 종현이 약간 짜증을 냈을 때, 나는 지도를 잘못 봐서 헤매고 있었다.

"미안해, 바르샤바 일정 끝나면 재밌게 놀자."

어찌 됐든 바르샤바에서는 내 업무를 보고 있는 거였으므로 종현의 눈치가 보였다. 종현이 〈원찬스〉의 주연배우였다면 우리의 업무였겠지만. 종현은 그저 초청 감독의 들러리 역할을 하는 게 못마땅한 눈치였다. "내일은 어떻게 할 거야?"라고 종현이 따지듯이 물었다.

"마지막 날인데 와지엔키 공원 가자. 폐막식은 4시니까 부지런히 움직이면 되지 않을까?"

"폐막식 갈 거야? 연락 없었잖아."

종현이 퉁명스럽게 말했다. 보통 폐막식 전날에 수상작이 결정되고, 수상자 불참을 피하려고 영화제 측에서 언질을 준다. 수상은 전혀 기대하지 않았다. 외국 감독들과 서로 작품을 보면서 친분을 쌓지 않았기 때문에, 종현의 말처럼 안면도 없는 남의 작품 박수 쳐주러 꼭 가야 하나 싶었다.

유튜브에서 봤던 영상 속의 와지엔키 공원은 따스한 햇볕 아래 사람들이 잔디밭에 누워 쇼팽 피아노 연주를 즐기는 풍경이었다. 그러나 우리가 도착한 와지엔키 공원은 비시즌이라 썰렁하고 황량했다. 우리는 한 발 떨어져 걸었고 대화를 잃었다. 우리는 서로의 사진을 찍어주었으나 더 이상 한 프레임 안에서 같이 사진을 찍지 않았다. 여행은 아직 오 일이나 남아 있었다. 여행지에 오니 왜 이렇게 짜증을 잘 내고, 부딪치는 걸까.

시상식이 끝나갈 무렵 마지막 관객과의 대화를 위해 극장에 도착했다. 종현이 화장실에 간 사이, 진행사였던 올가가 나에게 다가와 영어로 다급히 말했다.

"혜나! 어디 있었어요? 당신이 심사위원 특별언급상을 받았어요. 축하해요!"

내 눈이 휘둥그레졌다. 시상식에서 "혜나 조"라고 이름이 호명되고 박수갈채가 터지던 때에 우리는 일본 식당에서 라멘을 먹고 있던 거였다. 심사위원 특별 언급으로 상패나 상금은 없지만, 상장을 받았다.

"나 상 탔대! 심사위원 특별언급!"

종현은 화장실 앞 벤치에 앉아 같은 색을 맞춰 없애는 휴대폰 게임을 하고 있었다. 종현은 나를 잠시 보더니 별로 관심 없다는 듯 휴대폰으로 시선을 돌리며 툭 뱉었다.

"그거 상금 있는 거야?"

빨간색이 여러 줄 맞더니 펑 하고 요란하게 터졌다. 순간 내 머릿속에서도 뭔가가 펑 하고 터졌다.

"너는 무슨, 남이야?!"

내가 버럭 언성을 높였다. 종현은 흠칫 놀라더니 맞받아쳤다.

"내가 너 스태프야? 윽박지르지 마!"

종현은 건물 밖으로 나가버렸다. 어안이 벙벙했다. 올가가 수상자들이 모여 사진을 찍어야 한다며 나를 붙잡았다. 전혀 웃을 기분이 아니었지만 어색하게 웃는 얼굴로 상장과 함께 포즈를 취했다. 그 와중에 종현이 굳은 표정으로 로비에 나타나 웃으며 사진 찍고 있는 나를 싸늘한 눈빛으로 바라봤다.

숙소에 도착해서 내가 받지 못한 박수에 대해 생각했다. '시상식 박수가 뭐 대수야?' 하며 웃어넘기고 종현과 둘만의 축하를 할 수도 있었지만, 종현은 그럴 생각이 없어 보였다. 다행히 침대는 트윈베드였다. 종현은 내 앞에서 훌러덩 갈아입던 옷을 화장실에 가서 갈아입었다.

누군가와 메시지를 주고받던 종현은 화색이 도는 얼굴로 내게 실례라도 하는 듯 물었다.

"동창이 마침 비엔나에 있다네. 간 김에 친구 좀 만나도 될까?"

"그래. 이제 나 일 다 봤는데 뭐. 그러자."

내가 희미하게 웃으며 답했다.

피곤했지만 아까 시상식장에서의 언쟁에 관해 대화하고 싶었다. 불 꺼진 어두운 방 안에서 종현을 나지막이 불렀다.

"자?"

종현은 답이 없었다. 어둠 속에서 나는 종현의 어깨 쪽으로 조심스레 손을 뻗었다.

"우리 일찍 일어나야 되잖아. 얼른 자자."

종현은 몸을 돌려 나를 등지고 모로 누웠다. 나는 어색해진 손을 거두고 고개를 돌려 비가 내리고 있는 창밖을 내다봤다. 짙은 안개비에 싸인 문화과학궁전이 고고하게 서서 붉은빛을 점멸하고 있었다. 주황빛 도시는 외로워 보였다.

*

저가 항공의 작은 비행기는 격하게 흔들리며 비엔나 공항에 도착했다. 비바람이 쌩쌩 부는 궂은 날씨였다. 내내 속이 안 좋고 오한이 있던 나는 고대하던 대관람차 앞의 호텔에 도착하자마자 구토했다.

"아, 이제 좀 살 것 같아. 아침에 먹은 게 체했나봐."

꽉 막힌 속을 다 비워내고 나자, 오한이 가시고 겨우 숨 쉴 수 있을 정도가 됐다. 종현은 내 말을 듣고 어처구니없다는 듯 말했다.

"너는 어떻게 너 몸 상태도 그렇게 몰라? 사회생활 안 해봐서 그런 거 아니야?"

마치 너는 어떻게 아프고 싶다고 아플 수 있냐는 투였다. '내가 아프고 싶어서 아픈 게 아니잖아' 하고 반박할 힘도 없던 나는 구토 때문에 눈물이 난 얼굴로 연신 미안하다고 했다. 기분 내기 위해 잡은 비싼 호텔에서는 아파서 누워 있느라 와인도 까지 못했고, 제시와 셀린이 첫키스를 나눈 대관람차는 제대로 구경하지도 못했다. 내가 망쳐버린 것 같아 미안한 마음에 계속 눈치를 봤다. 꼬박 이틀 동안 약을 먹고 배앓이를 끝내자 컨디션이 돌아왔다.

"야, 어떻게 여기서 이렇게 만나냐."

비엔나의 한 레스토랑에서 종현과 그의 싱가포르 시절 친구 민수의 회포가 이어졌다. 민수는 비엔나에서 유학 생활을 하고 있었다. 밖은 쌀쌀했으나 식당 내부는 훈훈한 공기로 가득했다. 종업원이 외투를 받아주는 분위기 있는 레스토랑 안에 동양인은 우리밖에 없어 보였다. 종현과 민수는 신나서 영어로 대화를 나눴고 나는 소외감을 느끼며 와인을 홀짝였다. 나는 민수의 일본인 여자친구와 짧은 영어로 어색한 대화를 드문드문 이어나갔다.

"혜나 씨, 종현이 잘하고 있어요?"

나한테 잘하느냐는 건지, 연기 생활을 잘하고 있느냐는 건지 불분명한 질문이었다.

"네, 뭐 그럭저럭 잘하고 있죠."

나 역시 뭘 잘한다는 건지 불분명하게 대답했다. 나는 옅게 미소 지었고, 종현은 평소와 달리 "괜찮아? 음식은 입에 맞아?"라고 살갑게 물으며 다정한 연인처럼 나의 상태를 살폈다.

"어어, 나 괜찮아. 왜 그래. 내가 표정이 이상해?"

'왜 갑자기 나한테 잘하는 거야? 왜 이제 와서?'라고 묻고 싶었다. 창밖에서 우리를 본다면 더할 나위 없이 행복해 보이는 두 커플로 보일 것이었다. 종현은 자상한 남자친구 역할을 하고 있었다. 저들에게 보이기 위해서가 아니라 메소드 연기처럼 정말 사랑에 빠져버린 것 같았다. 그리고 종현 자신은 그걸 모르고 있었다.

전철역 앞에서 민수 커플과 헤어지고 종현은 기분이 좋아 보였다. 종현은 여행하는 동안 보인 적 없는 웃는 얼굴로 아무 일도 없던 것처럼 자연스럽게 나의 손을 잡았다. 지하로 내려가는 에스컬레이터가 한국보다 두 배는 길었다. 그저 손을 잡았을 뿐인데 눈물이 날 것 같았다. 나는 그 순간 내가 잃어버린 게 뭔지 깨달았다. 연인과 다정하게 손을 잡고 이국의 거리를 걷는 것, 내가 바란 건 그것뿐이었다.

숙소에 도착한 마지막 밤, 맥주가 간절했다. "같이 갈래?" 하고 물었지만 종현은 피곤한데 기어이 나가야겠느냐며 휴대폰에만 시선을 두고 있었다. 나는 혼자 술집을 찾아 나섰다.

건물 사이에 전선으로 거미줄처럼 이어진 공중 가로등을 따라 다섯 블록을 걸었다. 9시도 되지 않았는데 거리는 한산했다. 관광지가 아닌 현지 술집에 동양인 여자 혼자 들어서자 사람들의 이목이 집중됐다. 나는 시선을 느끼며 홀로 맥주를 마셨다.

차라리 혼자 유럽에 왔으면 이렇게 홀로 마시는 맥주의 맛이 씁쓸하지 않았을 텐데. 숙소에 있는 종현과의 거리감이 서울에 있을 때보다 백 배는 크게 느껴졌다. 내가 또 잘못된 선택을 했구나. 펍에서는 페기 리의 ⟨I Don't Want to Play In Your Yard⟩가 흘러나왔다.

I don't want to play in your yard. I don't like you anymore
난 당신의 마당에서 놀고 싶지 않아요. 당신을 더 이상 좋아하지
않거든요.
I don't want to play in your yard. If you can't be good to me
난 당신의 마당에서 놀고 싶지 않아요. 당신이 나에게 잘해주지
않는다면.

자장가처럼 흘러나오는 영어 가사가 슬펐다. 숙소로 돌아오는 길
에 나는 눈물을 글썽이며 그 노랫말을 반복해서 읊조렸다. 나는 비
행기를 열 시간 넘게 타고 와야 하는 지구 반대편에서 내가 가장 축
하를 받고 싶은 사람에게 축하받지 못했다. 몸이 아플 때 내가 들은
말이 얼마나 큰 상처가 됐는지 이제야 아파왔다.

종현은 잠들지 않고 있었다. 우리는 서로에게 시선을 주지 않은
채 내가 사온 미지근한 병맥주를 마셨다. 나는 여행 내내 쌓여 있던
말을 쏟아냈다.
"넌 내가 데려오고 내가 다 찾아보고 이 모든 게 하나도 안 고
맙지?"
"뭐?"
나는 울고 싶은 심정이었으나 눈물 흘리는 대신에 발톱을 꺼냈다.
"너 참 연기 잘하더라? 많이 늘었어. 넌 너를 참 쉽게 속이더라."

"그게 뭔 소리야?"

내가 비꼬자 종현은 기분 나쁘다는 듯 반문했다.

자신의 필요에 따라 자기감정을 쉽게 속이는 종현을 겪고 나니, 종현은 그저 공황으로 힘들 때 내가 필요했던 거였구나 싶었다. 모든 종류의 감정이나 사랑이 그렇게 자기 필요에 의해 빠져버리는 걸 수도 있겠다. 어쩌면 나도 그랬을 거다.

너는 네가 잘했다고 생각해? 그러는 너는? 같은 말들이 오갔다. 우리는 서로에 대해 잘 아는 만큼 할퀴는 말들을 잘 찾았다.

"찾아보기로 한 것도 하나도 안 찾아보고. 내가 찾아본 건 별로라고 하고. 너 단편 그거 꼭 찍었어야 하는 대단한 거였어? 모처럼 학생 단편 가서 스타 노릇이라도 하고 싶었어?"

"씨발."

종현이 내뱉었다.

비열하고 자존심을 긁는—해서는 안 되는—말이었다. 평소처럼 내가 먼저 사과할 수도 있었다. 그러나 이제 그런 노력을 기울이고 싶지 않았다.

"왜, 유럽 여행이 네가 연출하려던 대로 안 돼서 속상해? 통제는 네 영화 찍을 때나 해. 나랑 있을 때도 그러지 말고."

종현이 비아냥거렸다. 나는 사과할 기색이 전혀 보이지 않는 종현을 두고 방으로 들어가버렸다. 우리가 완전히 끝났다는 것을 확인하는 여행이었다. 모차르트가 결혼식을 올렸다는 슈테판 대성당도, 〈비포 선라이즈〉의 대관람차도 아무런 의미가 없었다. 난방 장치가 고장 나 냉랭한 방의 슈퍼킹 사이즈 침대에 종현과 등을 돌리고 누위 억지로 잠을 청했다.

*

　돌아오는 항공편도 러시아를 경유했다. 종현과 나는 지난밤의 언쟁이나 앞으로의 일에 대해서는 한마디도 하지 않았다. 모스크바 공항에서 환승하려는데 지관통이 문제가 됐다. 종현은 먼저 게이트를 통과해 들어간 뒤였다. 러시아 항공사 직원이 규정상 지관통 길이 때문에 비행기에 실을 수 없다며 나를 제지했다. "이건 내게 값을 매길 수 없는 소중한 물건이다, 어떻게 안 되겠느냐"라고 나는 짧은 영어로 하소연했다. 붉은 얼굴의 항공사 직원은 단호했다. 내 뒤에는 줄이 밀려 있었다. 한참을 하소연했지만 방법이 없었다. 나는 줄에서 이탈해 사람들이 지켜보는 가운데 무릎을 꿇고 지관통에서 포스터를 꺼냈다. 공항 바닥에 펼친 포스터를 사 등분으로 접었다.

　"뭐야, 왜 이렇게 늦게 와."

　영문도 모르고 기다리던 종현은 걱정이 됐는지 약간 짜증을 냈다. 나는 구겨진 포스터를 든 채 설명할 힘도 없이 서 있었다. 왈칵 눈물이 터져버렸다. 종현은 어쩔 줄을 몰랐다.

　종현과는 떨어진 좌석에 배정됐다. 비행기 안에서 심한 몸살이 걸린 것처럼 아홉 시간 동안 한 번도 깨지 않고 쓰러져 잤다. 인천 공항에서 그대로 종현과 헤어졌다. 기억에 남는 마지막 뒷모습 같은 것도 없이, 그게 종현과의 마지막이었다.

15

가편집본

며칠 뒤 종현에게서 온 택배 상자를 열어보고는 숨죽여 흐느껴 울었다. 상자에는 내가 선물했던 무드 등과 피규어, 영화제 아이디카 드와 기념품이 들어 있었다. 마치 나와의 모든 시간을 컨트롤 제트 (Ctrl+Z)를 눌러 실행취소 하려는 듯이. 배송 중에 파손되었는지 무드 등은 깨져 있었다.

내가 만든 영화로 해외 영화제에 초청되는 것은 오랫동안 꿈꾸던 영화 속 한 장면 같은 거였다. 내가 계획하고 그리던 내 삶의 콘티뉴 이티는 다 깨져버렸다.

SNS에 업로드한 유럽 여행 사진에는 '좋겠다' '부럽다'는 댓글이 달렸다. 환하게 웃고 있는 내 사진들은 쉽게 거짓말을 하고 있었다.

여행에서 돌아온 후 짐도 풀지 못하고 고태경에게도 연락을 못 한 채 웅크리고 있었다. 나는 며칠간 아팠고, 마음이 무너져 있다가 녹취 풀기 같은 기계적으로 할 수 있는 업무에 매달렸다. 서른이 넘어서도 관계를 명확히 하지 않고 그런 바보 같은 선택을 한 내가 미웠다. 차라리 몇 달 전에는 좋은 기억들을 가진 채, 서로를 멀리서 응원할 수 있었는데. 종현과 식어버린 것을 알았으면서도 미련이 남아서, 매끄러운 편집처럼 우리 타임라인에서 잘라내 버려야 할 타이밍이었다는 것을 그때는 알지 못했다.

현장이 끝나고 난 후 연출자들은 현장을 복기한다. 연애도 비슷했다. 이별 후에도 마찬가지로 끊임없이 기억을 복기하고 편집하게 된다. 상처받은 말들과 상처 준 말들의 싸움이 계속됐다.

너 나한테 왜 그렇게 못되게 굴었어? 아무리 애정이 식었어도 아픈 사람한테 그래서는 안 되는 거야. 너 온갖 예민한 척은 다 하는 사람이잖아. 그렇게 무뎌? 날 안 좋아하는 것도 모르고 여행을 갈 만큼? 〈원찬스〉 캐스팅 때문에 마음 상한 거 복수라도 한 거야?

그렇게 오로지 나만을 관객으로 둘 수 있는 사적인 연애의 다큐멘터리를 재생하며 밤마다 눈물을 흘렸다.

박원호 교수님, 저는 선택의 프로가 되지 못할 거 같아요. 아마추어 오브 아마추어예요.

나는 사회 조직 어디에도 속해 있지 않았고, 아무도 나를 찾지 않았다. 감정적으로 취약해졌는지 윤미가 말했던 로프 없이 암벽을 탄다는 프리 솔로 생각이 났다. 불안이 나를 잠식했다. 우울감이 찾아와 무기력했고 머리만 대면 잠이 들었다. 현실을 받아들이기 싫으니 잠이나 자라고 뇌가 명령하는 것 같았다. 유럽의 흔적을 다 치워버리고 싶었다. 나는 충동적으로 지인들에게 선물하려고 비엔나에서 사 온 마너 웨하스를 목이 막히도록 입에 한가득 욱여넣고, 면세점에서 사 온 와인을 벌컥벌컥 들이켰다. SNS에 업로드한 사진들도 지워버렸다.

귀국한 지 며칠 뒤, 휴대폰 메시지 소리에 뜨끔하며 가슴부터 아팠다. 이제 다 끝났는데도 혹시라도 종현일까 생각했다.

[조 감독, 한국 왔어?]

고태경이었다.

[잘 지내셨죠. 몸살이 나서 연락을 못 드렸네요.]
[여독이 생겼구먼. 같이 단팥죽 먹으러 갈까?]

나는 어딘가 고장 난 것처럼 툭하면 눈물이 나는 상태라 만나기 꺼려졌다.

[아니에요. 다음 주에 을지다방에서 봬요.]

*

서울영화제 출품 마감이 한 달 앞으로 다가왔고, 나는 고태경과의 약속에 부채감을 느꼈다. 채화영 인터뷰를 꼭 성사시키고 싶었다. 그녀의 소속사에 보낸 촬영 제안서 메일은 한참이 지나도 묵묵

부답이었으므로 채화영의 매니저에게 전화를 걸었다.

"안녕하세요, 박 실장님. 저 지난번에 인사 드린 다큐멘터리 만드는 조혜나입니다."

"네? 어디 방송사시죠?"

"방송사가 아니라 〈악당들〉 시사회 때 채화영 선배님에게 직접 명함 받아서 연락 드렸었는데요. 메일도 드렸는데……."

"아, 〈원찬스〉?"

"네? 네네."

나는 〈원찬스〉 감독이라고 소개한 적이 없었으니 그가 나에 대해 찾아봤다는 걸 추측할 수 있었다. 박 실장이 채화영과 이런 대화를 나눴을 수도 있다. 뭐 만든 애야? 〈원찬스〉라고 개봉은 했는데 평가가 안 좋던데요. 전문가 평점이 4점이에요.

"아직 검토 중이에요."

"저…… 지난번에도 검토 중이라고 그러셨는데…… 혹시 제안서를 배우님이 읽으셨나요?"

"네. 전달 드렸어요."

내 질문이 기분 나빴는지 박 실장의 말투가 사무적으로 딱딱해졌다.

"배우님이 꼭 좀 읽어봐주셨으면 해서요."

"스케줄이 많아서 확답 드리기가 힘들어요."

얼마 전 한 잡지와의 인터뷰에서 채화영이 '나 이혼한 거 모르는 사람도 없는데 뭐'라며 당당하게 발언한 게 화제가 됐었다. 인터뷰 중에는 '요즘 나 스케줄 한가하니 어려워 말고 많이들 불러달라. 신인들과도 다양한 작업을 하고 싶다'라고 말한 내용도 있었다. 그런데 왜 이렇게 홀대하는 걸까. 작은 영화라고 매니저 선에서 커트했을 수도 있고, 내 생각과 달리 〈초록 사과〉가 채화영에게 좋은 기억이 아닐 수도 있었다.

나는 조금이라도 더 어필하려고 기획서를 출력해서 소속사에 찾아갔다. 내가 간절하게 용건을 말하자 프런트의 직원은 기획서를 놓고 가면 검토해보겠다고 기계적으로 답했다. 나는 기약 없이 박 실장을 기다렸다. 세 시간 만에 나타난 박 실장은 나를 보더니 난처한 표정을 지었다.

"배우님이 그때 인터뷰에 대해 호의적이셨거든요."

나는 투자자 앞에서 피칭하듯 다큐멘터리에 대해 설명했다. 〈초록 사과〉가 내게 어떤 의미인지, 채화영의 연기를 보고 내가 어떻게 영화의 꿈을 키우며 여기까지 왔는지 이야기했다. 귀 기울여 듣고 있지 않은 박 실장이 그렇게 영향력이 없다는 것을 알면서도 나는 눈물이 날 것 같은 마음으로 긴 애정 고백을 마쳤다.

"영화제 상영은 확정된 건가요?"

박 실장이 심드렁하게 물었다.

"아직 확정은 아니고요……. 가편집 거의 완성됐고 곧 출품 마무리 단계예요."

박 실장의 반응은 더 시큰둥해졌다. 부산국제영화제 레드카펫이라도 밟는다면 모를까. 설령 부산국제영화제에서 상영된다고 해도 채화영이 레드카펫이 아쉬운 신인도 아니고. 나는 더 할 말 없으면 가봐야 한다는 박 실장의 손에 기어코 기획서를 쥐어주고 나서야 돌아왔다.

*

"이거 좀 구겨져버렸네요."

고태경에게 영화제 기념품들과 함께 포스터를 건넸다. 우리는 처음 만나서 인사를 나눴던 을지다방에 앉아 있었다.

"이렇게 구겨지면⋯⋯."

고태경이 포스터를 펼쳐 보이며 못마땅한 듯 중얼거렸다. 바르샤바 영화제의 포스터는 황금빛 마로니에 나뭇잎 하나 덜렁 그려진, 영화제 치고는 무척 심플한 포스터였다. 기대와 달리 고태경은 별로 고마워하지 않았다. 이걸 사려고 종현과 다투기까지 했는데. 공항에서의 일을 얘기하려다가 그 기억을 꺼내기 싫어 그냥 입을 다물었다. 고태경은 기념품들을 보다가, 내 상태가 이상한 걸 알아차렸는지 어두운 나의 표정을 살폈다.

"사진도 많이 찍었을 거 아냐. 상 탄 거 자랑 좀 하지 그래."

나는 흠칫 놀라 어떻게 알았냐는 표정으로 고태경을 바라봤다.

"바르샤바 영화제 홈페이지에 들어가봤더니 있던데. 활짝 웃는 사진하고."

나도 만약 고태경이 해외 영화제에 갔다면 검색해봤을 텐데, 충분히 서로 그 정도의 관심을 가질 사이인데도, 꺼림칙한 기분이 들었다.

"상 타니까 좋아?"

나를 기분 나쁘게 하려는 투는 아니었는데, '네 영화 네가 싫어했잖아. 그런데도 상 타니까 좋냐고'처럼 들려 불편했다. 나는 바르샤

188

바를 떠올리고 싶지 않았다.

"뭐, 특별언급이에요."

"그래도 좋은 일 아닌가. 왜, 영화제에서 무슨 일이라도 있었어?"

"그냥…… 별거 없더라고요."

내가 생각해도 대화 태도가 성의 없었고, 예의가 없었다. 내가 말하기 싫다는 듯 입을 꾹 다물고 있자 고태경이 화제를 돌렸다.

"채화영 쪽은 아직인가?"

"어제 하루 종일 기다려서 매니저 만나고 왔어요. 기획서 전달했으니까요. 조금 더 기다려봐야 할 것 같아요."

내 태도에 고태경의 말투에도 물기가 사라지고 있었다.

"가편집은 어느 정도 됐어?"

예상 밖의 질문에 나는 당황했다.

"한…… 70퍼센트 정도 된 것 같아요."

고태경이 물끄러미 나를 바라보며 나지막하게 물었다.

"그거 나도 좀 볼 수 있어?"

순간, 가편집본을 보며 고태경이 연출 노트에 펜을 들고 고칠 점들을 빼곡하게 적는 모습이 떠올랐다. 가편집본을 보여줘야 한다거나 보여주면 안 된다거나 하는 정해진 룰 같은 것은 없다. 내가 좀 곤란하다는 듯한 표정으로 경계하며, 그렇지만 어색한 미소를 띠면서 대답했다.

"선생님도 극장에서 스크린으로 처음 보여드리고 싶은데……. 관객들하고 같이 보셔요."

"내가 좀 봤으면 싶어서 그래."

나는 얕게 한숨을 내쉬었다.

"보여드리는 거야 괜찮아요. 그런데…… 선생님이 어떤지 잘 아시잖아요."

"내가 뭐 어떻다는 거야?"

나는 잠시 입을 앙다물었다가 대답했다.

"선생님은 분명히 편집에 관여하려고 하실 거예요. 그래서 안 보시길 바라는 거예요. 작품에 담기면 안 되는 부분에 대해서 말해주시면 내보내지 않을게요."

고태경은 내 대답에 감정이 상한 듯 팔자주름을 더 짙게 만들었다.

"그냥 보여주면 되지. 왜 쓸데없는 고집을 부려?"

난 잘 알고 있었다. 불안이 현실이 되는 이 느낌.

"저도 좋은 결과물을 원해요. 선생님, 저를 믿어주셨으면 좋겠어요. 선생님이 아직은 보시지 않았으면 좋겠어요."

"어허, 그런 게 아니래도. 자꾸 그러니까 더 봐야겠는데?"

이럴 일이 아닌데 둘 다 감정적이 되고 있었다. 고태경이 강수를 두었다.

"가편집본 보기 전에는 더 촬영 못 해. 상영도 할 수 없고."

나는 기가 찼다. '지금 협박하시는 거예요?'라는 말이 턱밑까지 올라왔지만 참았다. 고태경의 말의 뉘앙스나 표정에서 심술과 불만이 은근히 묻어나온 것은, 내가 해외 영화제 소식을 숨겼을 때부터였다. 나는 긴장으로 몸이 굳었다. 더 이상 누군가와 싸우고 싶지 않았다. 그렇다고 자리를 박차고 나가버릴 수도 없었다.

"아이, 선생님 왜 그러세요. 보여드리기 싫어서 그러는 게 아니라니까요."

나는 이 또한 잘못된 선택을 하는 것 같아 눈을 질끈 감으며 꼬리를 내렸다. 결과가 안 좋을 걸 뻔히 알면서도 가야만 하는 시련의 길처럼 느껴졌다. 목이 따끔거리고 아파 왔다.

"대신 파일을 드리진 않을게요. 여기서 감상해주세요. 가편집본이라 다듬어야 할 부분이 많으니 감안해주시고요."

나는 월터를 꺼내 고태경에게 이어폰을 건네주고 가편집본을 보여주었다.

우리는 한 시간 뒤 다시 마주 앉았다. 나는 초조했다. 고태경은 내 눈을 슬금슬금 피했다. 이 분위기는…… 기시감이 들었다.

"나, 이대로는 영화 못 틀 거 같아."

연인에게 이별 통보를 받은 것처럼 명해졌다. 어쩌면 이런 일이 벌어질 수도 있을 거라는 생각을 전혀 안 해본 것은 아니었다. 감독이란 건 불행하게도 항상 최악의 경우를 생각하면서 살아야 하니까. 다큐멘터리의 등장인물과 사이가 틀어져서 영화제 초청이 되었는데도 상영 직전에 취소되었던 사례가 있는가 하면, 일 년 넘게 촬영하고도 완성되지 못한 작품의 사례도 있었다.

"진심이세요?"

나는 고태경의 눈을 똑바로 바라봤다. 고태경은 말이 없었다.

"어떤 점이 걱정돼서 그러세요?"

내 스스로가 대답 없는 연인에게 이유가 뭐냐고 따지는 꼴처럼 느껴졌다. 스멀스멀 화가 나기 시작했다.

"이러는 게 어디 있어요! 진짜 실망이네요."

다방 안 사람들의 시선이 느껴졌다. 한편 그 와중에도 이 과정을 카메라로 찍고 싶다는 생각이 들었다.

"고 선생님에게 초상권이 있고 그럴 권리가 있죠. 그래도 이럴 거면 애초에 시작하지 말았어야죠."

"그건 자네가 열심히 설득해서 넘어간 거였지."

이별하는 상대에게 '네가 먼저 꼬셨잖아'라고 말하는 것 같았다. 몇 개월간 호의를 베풀고 도와준 사람들의 얼굴이 떠올랐다. 나는 또 입이 비쭉 나오고 턱에 호두 주름이 잡히기 시작한 게 느껴졌다.

"특별히 제가 잘못한 게 있어요?"

'왜 식은 거야?'라고 물어봤자 소용없는 연애처럼, 본인이 싫다고 하면 억지로 진행할 수 없는 일이었다.

"자네는 내가 불행하다는 걸 전제로 이 영화를 편집하고 있지 않아? 다큐멘터리에 등장하는 고태경은 거의 불행의 아이콘이던데. 난 별로 불행하지 않은데."

고태경은 다른 사람 이야기하듯 '다큐멘터리에 등장하는 고태경'이라고 지칭했다. 나는 한 대 얻어맞은 것 같았다. 반박하려 했지만 부정할 수는 없었다. 나는 고태경의 속내를 '패배감과 세월이 주는 회한'이라고 생각하고, 그것을 캐내려는 파파라치처럼 굴고 있었다.

"소소한 기쁨의 순간들은 거의 없지 않아? 단팥죽을 먹는 순간이라든지."

고태경의 피드백에 수긍이 가면서도, 수긍하면 결국 고태경의 의

도대로 되는 것인지 경계했다.

"난 나름대로 나쁘지 않게 살고 있었다고. 그런데 자네가 내 인생에 카메라를 들이대고 나서부터 몹시 불편해졌어. 자네가 나를 패배자라는 렌즈로 보니까."

고태경은 잠시 나를 살피더니 말을 이었다.

"자네가 책임질 수 있겠어? 이 작품으로 인해서 내가 웃음거리가 되고, 영화계에서 평생 기회를 얻지 못하게 된다면 말이야."

"그건……."

나는 말문이 막혀 뭐라고 대답할 수 없었다. 맨 처음 기획할 때 우스갯소리로 승호와 농담을 나누긴 했지만, 한 사람이 인생을 걸고서 하는 일에 대해 비웃으려는 생각은 아니었다.

"그래서…… 어떻게 하셨으면 하는 거예요?"

이렇게 내가 묻는 것 자체가 부당하다고 생각했다. 설마 그래도 영화를 많이 본 고태경이, 영화에 대한 식견 높은 고태경이 작품 전체를 생각하겠지, 그렇게 믿고 싶었다. 그러나 가편집본에서 압권이라고 생각하는 지점들에 대해서 나와 견해가 달랐다.

"마지막을 그냥 민 대표에게 가기 전에 끝내면 어떨까……. '그는 계속 열심히 준비하고 있다', 뭐 이런 식으로 가는 거지."

고태경은 자신의 제안이 떳떳하지 않은지 후딱 해치워버리려는 것처럼 평소보다 빠른 속도로 말을 마쳤다.

"그건…… 사실과 다르잖아요. 그럴 수는 없어요."

내 대답에 시선을 피하는 고태경의 부자연스러운 표정에 수치심이 스쳤다.

"지금 민 대표 인터뷰는 다듬지 않고 러프하게 넣어둔 거라 그래요. 저는 선생님을 조롱의 대상으로 편집할 생각이 없어요."

고태경은 입을 꾹 다물었다. 고태경 자신도 혼란스러운 듯했다.

"생각할 시간을 좀 갖자."

생각할 시간을 갖자고? 그럴 거면 찍지 말자는 소리가 혀뿌리까지 올라왔다. 나는 궁지에 몰린 사람처럼 예민하게 반응했다.

"선생님! 선생님까지 대체 왜 이러세요."

나는 애원하다시피 말했다. 선택의 순간이 또다시 찾아왔다. 거절하면 지난 몇 개월간의 촬영이 쓸모없게 될 수도 있었다. 가슴 한쪽이 콕콕 쑤셔왔다. 다큐멘터리로 유럽 여행 사진처럼 거짓말을 하고 싶지는 않았다. 이렇게 완성해서 상영하게 되어도 떳떳하거나 행복하지 않을 것 같았다. 더는 내 거짓을 감당할 자신이 없었다. 한교영 졸업작품 때도 그랬다. 보이지도 않는 사람들의 러브콜을 받기 위해서 내가 진정 좋아하는 것이 아닌 선택을 한 게, 결국 행복하지도 않았고 사랑받지도 못했다. 나는 더 이상 물러설 수 없었다.

"왜 갑자기 심술을 부리시는 거예요?"

"무슨 소리야?"

"불만이 있으시잖아요. 제가 잘 만들지도 않은 영화로 해외 영화제 다녀오니까 심기가 안 좋으세요?"

'영화제에서 하나도 기쁘지 않았다고요!'라고 외치고 싶었다. 설움이 복받쳤다.

"이 영화의 감독은 저라고 똑바로 하라고 한 건 선생님이잖아요. 지금까지 기록한 것들을 하나하나 허락 받아가며 진행할 수는 없어요. 이렇게 다큐멘터리를 찍는 건 저도 아닌 것 같아요."

고태경은 내가 숙이지 않고 튕겨나가자 내 강경한 반응에 놀란 눈치였다.

"젊은 사람이 왜 이렇게 꽉 막혔어. 조금의 타협도 못 하고 도망치는 거야?"

짐짓 당황한 것을 숨기려 애쓰며 고태경이 말했다. 꽉 막히고 타협을 모른다고? 도망친다고? 나는 그 말을 그대로 날카롭게 받아쳤다.

"도망이요? 도망 다닌 건 선생님이잖아요."

"뭐?"

"왜 영화를 찍지 않는 건데요? 민 대표도 단편이라도 찍어서 증명해야 한다고 하잖아요. 이십 년 동안 영화화되지 않은 시나리오 말고는 아무것도 없잖아요."

어떻게 내가 이렇게 쏟아내는 건지 나도 놀랐다.

"막상 도전할 용기는 없고, 남 품평이나 하면서."

내가 누굴 비난할 수 있을까. 나는 멈췄어야 했다.

"선생님은 겁쟁이예요. 영화를 만들어본 적도 없으면서!"

고태경은 상처 입은 표정이었다. 고태경은 '네가 만든 것 같은 영화를 만드느니 안 만드는 게 낫지'라고 유치하게 받아치지 않았다. 차라리 그렇게 받아쳤다면 내 마음이 더 편했을 텐데. 한바탕 퍼붓고 나자 흥분이 식기 시작했다. 고태경은 예의 아무 감정을 읽을 수 없는 차가운 포커페이스가 됐다. 마음을 닫은 텅 빈 눈빛이었다. 그럴 수만 있다면, 내가 뱉은 말을 주워 담고 닫히고 있는 고태경의 마음을 헐크처럼 열어젖히고 싶었다. 고태경이 천천히 자리에서 일어났다.

"자네는 인터뷰한 내용으로 나에 대해 다 안다고 생각하지?"

고태경은 천천히 자리에서 일어나 떠나버렸다. 나는 붙잡지 못했다. 나는 비열했다. 인터뷰어라는 핑계로 이런저런 속내를 물어봐놓고, 나는 마음을 열지 않았다.

지난 몇 달간 나는 뭘 한 걸까. 승호가 강조했던 관계 맺기도 실패한 기분이 들었다. 손끝이 저리고 몸에서 힘이 쪽 빠져나갔다.

16

나 행복하지가 않다

"컷! 엔지!"

"감독님, 아직 오케이가 안 났는데요."

졸업영화 〈한나〉 현장에서 내가 자꾸 앵글을 바꾸자 스크립터를 해주던 윤미가 내게 말했다. 나는 확신을 갖지 못하고 계속 킵(Keep)을 했다. 이 선택들에 내 졸업영화와 앞으로의 영화 인생이 달려 있다고 생각하니 부담이 컸다. 콘티를 열심히 그린 부분이었는데 현장에 나오니 느낌이 전혀 살지 않았다. 다양한 앵글로 촬영하고 편집실에서 고민해보려는 심산이었다.

그러나 시간은 흐르고 해는 금세 사라질 것이므로 언제까지고 결정을 유보할 순 없었다. 그날 촬영은 결국 오케이 없이 킵들만 가지고 마무리됐다. 편집의 마술을 기대했지만, 현장에서 오케이가 아닌 것은 편집실에서도 오케이가 아니었다. 보는 사람이 몰라도 나를 속

일 수는 없었다.

영화를 찍으면서 드물게 그런 순간들이 있었다. 좀처럼 확신을 못 갖던 내가 배우의 감정과 카메라의 움직임, 바람에 흔들리는 나무, 프레임에 들어오는 햇빛의 반사, 지저귀는 새 소리까지 모든 게 만족스러워 시원하게 오케이를 외칠 때가. 그렇게 얻은 화면이 영원한 지속의 순간이 되어 스크린에 상영될 때, 그 쾌감은 영화 만들기라는 미친 고생을 다시 하게 만드는 희열이 되었다.

삶에서도 확신을 가지고 오케이를 외친 순간들이 드물게 있었다. 무언가가 좋다는 감정, 누군가를 좋아하는 감성을 느끼는 순간들. 사람들은 그래서 무언가를 혹은 누군가를 사랑하는 게 아닐까. 태어나길 잘했다는 생각이 들 만큼, 불확실한 생에 확신이라는 것을 가져보고 싶어서. 결국 영화를 만드는 것은 많은 선택지 앞에서 내가 좋아하는 게 뭔지 고백하는 것이었다.

삶은 엉터리고 대부분 실망스러운 노 굿이니까 사람들은 오케이 컷들만 모여 있는 영화를 보러 간다. 우리가 '영화 같다' '영화 같은 순간이다'라고 하는 것은 엉성하고 지루한 일상 속에서 오케이를 살아보는 드문 순간인 거다.

종현과의 일도, 고태경과의 언쟁도 후회를 남겼다. 사람과 온전히 대화를 나누지 못할 컨디션으로 고태경을 만나서 그런 말을 해서는 안 되는 거였다. 그러나 계속 후회 속에 빠져 멈춰 있을 순 없다. 다음 챕터로 넘어가야 한다. 때로는 오케이가 없어도 가야 한다.

고태경과 연락이 되지 않은 채로 사흘이 지났다. 시간이 흐를수록 마음이 죄어왔다. 그러나 편집을 전부 입맛대로 해드리겠다고 할 수도 없는 노릇이었다. 고민을 안은 채 다큐멘터리 선배인 승호를 만나러 갔다.

어두운 내 기분과 달리 청명한 하늘에 흰 뭉게구름이 그림 같은 날씨였다. 시나리오 공모전에 열성을 다하던 승호는 마감을 끝내고, 이번에 맡은 바이럴 광고 영상 때문에 임대 사무실에 있다고 했다. 승호가 바이럴 영상을 한다니 의외였다. 나는 바이럴 작업을 연달아 하다가 영상 업체를 차리고 창작과는 멀어진 선배들을 많이 봤다. 우리는 편의점 야외 테이블에 앉아서 캔 커피를 마셨다.

"촬영 준비는 순조로워?"

"뭐 우여곡절이 있지만 영화보다 훨씬 낫지."

"아무렴 뭘 해도 영화보다야."

우리는 낄낄거리고 웃었다. 한낮인데도 제법 날씨가 선선했다. 그 사이에 승호는 살이 빠져 예전의 모습을 조금 되찾았다. 사무실에서 밤을 새웠는지 옆머리는 눌리고 뒷머리는 뻗쳐 있었다. 한교영 시절 밤샘 편집 후 편집실 라꾸라꾸 침대에서 자다 깼을 때 보곤 하던 익숙한 모습이었다. 승호는 피곤에 절어 초췌했지만, 무슨 좋은 소식이 있는 사람처럼 개운한 표정이었다.

"나 떨어졌어."

승호가 무덤덤하게 말했다.

"에, 발표 벌써 났어?"

승호는 입을 꾹 다물고 미소 지으며 고개를 끄덕였다.

"술 사줄까?"

"아냐, 이거 해야 돼서 바빠."

승호는 작업 중인 바이럴 영상의 콘티를 가리켰다. 훑어보니 신소재 스포츠 의류의 기능성을 강조하는 홍보 영상이었다.

"너 키보드는 다 뭐야?"

내가 키보드 이야기를 꺼내자 승호의 얼굴에 화색이 돌았다. 거의 일 년 넘게 업데이트되지 않던 승호의 인스타그램은 얼마 전부터 키보드 사진으로 도배가 되고 있었다. 벌써 세 대는 사 모은 것 같았다. 얘기를 들어보니 최근에 산 키보드는 거의 40만 원짜리라고 했다.

"'돈도 못 버는 애가 무슨 키보드에 40만 원이나 써'라고 생각했지?"

나는 뜨끔했다. 승호가 내 표정을 읽더니 말을 이었다.

"나도 그렇게 생각했어. 그거 나 이번 시나리오로 계약하면 사겠다고 다짐했던 꿈의 키보드였거든. 그런데 그냥 샀어."

승호가 커피를 한 모금 마시더니 말을 이었다.

"뭔가를 이루지 않고서 나한테 선물하기가 참 어렵더라. 나 시나리오 쓴다고 참 고생했거든. 아무도 몰라줘도 나라도 알아줘야겠더라고."

승호의 눈이 반짝이고 있었다.

"그렇게 좋아?"

"응. 나도 참, 애정을 쏟을 곳은 필요했나봐. 요즘 드는 생각인데, 그 어떤 사람도 나한테 키보드만큼의 행복을 주지 않는 것 같아."

헤헤 웃는 승호는 정말로 행복해 보였다. 이번엔 사람이 아니라 사물과 사랑에 빠졌구나. 자연스러운 수순이네.

승호가 목젖을 꿀렁이며 캔 커피를 단번에 비웠다.

"나 행복해지려고 영화 하겠다고 한 건데, 별로 행복하지가 않다."

승호가 담담하게 금기어를 말했다.

"나 이제 영화 그만하려고."

승호의 목소리는 떨림 없이 단단했다. 바뀐 계절의 공기를 머금은 바람이 불어왔다.

"뭐?"

나는 예상치 못한 승호의 발언에 소리가 높아졌다.

"야, 너는 인생이 5회차라도 되는 것처럼 군다. 누구나 인생은 1회차야."

"1회차니까 이러는 거야. 이제 충분히 할 만큼 한 것 같아."

어쩌면 저런 말을 내뱉을 수가 있을까.

"너 무슨 일 있었어?"

"아니, 오히려 아아아―무 일도 없어서 그래."

승호가 과장되게 입을 크게 벌리고 말하며 쓴웃음을 지었다.

"공모전 결과 듣고 며칠간 밥 먹는 게 죄책감이 들더라. 그래서 좀 굶었어. '이렇게 하루 종일 비생산적인 인간이어도 되는 걸까?' 싶고. '나는 언제쯤 죄책감 없이 영화를 보거나 맥주를 마실 수 있을까?' '내가 아무 비용이 들지 않는 인간이면 좋겠다' 뭐 이런 생각을 계속하고 있더라고, 내가. 그거 너무 나쁘잖아, 자신한테. 그치?"

나는 승호가 하는 말이 무슨 말인지 잘 알았다. 일인분의 사람이 되지 못했다는 생각 때문이었다.

"이 모든 지난한 과정이 지나서 나중에 뭔가가 되어서 '그런 때도 있었지' 하고 추억할 후일담이 되어야 하잖아. 그런데, 그렇게 되지 않으면 어떡해?"

이 힘든 시간이 쓸모가 있다는 것, 그렇지 않다면 원한이 생기고 만다. 승호는 진심이었다. 승호는 솔지처럼 술기운에 "나 이제 이놈의 영화판 떠날 거야!"라고 외치고 언제 그랬냐는 듯 다시 현장에 갈 타입이 아니었다.

"영화는 내게 좋은 것만 줬는데. 영화가 나한테 상처를 준 게 아닌데. 영화가 미워지고 극장도 안 가게 되더라. 영화도 밉고 나도 밉고……. 나, 그저 영화가 좋아서 그다음은 생각도 않고 영화학교에 갔어. 돌아보면 난 그다지 감독이 되고 싶지도 않았어. 꼭 감독이 돼야 하는 거 아니잖아? 그게 행복의 척도도 아니고."

행복은 고사하고 어떤 설문에서 영화감독이 가장 스트레스 많은 직업군이라고 하던걸. 승호가 덧붙였다.

"내가 사랑하는 걸 미워하는 게 아니라, 내가 사랑하는 걸 더욱 사랑하는 방향으로 가고 싶어. 행복해지지 않는다면 뭘 위해서 이 모든 일을 하겠어?"

그냥 하는 거지. 행복이니 사랑이니, 추상적인 단어를, 가치를 추구하는 게 승호다웠다. 행복해지려고 남들과 다른 길을 택해서는 결국 불행해진 사람들을 나는 여럿 알고 있었다. 아니, 어쩌면 나도 그들 중 하나일까. 돈을 못 벌면서 '나는 하고 싶은 일을 하고 살아서 행복해'라고 말할 수 있을까. 어쩌자고 나는 영화와 사랑에 빠져버린 걸까. 무엇을 탓하고 누구를 원망할 수 있을까. K선생? 〈초록 사과〉? 내 재능?

"나 열심히 하는 건 자신 있었거든. 그런데 내 마음처럼 되지 않는 게 이 일의 본질인 것 같아. 내가 뭔가가 못 돼서 이런 얘기를 하는 것 같아 정신승리처럼 보이겠지만."

승호가 자조하며 말했다.

"아니야."

포기나 도망이라는 단어를 붙이기에는 승호에게서 자신이 원하는 것을 정확히 알고 있는 사람에게서 뿜어져나오는 단단함과 당당함이 느껴졌다.

승호의 말을 들으며 나는 편의점 야외 테이블에 앉아 있는 우리 둘을 멀리서 카메라로 포착한 롱 숏의 이미지를 떠올렸다. 우리는 변하는 계절의 풍경 속에 작게 녹아들어 있었다. 뭉게구름이 빠르게 흘러갔고 기분 좋은 햇살이 느껴졌다. 어느덧 매미가 사라지고 잠자리가 날아다녔다. 내가 좋아하는 가을은 점점 짧아지고 있다. 이제 금세 추워질 거다. 촬영하는 사람들에게는 낮 촬영할 수 있는 시간인 해가 짧아진다는 걸 의미했다.

"너 여태껏 공부한 게 아깝지도 않아?"

"뭐, 그런 사람이 한둘이겠어?"

승호가 태연하게 남 얘기라도 하는 것처럼 씩 웃었다.

"너 다른 거 뭘 하려고?"

"할 거 없어, 아직은. 그런데 더 이상 다른 거 할 게 없어서 영화에 매달리지는 않을 거야."

나는 승호가 어떻게 그렇게 확신에 차서 말할 수 있는 건지 잠시 의아해하다가 이내 고개를 끄덕였다. 승호는 많이 아팠던 만큼 달라진 것 같았다. 내가 캐스팅은 어떠해야 한다고 잔소리를 하던 육 년 전의 승호가 아니었다.

"탈영 하는 거야?"

"그게 뭐야?"

"탈영화."

탈영, 탈건. 종현에게서 배운 단어를 사용하면서도 아프지 않았다. 윤미, 종현, 고태경, 승호까지. 주변 사람들이 하나둘 떠나가고 멀어지는 듯해 울적했다.

"야, 너도 떠나면 어떡해."

그 말을 소리 내어 입 밖으로 뱉고 나니까 정말로 슬픔이 밀려왔다. 이제는 정말 그만 울고 싶었다.

"내가 뭘 떠나. 나 안 떠나. 너는 영화 계속해야지. 나는 네 영화 좋아하니까 네가 영화 계속했으면 좋겠어."

"야, 영화가 부조리의 온상이라면서 나는 그거 계속하라고?"

내 물음에 승호가 킬킬거리고 웃었다.

나는 승호에게 바르샤바에서 사 온 기념품인 문화과학궁전이 그려진 자석을 건넸다.

"바르샤바는 어땠어?"

바르샤바에 대해 떠올렸다. 폐허에서 재건된 끝없이 펼쳐진 주황빛 도시, 영화제 사람들의 환대, 수상자 없이 터진 받지 못한 박수, 종현과의 언쟁. '별로였어' '최악이었어'라는 말로 그냥 묶어 팽개쳐 버리지 않기 위해 나는 기억의 원심분리기가 필요했다. 저항이 작용했고 노력을 들여야 했다. 눈가가 살짝 시큰해졌는데 슬픔의 눈물은 아니었다.

"나쁘지 않았어. 나에 대해서 더 잘 알게 된 여행이었어."

나는 담담히 말했다. 이제는 눈물이 나오지 않았다.

"우리의 삶이 영화 같을 줄 알았는데…… 오케이는 적고 엔지만 많다. 편집해버리고 싶은 순간투성이야."

내가 중얼거렸다. 내 인생에 엔지가 많은 건 내가 선택의 아마추어여서인 걸까.

"아, 박원호 교수님 보고 싶다."

내가 중얼거렸다.

"그래? 나는 교수들 찾아가서 따지고 싶은데."

승호가 발끈했다. 모범생 같던 승호라 의외였다.

"왜?"

"영화학교에서 실패만 엄청 가르쳐주고, 실패 이후에 어떻게 해야 하는지는 아무도 가르쳐주지 않았잖아."

승호가 캔을 툭툭 털어 남은 한 방울까지 마시더니 빈 캔을 바닥에 놓고 꽉 하고 밟았다. 캔이 비틀리지 않고 납작하게 잘 찌부러졌다. 승호가 내가 마신 캔까지 들고 재활용 쓰레기통에 버리러 일어섰다.

영화를 정말로 사랑하니까 영화를 미워하고 싶지 않아서 영화를 하지 않겠다는 승호의 말. 누군가에게는 궤변으로 들릴 말이지만, 내게는 궤변이 아니었다. 영화가 아니어도 좋으니까, 승호가 단지 자신이 뭔가를 이루지 못했다고 해서 스스로를 미워하지 않았으면 좋겠다.

"이승호, 네가 앞으로 뭐 할지는 모르겠지만…… 나는 그거 응원하는 거 알지?"

캔을 버리고 온 승호에게 내가 조금 쑥스러운 표정으로 말했다.

"너 삼십대를 잃어버린 기분이랬지. 앞으로 네 살 어리게 하고 다녀. 어차피 네가 어디 속해 있는 것도 아니고 새로 만나는 사람들한테 스물아홉이라고 소개해. 나한테도 누나라고 부르고."

내가 웃으며 말하자 승호가 놀란 듯 나를 한동안 바라보더니 이를 드러내며 활짝 웃었다.

"알았어. 혜나 누나."

막상 장난으로라도 그렇게 부르자 기분이 묘했다.

"누나, 다큐는 잘 돼가?"

생글 웃으며 승호가 물었다. 나는 길게 한숨을 내쉬고는 지금 상황을 설명했다. 승호는 다큐멘터리를 제작했었을 때 자존심 강한 밴드맨들이 자신들의 편집 비중, 누가 이름이 먼저 나오느냐 같은 문제로 서로 다투었던 이야기를 들려줬다.

"진심을 전하는 거. 정말 쉽지 않은 일이지만…… 잘 말해봐."

승호가 시계를 보더니 깜짝 놀라며 미팅에 늦겠다고 서둘러 일어섰다. 뛰어가는 승호의 뒷모습을 보면서 나는 승호가 기특했다. 아무도 가르쳐주지 않았는데, 무너지고서 스스로 일어나려고, 승호는 필사적으로 답을 찾은 것 같았다. 영화와 멀어지건, 키보드에 빠지건, 사랑하는 것을 찾아 애쓰는 게 느껴졌다. 그 스스로 회복할 줄 아는 건강함이 아름다워 보였다.

*

시간이 흐를수록 고태경이 마음에 걸렸다. 미안했다. 사과하고 싶었다. 나는 문자를 보냈다.

[제가 비열했습니다. 죄송합니다. 사과를 받아주셨으면 좋겠어요. 연락주시면 찾아뵐게요.]

한참이 지나도 고태경으로부터 답이 없었다. 용기를 내서 전화를 걸었다. 신호음이 길었다. "지금은 전화를 받을 수 없어……." 연결 안내가 나왔다. 나는 다시 문자를 남기려고 내용을 고쳤다. 전송을 누르려는 찰나 팅 하는 큰 소리와 함께 문자가 와서 놀랐다.

고태경의 답 문자는 전혀 예상 밖이었다.

〈부고〉 故 최강호 감독
빈소 : ○○ 병원 장례식장 2호실
발인 : 25일 오전 8시

17

장례식장

최 감독의 말년은 쓸쓸하고 찾는 사람이 없었지만, 장례식은 그렇지 않았다. 90년대 스타 감독 중 한 명이었던 최 감독의 작품에 참여했던 화려한 배우들의 조문이 이어졌다. 빈소 앞에서 어색하게 만난 고태경은 얼굴이 수척하고 까칠했다.

고태경은 조문객으로 오는 배우들을 촬영하려고 진을 친 취재진을 불만스러운 듯 쳐다보았다. 취재진은 유명인사들에게 고인에 대해 한마디씩 인터뷰를 했다. 당연히 고태경에게는 그 누구도 인터뷰 요청을 하지 않았다. 카메라를 가져오지 않기를 잘했다고 생각했다. 빈소 안까지도 요란한 카메라 셔터 소리를 듣고 있으니, 저들과 똑같아지고 싶지 않다는 생각이 들었다.

빈소에 들어가 소년처럼 맑은 미소를 짓고 있는 최 감독의 영정 사진을 보니 숙연해졌다. 2007년에 그가 모처럼 촬영한 유작 〈그대

있어 좋은 날〉은 관객들과 평단으로부터 외면을 받았다. 전문가 평 중에는 '시대착오적 순애보'라는 조롱에 가까운 한줄평이 있었다. 그 평을 떠올리니 디지털 편집으로 바뀌면서 퇴출당한 구형 편집기 가 생각나 마음이 아팠다. 최 감독은 퇴물 취급을 받으며 영화 작업 을 하지 못해 괴로워하던 중, 저예산 영화로 재기를 꿈꾸고 있었다. 그가 건강을 회복하면 꼭 인터뷰하고 싶었다. 인터뷰를 못 하더라도 〈초록 사과〉에 대한 사랑을 고백하고 싶었기에 마음이 쓰렸다.

감독님, 저 감독님 영화 많이 좋아했어요. 편히 쉬세요.

최 감독은 꾸린 가정이 없었으므로 식솔은 없었다. 빈소를 지키 던 최 감독의 여동생은 고태경의 손을 붙잡고 말했다.

"오빠가 자네 많이 보고 싶어 했는데……."

고태경은 죄라도 지은 사람처럼 푹 숙인 고개를 좀처럼 들지 못했 다. 분향실을 나와 접객실에 자리를 잡으려는데 누군가 고태경을 알 아봤다.

"아이고, 고 선배. 둘이 아직도 붙어다니네. 그거 아직도 촬영하는 거야?"

민현석 대표였다. 민 대표는 예의 그 우월한 시선으로 고태경과 나를 바라봤다. 고태경은 민 대표를 무시했다.

"누가 보면 젊은 애인인 줄 알겠어."

나는 몹시 불쾌했고 동시에 고태경이 언성을 높일까봐 걱정됐다. 고태경의 눈이 실룩거렸고, 모자를 벗어 드러난 이마에는 핏줄이 튀 어나왔다.

"현석아. 감독님 영전이다. 그만 가라."

고태경의 떨리는 목소리에서 꾹꾹 눌러 참고 있는 분노가 느껴졌다. 민 대표는 고태경이 뿜어내는 기운에 움찔하더니 다른 사람에게 인사를 하며 자리를 피했다.

간헐적으로 들려오던 카메라 셔터 소리가 잦아드는 듯싶더니 또 요란한 소리가 났다. 채화영이었다. 고태경은 채화영을 발견하고 그 자리에 동상처럼 우뚝 멈춰 섰다. 채화영은 빈소에서 구슬피 흐느껴 울었다. 고태경은 그 모습을 안쓰럽게 지켜봤다. 빈소에 인사만 올리고 바로 발걸음을 돌리던 채화영은 고태경과 눈이 마주쳤고, 채화영의 큰 눈망울은 금세라도 눈물을 쏟을 것 같았다. 찰칵찰칵, 찰칵찰칵. 셔터 소리가 멈추지 않았다. 마치 두 사람의 재회를 축하하는 축포 같다는 엉뚱한 생각이 들었다. 잠시 멈춰 서 있던 채화영은 자리를 떠나며 시선을 내리는 것으로 눈인사를 했다.

침울한 표정의 고태경과 나는 구석 자리에 마주 앉았다. 서빙하시는 아주머니가 육개장을 내왔지만, 고태경도 나도 한술도 뜨지 않았다. 말 없던 고태경이 홀로 소주를 따라 한번에 들이켰다. 오랜만에 마시는 술에 그의 얼굴이 잔뜩 찌푸려졌다. 나는 눈치를 보며 말을 꺼냈다.

"죄송해요. 문자 드렸지만 제대로 사과……."

"다음에."

고태경이 나의 말을 끊었다.

"여기서 할 얘기는 아닌 것 같아."

"네."

고태경이 소주병을 내 쪽으로 기울이며 술을 마시겠느냐고 묻는 제스처를 취했다. 나는 고개를 저었다.

"발인까지 계실 거예요?"

"그럼 당연하지. 오야붕 장례식인데……."

고태경은 불쾌해진 얼굴로 안주 없이 술을 마셨다. 서먹한 분위기가 흘렀다.

"너무 올드했지" "시대가 변한 게 아쉽지, 뭐. 아까운 사람이야" 영화인들이 한마디씩 최 감독에 대해 대화를 나누었고, 고태경과 나는 조용히 그 말을 같이 듣고 있었다.

"참 영화판 새옹지마야. 천하의 최강호 감독이 이렇게 될 줄 알았나."

카랑카랑하게 쇠 긁는 듯한 불쾌한 목소리에 목덜미의 털이 곤두섰다. 목소리가 들려온 곳을 보니 조병훈이 건너편에서 술을 마시고 있었다. 영화인들이 많을 줄은 알았지만 조병훈은 예상치 못했다. 내 시선을 느낀 조병훈과 눈이 마주쳤고 나는 재빨리 시선을 피했다. 고개를 처박으면 사냥꾼에게 자신이 안 보일 거라고 생각한다는 타조처럼 고개를 떨궜다. 안절부절못하는 나를 바라보는 고태경의 시선이 느껴졌다.

"너는 선생을 봤는데 인사도 안 하냐."

조병훈이 우리 테이블로 다가왔다. 나는 조병훈에게 어색하게 꾸벅 인사를 했다. 조병훈은 고태경의 행색을 쓱 살피더니 투명인간 취급하며 내게 물었다.

"네가 여기는 어쩐 일이냐?"

평소처럼 동기들과 함께 있지 않은 나를 보고 조병훈이 물었다.

다큐멘터리를 촬영하고 있다는 말이 잘 나오지 않았다. 민 대표 같은 반응이 나오리라 쉽게 예상할 수 있었다.

"조.혜.나. 감독은 나에 대한 다큐멘터리를 촬영 중입니다."

고태경이 스타카토로 내 이름을 상기시키듯이 말했다. 나는 놀라서 고태경과 눈이 마주쳤다. 언제까지 얽매여 있을 거야. 고태경이 눈빛으로 그렇게 말하는 것 같았다. 왠지 용기가 생겼다. 조병훈은 이 사람 뭐냐는 듯 해명을 요구하는 얼굴로 나를 바라봤다.

"너 요즘 대체 뭐 하고 다니냐?"

"조혜나예요."

"뭐?"

"제 이름은 조혜나라고요."

예전 같으면 상상도 못 했을 일이었다. 조병훈은 괘씸하다는 표정을 지어 보이며 나를 째려봤다. 순간 고태경이 일어서며 거의 얼굴을 부딪칠 정도로 조병훈에게 가까이 다가갔다. 조병훈이 당황해서 뒤로 주춤 물러났다.

"조 감독"

하고 고태경이 단호히 부르자 조병훈은 깜짝 놀랐다. 조병훈도 조 감독이었기에.

"일어나지."

"네."

나는 고태경과 눈빛으로 하이파이브를 대신하며 자리에서 일어섰다. 조병훈은 내게 퍼부었던 말을 기억도 못 하고 있을 거였다. 소심한 한 방이지만 조병훈의 당황한 표정을 떠올리자 통쾌했고, 곧

장례식장에서 그런 통쾌함을 느꼈다는 것을 자각하고 부끄러워졌다.

*

고태경과 나는 장례식장을 나와 근처 24시 해장국집에서 술국을 하나 시켰다. 발인까지는 밤새 시간이 많이 남아 있었다. 고태경은 한잔 따라 달라는 듯 내게 잔을 내밀었다. 고태경의 술잔을 채워주었으나 나는 술을 받지 않았다. 술기운에 정확히 사과하지 못하면 안 되니까.

나는 바르샤바에서 있었던 종현과의 일에 대해 얘기했다. 영화와 관련된 이야기는 많이 했지만, 연애처럼 사적인 이야기를 하는 건 처음이었다. 나는 내 기대가 어떻게 무너졌는지, 내가 얼마나 외로웠고 좌절을 느꼈는지 속내를 이야기했다.

"그렇게 다투고 난 후여서 제가 너무 약해져 있었나봐요. 선생님께 너무 과민하게 반응했어요. 선생님께 쏘아붙인 말들은 거의 저 자신에게 하는 비난이었어요. 죄송해요."

고태경은 담담하게 들어주었다.

"고 선생님 누구보다 열심히 사시는 거 제가 봤잖아요. 그게 어떤 결과로 이어지거나 이어지지 않거나…… 그것 또한 기록할 만한 가치가 있다고 생각해요. 저는 가치 판단을 최대한 배제하고 완성하려고 해요."

물론 저는 응원하는 편이지만요,라는 말을 하고 싶었지만 간지러워서 나오지 않았다. 나는 고태경과 눈을 맞추며 말했다.

"다큐멘터리를 완성하고 싶어요."

고태경이 헛기침을 하며 팔짱을 꼈다. 한참 뜸을 들이던 고태경이 입을 열었다.

"암, 모든 영화는 완성돼야지."

"용서해주시는 거예요?"

"용서랄 게 있나."

다행이지만 어영부영 좋게 넘겨서는 안 됐다.

"그럼 편집에 대해서는 어쩌실 거예요?"

"그건…… 자네 마음대로 해."

고태경은 무안한 듯 그 얘긴 꺼내지 말라며 손사래를 치고는 빠르게 술잔을 비웠다. 나는 미소 지으며 잔을 내밀었다. 고태경이 빈 잔을 채워줬고 우린 건배했다. 공복에 술을 들이켜자 배 속이 뜨끈해졌다.

"선생님, 제가 정말로 궁금한 게 있어요."

"또 뭐?"

나는 다큐멘터리에서 쓸 만한 부분을 건지기 위해서가 아닌, 순수한 관심으로 질문했다.

"선생님은 무슨 힘으로 버티세요?"

고태경은 나를 빤히 바라보더니 술을 한 잔 들이켰다.

"자네가 연애 이야기 들려줬으니 나도 연애 이야기 들려줄까?"

"네? 네에."

또 내 질문에서 벗어난 엉뚱한 대답이었다. 고태경의 연애 이야기라니, 나는 학창 시절 선생님의 첫사랑 얘기를 듣던 것처럼 귀를 기울였다.

"내가 그 친구를 만난 건 스물아홉 때 최 감독님 현장에서 연출부 세컨드로 있을 때였어. 그 친구를 J라고 할게. J는 스물셋의 현장 경험이 적은 스태프였고, 나는 어머님이 주선한 선 자리도 마다하고 영화에 투신한 상태였어. 내가 아주 지극정성이었고, J도 나를 믿고 따랐지."

나는 현장에서 스태프들 몰래 애틋한 눈빛을 나누었을 둘을 상상해봤다. 고태경이 얘기를 하다 말고 내 눈치를 살폈다.

"그렇다고 절대로 일을 허투루 하지는 않았어."

"아유, 그렇게 생각 안 해요."

고태경은 약간 쑥스러운 듯했다.

"그전까지 나는 연애와는 거리가 먼 사람이었어. 내 인생에서 가장 영화 같은 시절이었고, 영화 속에서 행복한 몽타주로 처리될 만한 그런 시절이었지. 내가 현장을 떠나서 입봉 준비하면서 글만 쓰던 때, J는 내 시나리오를 좋아해줬고 진심으로 응원해줬지. 나는 내세울 것 하나 없는 처지였는데, J는 내게 포기라는 단어는 생각지도 말라고 했어. 지금은 폐관된 종로 코아아트홀에서 〈화양연화〉 〈아멜리에〉 등 수많은 영화를 J와 함께 봤지. 요즘처럼 보고 싶은 영화를 쉽게 구해서 볼 수 있는 시절이 아니었어. 그래서 극장에 가는 게 더 소중했고. 낭만적인 시절이었지……"

고태경이 추억에 잠긴 듯 읊조렸다. 여태껏 관찰한 고태경은 예술을 하기엔 너무 경직된 사람이라고 생각할 정도로 흐트러짐 없는 사람이었다. 그런 고태경이 사랑 예찬가라니 새로운 면모였다.

"그 뒤는 전형적인 얘기지. J의 가족들이 심하게 반대했지. 그 친구는 나랑 헤어지고 곧 결혼했어. 나는 미래가 불 꺼진 극장같이 캄캄한 남자였으니까."

"그 이후에는 한 번도 연락이 닿지 않았어요?"

"알아보면 연락이 닿을 수도 있는데 내가 하지 않았어."

"왜요? 결혼을 해서요?"

"내가 아직 약속을 지키지 못했으니까. 내 영화를 상영하게 되는 날 첫 상영에 극장에서 만나기로 약속했거든."

고태경은 정말 우직한 옛날 사람이었다.

"그 코아아트홀도 2004년에 폐관되었지……."

그녀가 청첩장을 주기 위해 찾아왔을 때, 고태경은 데뷔작이 무산된 뒤 영사실에서 일하고 있었다고 했다.

"나는 결혼 소식을 알고 있었고 J가 온 이유도 짐작했지. 내가 혹시라도 붙잡아주기를 바랐던 거 같아. 나는 아무 말도 하지 못했어. 그날 J가 흘린 눈물을 나는 잊지 못할 거야."

고태경은 그 기억을 떠올리는지 잠시 초점 없는 눈으로 창밖을 응시했다.

"원망스럽진 않으세요?"

고태경은 내 질문을 곱씹었다.

"내가 진심으로 바라던 것들은 다 잘 안 됐어. 지금까지는 말이야."

'지금까지는 안 됐지만, 이제는 잘될 거야'라고 말하는 듯이 고태

경이 덧붙였다. 영화에 대한 사랑도, 그녀에 대한 사랑도 이뤄지지
않았다. 불굴의 의지 한 꺼풀 아래 이런 비관적인 체념이 자리하고
있다니 마음이 아팠다.

"그런데 말이야. 사랑에 빠지지 않았더라면 이번 생에 뭘 더 좋은
걸 했겠어?"

고태경이 쓸쓸하게 웃으며 나에게 물었다.

"어떻게 버티느냐고 물었지. 진정으로 응원해주고 지켜봐주는 한
사람만 있으면 돼."

나는 고태경의 말에 눈물이 핑 돌았다. 그건 내가 가지고 싶었으
나 갖지 못한 것이기 때문이었다. 나는 술을 마시면 가슴이 달래지
기라도 할 것처럼 술을 들이켰다. 술기운이 올랐다. 내가 고태경에게
정말 하고 싶던 질문은 단순히 어떻게 포기하지 않고 버티느냐가 아
니었다. 영화 속 친구들 말고는 외톨이로 홀로 살면서, 어떻게 버티
세요. 사람들이 누군가와 관계를 맺고, 함께 일상을 나누고, SNS를
열심히 하는 것도 삶의 목격자가 필요해서다. 아무도 보아주지 않는
삶은 너무 쓸쓸하잖아요. 그 외로움과 고독을 어떻게 버티세요. 그
러나 고태경은 확신하고 있었다.

"지금은 연락이 닿지 않는 사이가 되었지만 말이야. 그 친구는 분
명 매해 영화계에서 내 소식을 찾아볼 거야."

고태경의 이 모든 게 애정 때문이었다는 말인가. 애정이라는 건
결국 식어버리는 것 아닌가. 나는 잠시 혼란스러웠지만 이내 납득했
다. 결국, 내가 다큐멘터리를 찍는 것도 〈초록 사과〉에 대한 애정 때
문이다. 영화에 대한 애정 때문이다.

"나를 진정으로 응원해준 사람이 또 있지. 최 감독님이야."

고태경은 최 감독과 함께 했던 시절을 회상했다.

"꿈이 조감독인 사람은 없잖아?"

"그렇죠."

"그런데 최 감독님의 조감독이라면 계속할 수 있겠다고 생각했어. 현장에서는 카리스마 넘치셨지만 인간적이고 따뜻하신 분이었어. 그런 분을 모실 수 있어서 참 행복했어. 매일 새로운 가르침을 배울 수 있어서 아무리 현장이 힘들어도 신이 났지. 손발이 척척 맞는 최강호 사단의 일원이라는 자부심도 있었고. 그렇게 스태프들도 배우들도 같이 작품을 만들어가면서 나이 들면 정말 좋은 삶이겠다…… 생각했어."

고태경이 마른침을 삼켰다. 고태경이 현장에서 얼마나 좋은 스태프였을지 그의 철저하고 성실한 태도를 보면 상상해볼 수 있었다.

"스태프들, 배우들. 그 시절의 멤버들과 다시 모이고 싶어."

고태경의 눈가가 촉촉해졌다.

"세월이 많이 흘렀어."

고태경의 모든 기준은 그 시절이 되었다. 고태경의 시계는 그때 멈춰버렸다. 그 시절의 재현을 바라는 것이었구나. 이제는 노장이 된 스태프들도, 채화영 배우까지도 함께.

최강호 감독 연출부 출신 중에 유명해진 감독들이 많았다. 최강호 감독은 고태경이 십 년이 넘도록 데뷔를 못 하고 술독에 빠져 자포자기하는 모습을 보이자, 데뷔작 시사회가 아니면 자기를 부르지 말라며 꾸짖었다고 했다.

"그때는 쌈마이 코미디로 데뷔해서 최 감독님 이름에 먹칠을 할 수는 없다고 생각했어."

그런 이유가, 그때의 고태경에게는 제일 중요했을 거다.

"내가 그때 그 영화를 수락했다면, 어쩌면 지금 그 친구와 같이 살고 있을지도 모르지."

만약 그때 데뷔를 했다면. 그때 그녀의 손을 놓지 않았다면. 손을 뻗으면 닿을 만큼 기회에 가까이 가서 더 괴로웠을 날들. 자신의 선택으로 사라진 '만약'의 이야기들. 나는 밤마다 작업실에서 편집기의 조그셔틀을 거꾸로 돌려보는 고태경을 떠올렸다.

"어떤 사람들은 말이야. 과거를 돌아보거나 직면할 수 없는 사람들이 있어. 현재만, 앞만 보고 가야 해. 뒤를 돌아보고 후회에 젖어 있는 것도 그럴 수 있는 사람에게나 허용된 거야."

말을 더할수록 고태경의 목소리가 떨리고 있었다. 고태경은 거대한 회한과 마주하지 않으며 살고 있었다. 다큐멘터리 인터뷰는 기본적으로 과거에 대한 회고가 주를 이뤘기에 촬영 과정이 고태경으로 하여금 자꾸 뒤를 돌아보게 만든 거였다. 죄책감 비슷한 감정이 피어올랐다. 고태경은 조용히 흐느끼기 시작했다.

"감독님이 아프신데 간병은 못할망정, 면목이 없어서 차일피일 미루다가 찾아뵙지도 못했네. 나는 끝내 못난 제자였어."

자신과의 약속을 정해두고 그것을 끝내 지킨 사람. 고태경은 막혀 있던 둑이 터진 듯 서럽게 울었다. 오십대 중년 남자가 그렇게 서럽게 우는 모습을 지켜보는 건 처음이었다. 나는 어떻게 해야 할지 몰라 갑 티슈에서 꺼낸 티슈를 들고 있었다. 무너질 것 같지 않던 사람이 무너지자 마음이 편치 않았다. 그 와중에도 순간, '카메라에 이 모습을 담을 수 있다면' 하는 생각이 스쳤다. 카메라가 있었다면 유혹을 느꼈을 것이다. 카메라가 없는 게 다행이었다.

　나도 모르게 까무룩 들었던 잠에서 깨자, 고태경은 눈을 감고 살짝 입이 벌어진 채 식당 벽 쪽에 기대앉아 있었다. 나는 고태경이 자는 얼굴을 가만히 바라봤다. 움푹 팬 이마의 주름과 팔자주름이 더 깊어 보였다. 고태경의 얼굴과 식당 안의 모든 게 서서히 붉게 물들었다.

18

신 피디와의 미팅

[안녕하세요, 조혜나 감독님. 새솔 영화사의 신영민 피디입니다. 단편 시절부터 감독님 작품을 눈여겨 봐오던 중에 한번 만나 뵙고 싶어서 이렇게 연락을 드렸습니다. 통화 괜찮으실 때 연락주세요.]

이른 아침에 장문의 문자가 왔다. 내게는 미지와의 조우 같은 순간이었다. 귓가에 〈이티〉의 영화음악이 흐르는 듯했다.

새솔 영화사 사무실은 마포구에 있었다. 오 층에 도착해 먼저 화장실에 가서 거울을 보며 옷매무새를 가다듬었다. 그래, 힙합은 이럴 때 듣는 음악이다. 무표정한 내 얼굴을 보며 리듬에 맞춰 고개를 까딱까딱하며 립싱크로 랩을 따라 했다. 사무실 앞에서 전화하자 신 피디가 나와 유리문을 열어줬다. 후드티를 걸친 신 피디는 생각보다 젊었고 개구쟁이 같은 얼굴을 하고 있었다.

"이번에 이렇게 신생으로 나오게 돼서, 감독님 어떤 분인지, 그리고 어떻게 지내고 계신지 궁금해서 연락드렸어요. 전부터 연락을 드리려고 했는데."

그런데 왜 이제야 연락을 하는 거예요. 진작 좀 불러주시지. 혼잣말이 입 밖으로 튀어나갈 뻔했다. 혹시 토렌트 순위에 올라와 있어서 다운받아 보고 연락한 거냐고 묻지는 않았다.

회의실에 마주 앉아 명함을 내밀며 신 피디는 자기소개를 했다. 신 피디는 나보다 두 살 위로 내 또래였다. 현장 스태프 출신이고, 투자 배급사에서 오랜 시간 있다가 새롭게 시작하려고 회사를 차리게 되었다고 했다.

"저도 감독님처럼 힙합을 워낙 좋아했어요. 〈한나〉도 서울영화제에서 챙겨 봤고요. 마스터플랜도 다녔고."

신 피디가 말했다.

"그럼 그때 Still-A-Live 마지막 콘서트 가셨어요? MC성천 울먹이는 거, 라이브 음원에 담겨 있잖아요."

"저도 거기 있었어요. 저희 같은 공간에 있었네요."

신 피디가 웃으며 말했다. 2001년도에 사라진 언더그라운드 힙합의 성지 클럽 마스터플랜에서 우리는 고등학생 시절 같이 팔을 흔들고 있었던 거다. 그런 그가 지금은 상업영화의 최전선에서 일하고 있다니 재밌었다.

커피 한잔하자는 것은 동준의 말처럼 '뭐 써둔 거 좀 있냐' 하는 자리였다. 내가 지금 어느 영화사와 계약을 해서 묶여 있는 것은 아닌지를 물어본 신 피디는 본론으로 들어갔다.

"저희가 신생 회사라 아이템을 적극적으로 찾는 중인데. 혹시 보여주실 만한 시나리오가 있으실까요?"

이런 때를 대비해 준비해둔 비장의 시나리오를 멋지게 탁 꺼내서 보여줘야 하는 건데. 드디어 기회가 눈앞에 왔는데, 올해 상반기부터 내가 매진한 것은 시나리오가 아니라 다큐멘터리였다. 동준의 충고처럼 '준비된 총알'이 내게는 없었다.

나는 〈플래시댄스〉나 〈라라랜드〉 같은 음악과 안무가 적극적으로 쓰이는 컨셉의 로맨스 영화를 만들고 싶다며, 시나리오 이전 단계인 트리트먼트를 보여드릴 수 있다고 했다. 신 피디는 관심을 가지고 내 이야기에 귀를 기울였다. 외국 음악영화들이 우리나라에서 흥행하는 걸 보면 우리나라는 참 흥이 넘치는 민족인 것 같은데 왜 한국 음악영화는 잘된 게 없을까, 특히나 음악영화는 시나리오로 읽어서는 음악이 들리는 게 아니니까 어떻게 구현될지 가늠하는 것이 더 어려운 것 같다, 등등 서로 고충을 토로하기도 하고 공감한다며 맞장구를 치기도 했다. 친밀감을 느낀 나는 신 피디가 지향하는 영화는 무엇인지 물었다.

"영화계에 젊은 피들을 수혈해서 쿨하고 드라이한, 젊은 영화들을 만들고 싶어요. 그렇게 해서 한국영화에 신선한 바람을 일으키고 싶어요."

야심만만한 발언이었다.

신 피디는 〈올드 스쿨〉이라는 음악영화 아이템에 대해 들려줬다. 소년원을 들락거리며 사람을 믿지 못하는 소년, 소녀들이 왕년에 잘나가던 퇴물 래퍼를 만나 음악을 통해 직접 가사를 쓰고 서서히 변화한다는 시놉시스는 내 취향으로, 피를 끓어오르게 했다. 문제아와 문제 선생, 어떤 톤으로 가느냐에 따라 유치하지 않게 잘 살릴 수도 있을 것 같았다.

"50억 정도 저예산 영화로 이제 큰 예산은 아니죠. 제작비 상승으로 스태프 임금을 제대로 주는 거니까 올바른 방향으로 가고 있는 거죠."

50억이 저예산이라고 얘기할 때 내 표정은 어땠을까.

"사실을 말씀드리면, 〈올드 스쿨〉은 먼저 논의 중인 감독님이 있어요. 그 감독님의 또 다른 작품도 논의되고 있어서 추이를 지켜보고 있는 상황이에요. 〈올드 스쿨〉은 각색이 필요하고, 연출까지도 할 수 있는 감독님을 찾고 있는데요. 젊은 감각의 신인 감독님과 작업하고 싶고요."

신 피디가 나의 표정을 살폈다.

"시나리오 한번 읽어봐주시겠어요?"

나는 침을 꿀꺽 삼켰다.

"네, 그럼요."

50억. 언젠가 스타 배우와 작업하고 싶다는 막연한 소망은 가지고 있었지만 50억이라니. 그리고 저예산으로 리스크가 적은 편이라니. 심호흡을 했다. 심호흡한다고 될 일이 아니었다. 지하철역 세 정거장 전에 내려 집까지 걸어갔다. 나는 걷다가 뛰기 시작했다. 뛰어서라도 부담을 떨쳐내야 했다.

집에 돌아와 신 피디의 명함과 시나리오를 책상 위에 올려놓았다. 내게 같이 하자고 한 것도 아니고, 같이 하자고 도장 찍어도 영화라는 게 투자를 받을 수 있을지 없을지 모르는 일이지만, 고작 미팅일 뿐이지만, 그러나 이때까지 내게는 주어지지 않던 것이다. 이 손바닥보다 작은 명함 한 장과 시나리오를 십 년 만에 받게 되었다. 고태경이 이런 나를 보면, 그런 것은 아무것도 아니라고 일희일비하지 말라고 하겠지만. 나는 수많은 감독 후보 중 하나이고 후순위일 것이다. 따뜻한 물로 샤워를 하고 경건한 마음으로 시나리오를 읽었다.

모처럼 악몽을 꿨다. 내일 영화를 찍어야 하는데 날짜를 잘못 알아서 아직 준비가 하나도 안 된 꿈이었다. 나는 식은땀에 흠뻑 젖어서 깼다.

재미있는 건 신 피디와의 미팅 이후 나의 변화였다. 기회가 생기면 얼마든지 잘 해낼 수 있을 것 같았다. 기분 좋은 긴장감이 정신과 몸을 팽팽하게 만들었다. 머리만 대면 잠에 빠지던 우울감은 어디 가고, 네 시간밖에 안 잤는데도 잠이 저절로 깨고 정신이 또랑또랑했다. 나는 규칙적으로 운동도 하고 〈올드 스쿨〉과 비슷한 영화들을 분석하며 연출 노트를 성실히 적었다.

그런 나 자신의 변화를 인지하면서 우습다는 생각이 들었다. 누가 나를 눈여겨보는 사람이 있기는 하다는 것, 그것만으로도 이렇게나 스스로를 귀하게 여기도록 만들다니. 나는 너무 고립되어 있었구나 싶었다.

이상하게도 내가 총알을 준비하지 않아 엄청난 기회를 놓쳐버린 건 아닌가 하는 생각이 들지 않고 며칠 동안 기분이 좋았다. 내가 몰두하고 있는 다큐멘터리에 대한 확신이 커졌다. 내게 기회가 오지 않으면 아쉽겠지만, 내가 시나리오를 쓰면 보여줄 사람이 생겼다.

그건 바르샤바가 내게 가져다준 변화였다. 벌어지지 않은 일을 기대하며 품게 되는 행복보다, 지금 내가 느끼고 있고 손에 잡히는 행복에 집중하는 것.

새삼 고태경이 정말 강인한 사람이라고 생각했다. 자신을 사랑하고 자신을 독려해야 한다는 건 알고 있지만, 외부에서 누군가 지지해주는 사람이 없으면서도 그러기란 쉽지 않다는 것을 체감했다. 나는 내가 좋아하는 사람들에게 좋은 지지자가 되어주고 싶어졌다.

임대 사무실에서 짬을 내어 만난 승호는 영상 납품 마감일인데 클라이언트가 또 수정을 요구했다며 투덜거렸다.

"너 좋아 보인다?"

승호가 컵라면을 후루룩 먹으며 내게 말했다.

"나 진짜 집중하고 있거든."

나는 관객과 만나기 위해 편집에 힘쓰고 있었다. 팔 년 전에 순수한 마음으로 졸업영화 〈한나〉를 만들 때와 비슷한 기분이었다. 〈초록 사과〉에 대한 사랑은 누구에게도 지지 않을 자신이 있었다. '이 다큐멘터리를 내가 아니면 누가'라는 생각마저 들었다.

"자 이거, 비행기 타고 온 귀한 몸이다."

내가 가져온 쇼핑백에서 키보드를 꺼냈다. 승호는 깜짝 놀라며 의아해했다.

"이게 뭐야. 네가 무슨 돈이 있다고."

고태경의 집에서 본 단종된 고물 편집용 키보드와 같은 모델이었다. 나는 이 중고 키보드를 전 세계 이베이 사이트를 뒤져서 헝가리 고물상에서 찾아냈다. 빨강, 노랑, 파랑 알록달록한 색깔의 키캡에는 빽빽하게 영상 편집기능이 각인되어 있었다. C에는 CUT, R에는 REWIND, P에는 PLAY, S에는 STOP. 승호가 촬영한 고태경네 집 촬영분을 보면서, 이 키보드에 승호가 단번에 사랑에 빠졌다는 걸 알 수 있었다.

"받아. 선물이야. 이걸로 시나리오를 안 써도 좋아. 네가 영화를 안 하더라도, 한때 영화를 했던 사람이라는 걸 키보드에 타투처럼 새긴 거랄까."

승호는 감격한 얼굴로 요란을 떨며 키보드를 두드려댔다. 도각도각 재미있고 기분 좋은 조약돌 부딪는 소리가 났다. 왜 승호가 키보드와 사랑에 빠졌는지 조금은 알 것 같았다. 아이처럼 좋아하는 모습을 보니 들고서 집에까지 누르면서 갈 기세였다. 승호가 이 키보드를 누르고 싶어서 언젠가 글이 쓰고 싶어지면 좋겠다.

"악수하자."

승호가 손을 내밀며 말했다.

"갑자기 웬 악수?"

내가 웃었다.

"끌어안는 건 좀 그러니까 악수라도 하자."

나는 승호의 손을 잡았다. 부드러운 손의 감촉이 좋았다.

최강호 감독의 죽음 이후 고태경이 좌절에 빠지지는 않을까 걱정했지만, 그는 자신의 일상을 되찾았고 어김없이 극장에 갔다. 다만 입을 꾹 다물고 GV에서도 좀처럼 질문을 하지 않았다. 자신을 응원하고 지켜봐준다던 두 사람 중 한 명인 최강호 감독, 지탱해주던 두 다리 중 하나가 무너진 것 같은 기분을 추측해볼 따름이었다.

나는 집요하게 해장국집에서 들은 내용에 대해 다시 인터뷰를 시도했다. 고태경의 연애 이야기와 최강호 감독 이야기를 담아내려던 것이었다. "그때 이런 말씀 하셨잖아요" 하고 물으며 멘트를 딸 수는 있었지만, 그날 해장국집에서의 공기와 그 감정을 담을 수는 없었다.

채화영 측에서는 끝내 연락이 없었다.

"노력을 할 만큼 했다면 어쩔 수 없지."

고태경의 목소리에는 못내 아쉬움이 배어 있었다.

나는 유 프로를 인터뷰하고 고태경을 목격한 극장 관객들의 인터뷰도 담았다. 내 소개와 함께 작품을 소개하자 호의적으로 인터뷰에 응해주는 관객들도 있었으나, 모두가 인터뷰에 호의적인 것은 아니었다. 수많은 거절에 익숙해져야 했다.

관객들을 인터뷰해보니 GV 빌런이 고태경만 있는 건 아니었다. 언제나 화가 나 있는 채로 따지듯이 질문하는 아저씨, 늘 개량한복을 입고 극장에 나타나 곤란한 질문을 하는 중년 여성, 거의 모든 영화제에 다니며 때와 장소를 가리지 않고 배우와 감독과 사진을 찍는 일본인, 항상 질문할 때 말을 더듬으며 중언부언하는 수염 기른 청년. 모두 서로의 이름도 나이도 모르지만, 목소리는 알고 일면식은 있었다. 소속감은 느슨하지만 극장은 엄연한 커뮤니티였다.

편집 막바지에 촬영 소스가 늘어나니 월터가 힘들어했다. 피유우웅 하는 소리가 나더니 맥북의 전원이 아예 안 들어오기 시작했다. 결국 월터는 사망진단을 받았지만 애도의 시간을 가질 여유가 없었다. 출품 마감까지는 보름이 남았고 하루도 지체할 수 없었다.

나는 마침 일이 없는 승호에게 SOS를 쳤다. 벙커라고 별명이 붙은 승호의 반지하 방에는 프로젝터가 설치되어 있었다. "빛이 안 들어와서 영화 볼 때 암막 커튼이 따로 필요 없어"라며 승호는 웃었다. 나는 승호에게 편집본을 보여줬다. 편집본을 집중해서 보고 있는 승호의 얼굴을 찬찬히 바라보며 목이 타서 자꾸만 찬물을 들이켰다. 승호가 편집본의 좋은 지점과 아쉬운 지점을 조목조목 짚어가며 말해줬다. 승호는 도와주겠다는 말도 없이 바로 편집을 시작했다. 열심히 편집하며 키보드와 마우스를 바쁘게 오가던 승호가 갑자기 멈추고 말했다.

"이러려고 나 키보드 사준 거 아니야?"

나는 헤헤 웃으며 뭐 먹고 싶으냐고 물었다. 그렇게 보름간의 집중 편집이 시작되었다. 승호는 자기 작품처럼 애정을 가지고 편집을 도와줬다. 작품을 위해 함께 고민하는 사람이 있다는 것만으로 큰 위안이 됐다.

"돌이켜보면 뭔가를 도모하고 거기에 몰두할 때가 제일 행복한 것 같아."

내가 혼잣말처럼 중얼거리자 승호가 나를 의외라는 듯이 바라봤다. 행복이니 사랑이니 내가 소리 내서 입에 잘 담지 않았던 추상적인 단어였다.

"뭐 잘못 먹었어? 조혜나가 웬 행복타령?"

"너랑 놀다 보니까 너 닮아서 그런다."

내가 피식 웃으며 말했다.

도각도각 키보드 소리와 모니터에 보이는 복잡한 파이널 컷 프로 편집화면. 부유하는 먼지 사이를 뚫고 프로젝터에서 쏘아지는 빛과 재생되고 있는 고태경의 얼굴과 목소리. 그리고 편집에 집중하고 있는 승호의 옆얼굴. 이 순간의 공기를 간직해야겠다고 생각했다. 예전 같으면 소중함을 모르고 스킵하거나 킵으로 남겨뒀을, 그러나 이제는 분명히 확신을 가질 수 있는 내 인생의 오케이 순간이었다.

승호와 종일 편집하다가 배달음식을 시켜 먹으며 맥주를 한 캔 곁들이는 건 끝내줬다. 그 와중에도 우리는 편집 얘기만 했다. 애초 기획대로 방송 다큐멘터리처럼은 가지 말자고 했다. 내레이션으로 더 친절해질 수도 있었지만, 관객들이 능동적으로 감상하도록 하는 것이 더 좋겠다고 판단했다.

서울영화제 공모 마감 하루 전, 56분짜리 가편집본이 나왔다. 60분부터는 장편이니 5분을 늘려서 장편으로 만들까 내가 고민하고 있을 때 승호는 5분만 덜어내면 더 좋아질 거라고 했다. 촬영할 때의 고생이 생각나서, 소스가 아까워서 망설였지만 승호는 냉정한 편집자의 눈으로 봐주었다. 승호의 다큐멘터리를 보며 무시했던 게 떠올라 부끄러워졌다.

승호와 편집에서 가장 고민한 부분은 고태경의 젊은 시절 연애 시퀀스*였다. 인터뷰이가 녹화되고 있는 것을 인지하고 말한 사항이라고 하더라도 감춰줘야 할 것이 있었다. 결국 고민하던 시퀀스를 통째로 덜어냈다. 이제 그 이야기는 영원히 이 우주에 존재하지 않는 버전이 됐다. "우선 영화 잘 봤습니다" 하고 질문하는 고태경의 낮은 목소리로 시작하는 다큐멘터리는 그가 어두운 극장으로 걸어 들어가는 뒷모습으로 끝맺어졌다.

가제였던 〈GV 빌런〉에 고태경의 이름을 붙이기로 했다. 이 다큐멘터리는 GV 빌런 일반에 대한 이야기가 아니라 고태경이 주인공인 이야기였기 때문에. 그렇게 러닝타임 51분의 〈GV 빌런 고태경〉의 파일로 출품 메일을 보냈다.

*

출품 결과를 기다리며 사운드 믹싱과 색 보정 같은 후반작업에 매진했다. 두 달 뒤, 서울영화제 상영작 발표가 났고, 〈GV 빌런 고태경〉이 명단에 있었다. 영화제 상영작 발표 소식을 기다리고 있었는지, 누구보다 빨리 고태경으로부터 전화가 왔다.

"축하해. 조 감독."

"선생님, 제가 단팥죽 사드릴게요!"

---

* 몇 개의 신이 모여 이루는 영상 단락

내가 기쁘게 외쳤다.

팥죽집에 가는 길에 시장을 지나다 베레모 모자들이 걸려 있는 곳에 시선이 머물렀다. 반년 전의 나라면 전혀 관심도 두지 않고 지나쳤을 가게였다.

조촐하게 크랭크업 뒤풀이 겸 상영 축하 파티를 단팥죽 가게에서 했다. 밝은 회색 베레모를 선물받은 고태경은 "뭐 이런 걸 다……" 라고 말했지만, 모자를 바꿔 쓰고 거울을 살펴보더니 만족스러운 듯 표정이 밝아졌다. "아유, 잘 어울리네"라며 팥죽집 사장님이 칭찬했다.

"그럼 이제 촬영은 완전히 끝난 거지?"

고태경이 시원섭섭한 듯 말했다.

"네, 아쉬우세요? 또 추가 촬영한다고 부를 수도 있어요."

내가 장난스레 웃으며 말했다.

"됐어. 부르지 마. 이제 그만 찍어."

고태경이 지긋지긋하다는 듯 고개를 저었다.

"편집본 보시고 싶으세요?"

고태경은 입술을 꾹 다물고 궁금함을 참는 모습이었다.

"극장에서 볼게. 이제 어차피 고칠 수도 없잖아?"

"언제든지 단팥죽 사주신다는 건 유효한 거죠?"

고태경은 콧방귀를 뀌더니 말없이 고개를 끄덕였다.

말은 그렇게 해도, 둘이 따로 만나 단팥죽을 먹을 일이 이제 거의 없을 거라는 걸 서로 알고 있었다. 엄밀히 따지면 채화영과의 재회를 성사시키지 못했기 때문에 무효라고 해도 할 말이 없었다. 그 점이 참 아쉽고 고태경에게 미안했다. 남은 단팥죽을 싹싹 긁어 먹으면서 언젠가 이 시절이 그리워지겠다는 생각이 들었다.

자리에서 일어나려는데 서울영화제 송 프로그래머에게서 전화가 왔다. 송 프로는 내가 〈한나〉로 처음 서울영화제에서 상영하게 되었을 때부터 안면이 있는 사이였다. 나는 양해를 구하고 전화를 받았다.

"감독님, 이번에 서울영화제에서 〈초록 사과〉 특별 상영을 하려고 해요. 최강호 감독님 추모하면서 〈GV 빌런 고태경〉하고 묶어서 프로그래밍하려고 하는데…… 괜찮으시죠? 〈초록 사과〉 상영에 채화영 배우님도 참여하실 것 같아요."

나는 입을 틀어막았고 얼굴이 엉망으로 일그러졌다. 내 표정을 보고 놀란 고태경이 물었다.

"왜. 뭔데 그래?"

눈물이 주룩 떨어졌다.

19

서울영화제

영화제 홈페이지에 공개된 〈GV 빌런 고태경〉의 제목과 시놉시스를 두고 SNS에는 '골 때린다'는 반응들이 올라왔다. '꼭 GV 있는 상영에 가야겠다 ㅋㅋㅋ' '베레모 빌런 영화까지 나오네 대박' 'GV 빌런 남 눈치 안 보고 피해 주는 쓰레기 진짜 싫어. 극혐'. 이 프로젝트를 시작할 때 영화제를 즐기는 관객들 사이에서는 이슈가 되겠다고 예상했지만, 그 상황이 실제로 닥치자 염려가 됐다. 영화를 아직보지 않은 상태에서 고태경을 겨냥해 남기는 비방에는 가슴 찌릿한통증을 느꼈다.

〈GV 빌런 고태경〉의 첫 상영일, 서울영화제가 열리는 인디스페이스에 승호와 함께 갔다. 인터뷰에 출연한 오송자 어르신을 비롯한이발사 선생님, 팥죽집 사장님도 초대에 응해서 극장 나들이를 오셨다. 민 대표는 통화가 되지 않아 상영 소식 문자를 보냈으나 답변이 없었다. 〈GV 빌런 고태경〉은 매진이었다.

상영 전 극장에서 만난 고태경은 늘 극장에 오던 차림에, 내가 사준 밝은 회색 베레모를 쓰고 왔다. 다큐멘터리의 첫 상영도, 채화영과의 재회도 많이 긴장한 듯 조바심을 숨기지 못하는 고태경을 보면서 나도 덩달아 불안해졌다. 〈GV 빌런 고태경〉 상영 이후 관객과의 대화가 있고, 그다음 〈초록 사과〉 상영 전 채화영의 무대인사가 예정돼 있었다. 나는 최악의 상황을 상상해보았다. 영화를 보고 난 뒤 고태경이 갑자기 변심하여 GV에서 이탈하거나 GV 중에 논란이 되는 발언을 하거나, 기행을 저지르는 그런 일들을.

"오늘은 영화 보면서 메모하지 않으실 거죠? 잘 부탁드립니다. 선배님."

내가 선배님이라고 호칭하자 고태경은 놀란 눈으로 나를 보았다. 계속 부르던 호칭을 다르게 부르니 묘한 기분이 들었다.

고태경은 부끄럽고 민망하다며 극장 맨 뒷좌석을 고집했다. 혼자 보고 싶다는 고태경을 두고 나는 승호와 함께 가운데 자리를 잡았다. 상영관에 입장하는데 송 프로가 내게 귓속말로 "감독님, 채화영 배우님도 다큐 보신대요"라고 귀띔해주었다.

맙소사, 채화영이 내 옆자리에 앉았다. 정체를 숨기기 위해 모자에 안경을 썼지만 가려지지 않는 아우라에 단박에 알아볼 수 있었다. 고태경은 채화영도 같이 다큐멘터리를 본다는 사실을 모르고 있었다.

관객들이 한데 어우러져 월드 프리미어* 상영을 함께 보고 있다

---

* 세계 최초 공개

는 특수성이 극장 안의 분위기를 흥분되게 했다. 극장에서 벌어지는 일에 대한 영화였으므로 진정한 4D 영화가 되었다. 상영 중 관객들의 킥킥거리는 웃음소리는 전염되었고 호의로 가득 찬 관람 분위기가 만들어졌다.

"그리운 사람들이 많지. 지키지 못한 약속들도 있고."

스크린에서는 고태경의 인터뷰가 진행됐고, 뒤이어 고태경이 울고 있는 채화영을 달래주는 〈초록 사과〉 메이킹 영상이 나왔다. 내 옆자리에 앉은 채화영의 어깨가 살짝 들썩이는 게 느껴졌다. 채화영이 눈물을? 지나간 시절에 대한 추억에 잠긴 걸까. 그러기엔 화장이 걱정될 정도로 채화영은 서럽게 눈물을 흘렸다.

영화가 끝나고 엔딩 크레디트가 전부 올라갈 때까지 극장에 불이 켜지지 않았다. 채화영이 눈물로 엉망이 된 화장을 고칠 시간이 있어서 다행이었다. 크레디트 롤이 멈추자 박수가 쏟아졌다. 극장 안에 불이 켜지고 언제 울었냐는 듯 나를 바라보고 있는 채화영과 눈이 마주쳤다. 나를 기억할까 싶어서 내 소개를 했다.

"안녕하세요. 선배님. 조혜나입니다. 〈악당들〉 시사회 때 인사드렸는데……"

"혜나 씨, 알지. 조 감독님, 내가 미안해요. 인터뷰 못 해줘서."

채화영이 나의 손을 덥석 잡으며 말했다. 예상치 못한 그녀의 스킨십과 실크처럼 부드러운 감촉에 놀랐다. "영화 정말 잘 봤어요"라고 하는 그녀의 목소리에서 의례적으로 하는 말이 아닌 진심이 느껴졌다.

"자, 그럼 〈GV 빌런 고태경〉의 조혜나 감독님과 주인공 고태경 씨를 모시겠습니다!"

사회를 맡은 유 프로가 호명하자 극장은 흥분으로 가득찼다. 관객들은 어디에서 고태경이 나타나나 뒤돌아봤다. 채화영은 어서 가라는 듯 눈짓과 함께 잡았던 내 손을 놓아주었다. 무대 앞에 설 때까지도 채화영의 체온과 부드러운 감촉이 남아 있었다. 고태경이 나오자 박수가 쏟아졌고, 환호하는 관객도 있었다.

마침내 〈GV 빌런 고태경〉의 GV가 시작되었다.

의자에 앉아 있으면 다리라도 꼬면서 짐짓 여유 있는 척 떨림을 숨길 수 있는데, 여느 영화제 상영처럼 GV는 스크린 앞에 유 프로와 고태경과 내가 나란히 서서 진행됐다. 200명의 눈앞에 서 있는 건 몇 번 해봐도 익숙해지지 않고 벌을 서는 것 같은 기분이었다.

"단팥죽이 몹시 먹고 싶어지는 영화인데요. 감독님, 단팥죽 PPL 아니죠?"

유 프로가 GV를 유쾌한 분위기로 이끌어갔다.

"고태경 선생님은 영화 어떻게 보셨는지 소감 한 말씀 들어볼까요."

유 프로의 질문에 나는 고태경이 어떤 대답을 할까 조마조마했다.

"매일 보는 이 극장 스크린에 제 얼굴이 나오니 기분이 묘하네요. 이 영화가 나보다도 더 오래 남을 테니 조금 더 젊고 보기 좋을 때 찍었으면 좋았을 걸 하는 생각도 드네요."

관객석에서 작게 웃음이 터졌다. 나는 조금 안심이 됐다.

"자, 이제 마이크를 객석으로 넘길까요."

관객들 사이에서 긴장감과 함께 묘한 기대감이 맴돌았다. 마이크는 제일 먼저 손을 번쩍 든 이십대 여성 관객에게 넘어갔다.

"우선 영화 너무 잘 봤고요."

이십대 여성 관객이 웃으며 GV 빌런을 따라 하듯 운을 띄우자 관객들이 웃음을 터트렸다.

"저는 창작을 하는 사람은 아니고 취업준비생인데요. 저도 오랫동안 품고 있는 꿈이 있거든요. 다큐멘터리가 '꿈과 희망을 가져라' 이런 메시지가 있는 것도 아닌데, GV 빌런 선생님이 버티고 꾸준히, 성실히 생활하는 모습이 묘하게 위로가 됐어요."

'GV 빌런 선생님'이라는 호칭에 관객들은 웃었다. 나는 고태경의 반응을 살폈다. 고태경은 머쓱한 듯 콧잔등을 만지작거렸는데, 얼굴에는 화색이 돌았다. 내 가슴이 뜨거워졌다.

다음 사람이 손을 들자 또 긴장이 감돌았다. GV를 하는 사람만큼이나 질문하는 사람도 주목되는 자리였다. 다음은 고태경의 또래로 보이는 중년 여성 관객에게 마이크가 넘어갔다. 파스텔 톤의 스카프로 한껏 멋을 낸 그녀는 우아한 억양으로 느릿하지만 또박또박 말했다.

"먼저 우리 조혜나 감독님, 좋은 영화 만들어주셔서 감사합니다. 그리고 우리 고태경 조감독님. 〈초록 사과〉 제가 많이 좋아하는 작품인데 만들어주셔서 감사합니다. 이따 〈초록 사과〉 상영도 너무 기대됩니다. 그리고 고태경 선생님이 꼭 데뷔할 수 있기를 기원합니다. 응원합니다."

중년 여성은 안면이 없는 사이였지만 '우리'라고 부르며, 부끄러워하면서도 끝까지 마이크를 잡고 하고 싶은 말을 했다.

"GV 빌런 선생님께 질문드립니다. 작품적인 측면에서는 어떻게 보셨는지요?"

다음 마이크를 받은 관객이 고태경에게 질문했다.

"우선……."

고태경이 습관적으로 운을 뗐을 뿐인데 다들 웃었다.

"저는 아주 잘 봤습니다. 아무래도 조 감독이 촬영은 전문가가 아니니 아쉬운 부분이 좀 있지만, 인물에 대한 이해가 있는 촬영자가 아니면 찍을 수 없는 장면들, 애정이 느껴지는 장면들이 좋았어요. 편집도 구성도 잘했더군요."

고태경은 마치 자신이 출연하지 않은 영화에 대해 분석하듯이 감상평을 말했다. 나는 그 칭찬에 쑥스러워하며 싱긋 웃었다.

내 걱정과 달리 고태경은 떨지도 않았고 토크쇼의 능숙한 베테랑 패널 같았다. 그는 아무런 감투 없는 사람이었지만, 자기 인생 오십삼 년을 누구보다 잘 아는 전문가이자 주인공이었으니까.

평소 같으면 GV에서 구경만 했을 관객도 수줍게 손을 들었다. 여느 때보다도 관객 참여적인 GV 현장이 됐다.

GV의 흥거움이 고조되었을 무렵, 안경 쓴 사십대 남성이 손을 들었다.

"저는 〈원찬스〉는 별로였는데 이번 작품은 그래도 괜찮게 봤습니다. 감독님은 극영화보다 다큐멘터리를 만드는 게 더 잘 맞으시는 것 같네요. 다들 공감하셨겠지만, 영화는 참 좋았는데 많이 아쉬웠던 게, 〈볼링 포 콜럼바인〉이나 〈슈퍼 사이즈 미〉같이 내레이션도 재치 있게 넣고 빠른 템포로 만들었으면 어땠을까. 젊은 감독님인데 재기 발랄함이 부족했다는 생각입니다."

관객들이 일제히 뒤를 돌아보기 시작했다. 마치 연출이라도 한 것처럼, GV 빌런이 등장했다. 여기저기서 실소가 터져나왔다. 관객들은 평소에 GV 빌런이 등장했을 때와는 확연히 다른 분위기로 이 상황을 즐겼다.

"감독님, 〈GV 빌런〉 2탄 가야 할 것 같은데요."

웅성거리는 가운데 유 프로가 웃으며 말했다.

"〈GV 빌런 2〉는 저분이 직접 만드시면 되겠네요."

나는 손사래를 치며 마이크를 들고 말했다.

"고태경 선생님은요?"

"이거 혹시 몰래카메라 같은 건가요?"

고태경이 멘트를 하자 관객들이 빵 터져서 와하하, 하고 웃었다. 그런 고태경의 표정을 잘 찍고 있는지 승호 쪽을 바라봤다. 객석에 앉아 카메라를 들고 있는 승호는 나와 눈이 마주치고 눈을 찡긋하며 엄지를 들어 보였다.

"앞으로도 꾸준히 GV 빌런 짓을 하고 다닐 예정이신지요?"

이번에는 한 젊은 남성이 고태경에게 질문을 던졌다. 당돌한 질문에 고태경은 부끄러워하며,

"이제 뭐…… 좀 자중하겠습니다."

라고 말끝을 흐렸는데, 나를 비롯한 관객들의 반응이 묘했다. 다큐멘터리 상영을 통해 고태경이 GV에서 영영 질문을 하지 않게 된다면 그렇게 기쁠 것 같지 않았다.

GV가 막바지에 이르자 유 프로가 마무리 멘트를 했다.

"마지막으로 앞으로의 계획은 어떻게 되시는지. 인사 말씀 부탁드릴게요."

"저는 제가 보고 싶은 음악영화가 있어서요. 그 시나리오를 진득하게 써보려고 해요. 제가 고 선생님께 처음 제안드릴 때 영화제에서 상영될 거라고 덜컥 약속했는데, 그게 지켜져서 참 다행이고요. 저와 고 선생님에게는 이 자리가 얼마나 감사한지 몰라요."

내가 말했다.

"좀 길게 말해도 되는지요."

곧이어 마이크를 넘겨받은 고태경이 운을 뗐다.

"누군가 오랫동안 무언가를 추구하면서도 이루지 못하면 사람들은 그것을 비웃습니다. 자기 자신도 자신을 비웃거나 미워하죠. 여러분이 자기 자신에게 그런 대접을 하지 않았으면 좋겠습니다. 냉소와 조롱은 누구나 쉽게 할 수 있는 값싼 것이니까요. 저는 아직 생각만 해도 가슴 뛰는 꿈과 열망이 있습니다. 바로 이곳에서 제 영화를 상영하는 겁니다."

관객들이 오오, 하고 박수쳤다. 고태경의 말은 허풍처럼 들리지 않았다.

"조 감독 덕분에 이렇게…… 좋은 시간을 보냈습니다. 이런 박수와 응원은 처음 받아봅니다. 최 감독님도 같이 영화를 보셨다면 하고 슬픈 생각도 듭니다. 고마워요, 조 감독. 정말 고맙습니다."

고태경은 사람들 앞에서 내게 고개를 꾸벅 숙였다. 나는 몸 둘 바를 몰랐다. 고태경은 눈시울이 붉어진 채 고개를 들지 못했다. 유 프

로가 "선생님 우시는 거예요?" 하고 물었고 오십대 중년 남자의 눈
물에 관객들이 "울지 마, 울지 마" 하며 연호했다. 누군가는 "어머" 하
고 깔깔 웃었고 누군가는 뭉클해하며 박수치기도 했다. 나도 박수
를 쳤다. 코끝이 찡했다.

GV가 끝나고 관객들이 고태경에게 사인을 받고 함께 사진을 찍
기 위해 모여들었다. 고태경은 의외로 자연스럽고 당당했다. 이 장면
도 승호는 놓치지 않고 카메라에 담았다. 나는 잠시 승호를 이끌고
아무도 없는 비상계단에 가서 고생하는 승호의 어깨를 주물러 주
었다.

우리는 바로 〈초록 사과〉의 상영이 이어져 급하게 이동했다. 〈초
록 사과〉 또한 만석이었다. 고태경은 달뜬 표정이었다. 나는 큰 스크
린에서 35밀리 필름으로 〈초록 사과〉를 보는 것은 처음이었다. 이렇
게 수많은 뒤통수와 함께, 모두와 극장에서. 침을 꼴깍 삼켰다.

나는 송 프로에게 〈초록 사과〉 상영의 마스킹에 대해 거듭 당부
했다. 영화제에서도 마스킹이 제대로 되지 않은 채 상영되는 경우가
부지기수였다. 〈초록 사과〉와 같이 묶여 상영 관계자가 되어서 이렇
게 요청할 수 있다는 게 행복했다.

이번만큼은 고태경도 맨 뒤에 앉지 않고 나와 함께 극장의 가운
데에 앉았다. 상영 전 채화영의 무대 인사가 있었다. 관객들은 환호
하며 휴대폰으로 사진을 찍기 바빴고, 고태경은 생각보다 태연한 표
정이었다. 곧 상영관의 불이 꺼졌다. 마스킹이 완벽히 되었음이 확인
되자 그제야 나는 안도했다.

나는 〈초록 사과〉의 모든 숏을 외우고 있었으나 단 한 프레임도 놓치고 싶지 않았다. 큰 스크린으로 본 〈초록 사과〉는 파일로만 보던 영화와 완전히 다른 영화처럼 보였다. 스크린에 약간 비가 내리고 화면이 흔들렸으나 심하진 않았다. 채화영의 얼굴이 큰 스크린에 클로즈업되었을 때 잠시 옆에 앉은 고태경의 표정을 살폈다. 고태경은 소리 없이 눈물 흘리고 있었다.

나는 그 순간 환희에 찬 고태경의 표정을 카메라에 담아야 한다는 생각에 사로잡혔다. 그것이야말로 비로소 이 다큐멘터리의 완성이고 강렬한 페이소스를 담아낼 수 있는 것이라고. 그 클로즈업 숏이 지난 육 개월간 촬영하고 편집한 것보다 더 큰 힘이 있을 것 같다는 생각이 들었다. 그리고 그것을 영원히 놓쳐버렸다는 생각이 나를 사로잡았다. 나는 왜 그 생각을 이제야 했을까?

〈초록 사과〉가 끝나고 GV는 없었다. 상영관 안은 200명 넘는 관객들이 함께 느낀 먹먹한 여운이 자욱하게 깔려 있었다. 극장에서 쏟아져 나가는 관객들을 관찰하는 것이 좋았다. 나는 일부러 천천히 걸으며 관객들이 영화 참 좋다고 나누는 대화를 귀를 쫑긋 세우고 들었다.

상영관 출입구에서 채화영이 또다시 내 두 손을 꼭 잡고 환하게 웃었다.

"다시 보니까 정말 좋다. 이런 기회 만들어줘서 고마워요. 나 참 예뻤네. 호호."

채화영과 나는 극장의 뒤편에 서 있는 고태경에게로 시선을 돌렸다. 고태경은 불이 켜진 극장을 좀처럼 떠나지 못했다. 고태경의 시선이 텅 빈 스크린에 머물렀다. 그는 객석 의자를 천천히 쓰다듬었다. 이제는 문을 닫는 극장과 작별 인사를 하기라도 하는 것처럼.

채화영을 발견한 고태경은 짐짓 태연한 척 나와 채화영 쪽으로 계단을 내려왔다. 나는 고태경이 일부러 극장을 나오지 않고 멀리 떨어져서 재회의 순간을 연출한 것은 아닐까 생각했다.

"잘 지냈죠?"

채화영이 물었다. 마치 몇 달 만에 보는 사람인 것처럼.

"보시다시피."

고태경은 고개를 끄덕하며 말했다. 잠시 시간이 멈춘 것처럼 느껴졌다. 두 사람은 아무 말 없이 서서 극장 관리자가 나가주셔야 한다고 할 때까지 서로의 눈을 바라봤다.

상영관을 빠져나오니 승호가 기다리고 있었다. 채화영은 내게 다가와 또 한 번 손을 잡으며 물었다.

"감독님, 시간 있죠? 내가 스태프들이랑 술 좀 사주고 싶어서 그래."

눈이 커진 내가 승호를 바라보자 승호는 나와 같은 표정으로 고개를 재빠르게 끄덕였다.

꿈결 같은 하루였다. 시끌벅적한 영화제를 빠져나와 채화영이 우리를 데리고 간 곳은 독립된 공간에서 술을 마실 수 있는 조용한 주점이었다. 우리는 상영을 축하하며, 재회를 기념하며, 건배를 나눴다.

고태경은 좀처럼 말이 없었다. 말이라는 가벼운 것이 이 순간을 망쳐버릴까 조심하는 것 같았다. 채화영이 〈초록 사과〉에 대한 추억을 이야기했다. 채화영이 "그 누구였지?" 하고 기억을 더듬으면, 고태경은 "촬영부 세컨드 장우석이" 하며 스태프들 이름과 직책을 구체적으로 기억했고, 채화영이 손뼉 치며 "맞아!" 하고 맞장구쳤다. 고태경은 채화영의 눈에서 지나간 시간을 길어 올리려는 듯 한순간도 눈길을 거두지 않았다.

승호와 나는 그 둘을 눈앞에서 펼쳐지는 영화 보듯 지켜봤다. 채화영이 미소를 띤 채 옆에 앉은 고태경 쪽으로 천천히 몸을 기울여 귓속말을 나눴다. 고태경은 눈이 반달 모양으로 구겨지게 웃으며 채화영의 귀에 대고 대답했다. 촬영하는 동안은 볼 수 없던 고태경의 표정이었다.

채화영이 테이블에 올려진 고태경의 손 위에 망설임 없이 손을 얹었다. 무게감 없는 실크 스카프가 공기 중에서 우아하게 내려앉듯이. 그것이 너무 자연스러워서 그 안에 있는 사람 중 누구도 이상하다고 생각하는 사람이 없었다. 그녀는 승호와 나의 시선을 전혀 개의치 않는 듯했다. 우리를 무시하는 건 아니었다. 채화영은 우리에게 온정어린 관심을 가지고 눈을 맞추며 대화했다. 그것은 신뢰의 눈빛이었다.

"태경 씨와 함께 시간을 보내고 잘 기록해줘서 고마워요."

채화영이 꼭 '우리 태경 씨'라고 부르는 것처럼 들렸다. 그녀의 목소리는 청아하게 울리는 방울 소리 같았다. 더 놀라운 건 고태경의 반응이었다. 고태경은 오랜 세월의 기다림 끝에 맞이한 지금 상황이 실감 나지 않는 듯 멈춰 있다가, 채화영의 손에 깍지를 꼈다. 방 안의 소리가 사라진 것처럼 조용했다.

"태경 씨 영화 상영하면 내가 꼭 첫 상영 때 와서 보기로 약속했거든."

채화영의 말에 내가 놀라 눈을 크게 떴고, 내 입은 반쯤 벌어졌으나 아무런 소리도 나오지 않았다. 나와 눈이 마주친 고태경은 고개를 부드럽게 끄덕였다. 나는 확신했다. 고태경의 그녀 J는 채화영이었다.

고태경이 아무에게도 말하지 않았던 이야기. 세상의 그 누구도 알지 못하는 그 둘의 러브 스토리에 승호와 나는 오직 둘밖에 없는 관객이 되었다.

불쑥 채화영의 하얀 얼굴이 나에게 바짝 다가왔다. 채화영의 큰 눈동자가 내 시야에 익스트림 클로즈업됐다. 그녀의 눈동자는 여전히 아름다웠고, 눈가의 주름으로 인해 젊은 시절보다 더욱 영화적이었다. 그녀가 거절할 수 없는 청아한 음색으로 말했다.

"조 감독님 영화 정말 좋았어요. 또 영화를 만들어주세요. 저랑 꼭 같이 작업해요."

나는 최면에 걸린 것 같았다. 두 눈을 맞춘 그녀의 빛나는 눈동자 안에, 누가 시키지도 않았는데 영화를 반복해서 보며 사랑에 빠진 고등학생이던 내가 비쳤다. 나는 오랜 시간 잃어버린 소중한 감정을 되찾은 기분이었다. 한동안 영화라는 게 멀게만 느껴졌고 잡히지 않는 신기루처럼 느껴졌다. 영화를 좋아하는 만큼 한편으로 영화가 미웠다. 그러나 지금 이 순간, 그녀와 함께 영화를 만들기 위해서라면 모든 수모와 역경을 뚫고 헤쳐나가 오 년이고 십 년이고 바칠 수 있을 것만 같았다. 나는 십오 년 전의 고태경을 떠올렸고, 고태경을 이해할 수 있을 것 같았다. 내 눈가가 축축해졌다. 갑자기 자취방의 곰팡이가 핀 천장 생각이 났다. 곰팡이를 가리는 화려한 스타. 자취방의 풍경을 바꿔주는 반짝반짝 빛나는 사람들.

습관적으로 이 술자리를 촬영하고 싶었으나, 어떤 것들은 어디에도 기록되지 않는 게, 누구에게도 말해지지 않는 게 좋을 때가 있다. 그 목격자로 나를 자리하게 해준 것만으로도 뭉클했다. 고태경과 채화영 둘만의 회포를 풀도록 나와 승호는 금방 자리를 비켜주었다.

"와, 저거 봐!"

승호가 놀라며 가리킨 밤하늘을 보니 달이 슈퍼 문이라고 할 만큼 이상하게 크고 밝았다. 나도 모르게 휴대폰을 들어 달 사진을 찍었지만, 콩알만 한 아무 감흥 없는 결과물이 나올 뿐이었다. 그래, 기록보다는 이 순간을, 카메라에 담아낼 수 없는 이 밤의 정취를 기억해야지. 숨을 크게 들이쉬어 밤공기를 마셨다. 나는 승호와 달을 한참 바라봤다.

처음에는 '채화영이 어째서?'라는 생각에 믿기지 않았다. 하지만 나는 채화영의 마음을 알 것 같았다. 채화영이 가장 아름답게 빛나던 시절, 막 배우로서 커리어가 꽃을 피우던 시절, 그때를 함께 나누고 목격한 사람. 고태경은 그것을 누구보다도 귀하게 여기고 소중히 오래 품을 줄 아는 사람이었다. 고태경은 C영화사 사건 이후로 채화영에게 더는 폐를 끼치고 싶지 않았을 것이다. 먼저 연락을 할 수 없는 채로 십 년이 흘렀다. 누군가는 고지식하다고 할 것이다. 고태경은 극장에서 만나자는 약속을 지킨 거였다. 나는 고개를 끄덕였다.

내 인생의 어느 순간에 목격자를 누구로 두는가, 때로 그건 선택할 수 없다. 의도치 않게 나는 고태경의 비밀을 승호와 함께 공유하게 되었다. 그리고 그게 승호라 다행이었다.

고태경은 채화영에게 피칭을 멋지게 했을까? 잘 해냈을 거다. 고태경은 그것을 위해 살아왔으니까.

*

〈GV 빌런 고태경〉의 영화제 반응은 여느 흥행 영화 부럽지 않게 뜨거웠다. 영화제 기간 내내 아이디카드를 목에 걸고, 거의 모든 상영작을 감상한 고태경은 관객들 사이에서 화제였다. 이전까지 2000년에 머물러 있던 고태경의 필모그래피는 2019년에 〈GV 빌런 고태경〉의 '주연-본인 역'으로 업데이트됐다.

〈GV 빌런 고태경〉은 서울영화제 폐막식에서 관객상을 수상했다. 나는 시상식에 고태경과 함께 참석해 박수를 받았다. "영화제와 관객 여러분, 그리고 고태경 선생님께 다시 한번 감사드립니다"라는 다소 전형적인 수상소감을 말하고 고태경에게도 한 말씀 해달라고 요청했다.

고태경은 GV 때와는 달리 떨리는 목소리로 말했다. 상영 이후 시간을 보내면서 어떤 심경의 변화가 있는 것 같았다.

"저는 신세를 많이 지고 살았으면서 고마움을 제대로 표현할 줄 모르는 사람이었습니다. 정말로 고맙습니다. 조 감독과 서울영화제 덕분에 죽기 전에 한 번 더 스크린에서 〈초록 사과〉를 볼 수 있었어요."

고태경은 고개를 숙여 꾸벅 인사했다. 마치 무대에서 퇴장하는 사람처럼.

20

막이 내리고

    다큐멘터리를 통해 내 인생이 표면적으로 달라진 건 없었다. 나는 일상으로 돌아왔다. 해가 바뀌고 나이를 한 살 더 먹은 나는 입시학원을 그만두고 고등학교에서 학생들에게 단편영화 제작 수업을 했다. 여전히 파트타임 프리랜서로 일을 마치고 카페에서 시나리오를 썼다. 달라진 게 있다면 시나리오를 쓸 때 나도 승호에게 선물 받은 새로운 키보드를 두드린다는 거였다.

    영화제 상영 이후 고태경과는 가끔 문자로 안부를 주고받았지만 만나지는 않았다. 유 프로가 소식을 전하기를, 다큐멘터리를 본 소수의 관객들이 극장에서 고태경을 알아보고 인사를 한다고 했다. 고태경이 어느 영화의 GV에 나타나면 주목받기도 했는데, 그는 그런 관심을 부담스러워했다. 물론 그런 화제도 그리 오래가지는 않았다.

어느 날 윤미의 유튜브 채널에 윤미가 홀쩍이며 촬영한 사과 영상이 올라왔다. 알고 보니 평소처럼 윤미가 독설하던 중 '외모 비하 발언 논란'이 생긴 것이었다. 이로 인해 구독자가 떨어져나갔고 늘어난 악플에 타격을 입은 듯 보였다. 윤미가 이번 기회로 좋아하는 영화에 대한 콘텐츠를 만들었으면 좋겠지만 그건 윤미의 삶이다.

종현은 소식을 알 수 없다가 최근에 큰 영화의 조연으로 캐스팅되었다는 소식이 들려왔다.

얼마 뒤 영상자료원에서 〈콜드 워〉라는 폴란드 영화를 상영하기에 나 혼자 극장에 갔다. 바르샤바 풍경들을 보며 감상에라도 젖고 싶었던 걸까. 영화가 시작되고 10분쯤, 유일하게 알아들을 수 있는 폴란드어 대사가 귀에 꽂혔다. "진쿠예 바르조." 순간, 냄새처럼 슬픔이 훅 끼쳤다. 아직 드라마가 시작되지도 않았고 슬픈 장면도 아니었는데, 이국의 언어가 주는 기억의 환기에 어느새 눈가가 축축해졌다.

고맙다는 말, 축하한다는 말, 미안하다는 말. 내가 듣고 싶던 그 말 중 종현은 어느 것 하나 하지 않았다. 그리고 그건 나도 마찬가지였다. 이제 더는 우연한 재회도 바라지 않는다. 종현과는 완전히 끝이 났다.

여행 기본 회화에서는 안녕하세요, 고맙습니다, 미안합니다, 얼마입니까 같은 말만 배우고 '당신이 밉습니다' 같은 말은 배우지 않는다. 나는 그날 일기장의 끝에 이렇게 적었다.

진쿠예 바르조, 종현

언제부터인가 고태경은 극장에서 자취를 감췄다. 나는 시나리오에 몰두하느라 극장에 발걸음이 뜸해지면서 그 사실을 뒤늦게 알았다. 고태경이 한 달이 지나도 연락이 되지 않아 슬슬 걱정이 됐다.

하얗게 눈이 쌓인 어느 겨울의 끝자락, 고지서만 꽂혀 있던 자취방 우편함에 외국에서 온 엽서 봉투가 도착해 있었다. 노란 택시 우표를 보고 반가운 마음에 봉투를 열어보니 뉴욕 브로드웨이의 야경이 전면에 있는 엽서였다. 뒷면에는 고태경의 연출 노트에서 봤던 정갈한 글씨가 빼곡하게 엽서를 채우고 있었다.

조혜나 감독에게

나는 지금 브로드웨이에 있는 카페에 있어. 여기 극장들은 상영하기 전에 붉은 커튼으로 마스킹을 해. 자네가 이걸 봐야 하는데. 촬영 현장에 가는 것 말고 평생 여행이라는 걸 안 해봤는데 이번에 인생을 좀 돌아보려고.

고맙다고 말하고 싶어. 우연히 자네를 만나 다큐멘터리를 촬영한 일, 자네가 나를 설득하고, 영화를 상영하고 그녀와 재회한 일은 내 인생에서 벌어진 마술 같고 영화 같은 일이야. 영화제는 정말 근사한 경험이었어. 그 수많은 박수와 응원은 평생에 잊지 못할 거야. 데뷔도 안 한 신인을 무슨 원로 감독 마지막 축복해주는 분위기라 낯간지럽더라고. 나 아직 쌩쌩한데 말이야.

다행히 아직 숙원이 남아 있어. 시네마테크에서 언젠가 내 영화를

252

상영할 거야. 2022년에 충무로에 서울시네마테크가 개관한다고 하잖아. 그때에도 우린 극장에서 만날 거야.

조 감독, 영화를 만들자! 극장에서 다시 영화를 상영하자. 우리는 빛을 만드는 사람들이니까. 빛을 보려면 어둠 속으로 들어가야지. 한국에 돌아가면 내가 단팥죽은 얼마든지 사줄게.

추신. 자네에게 내 0.5초를 선물할게.

나는 엽서 봉투를 다시 살폈다. 봉투 안쪽에는 〈초록 사과〉 여섯 프레임짜리 필름이 두 장 들어있었다. 고태경이 가장 소중히 아끼는 보물. 고태경의 0.5초. 재생시킨다면 고작 눈 깜빡할 순간. 여섯 프레임만 돼도 책갈피로 쓰기에 충분했다. 어차피 아끼느라 쓰지 않을 테지만.

말도 안 하고 떠나다니. 할리우드가 아니라 뉴욕으로 가다니. 고태경다웠다. 뉴욕의 노란 택시를 타고 해박한 지식으로 영화에 나오는 공간들을 방문하고 있을 고태경을 상상해봤다. 고태경은 어느 나라에서건 어두컴컴한 극장으로 찾아들 것이고 극장에서 가장 행복할 것이다.

채화영과는 어떻게 된 걸까? 나는 뉴욕에서 채화영을 봤다는 목격담이 인터넷에 올라와도 놀라지 않을 것 같았다. 고태경이 언젠가 채화영과 영화를 촬영할 수 있기를. '오십대 늦깎이 영화감독 데뷔'와 같은 뉴스로 보게 되기를. 그리고 그 영화가 완성되어 십 년 뒤에도 백 년 뒤에도 상영될 수 있기를.

*

    승호는 요즘 관공서 홍보, 상업 바이럴 가릴 것 없이 다양한 영상 일을 하는 와중에 틈틈이 글을 쓰고 있다. 무슨 글인지 궁금해서 보여달라고 했지만 승호는 완성되면 보여주겠다고 했다. 승호의 성실함을 알기에 안심이다.

    여의도에서 제작지원으로 참여했던 할리우드 로봇 괴수물 영화가 개봉했다. 승호와 내가 초대받거나 하는 일은 없었다. 그 길고 긴 엔딩 크레디트에도 이름이 나오지 않는 '제작지원'일 뿐이니까. 그래도 우리는 추억 삼아 여의도에 있는 극장에서 영화를 보기로 했다. 승호는 약속 장소인 극장에 책을 읽으며 걸어왔다.

    "여전하구나, 너."

    내가 뒤에 다가서서 말을 걸자 승호는 깜짝 놀라서 으악, 비명을 지르며 그 자리에 주저앉아버렸다. 거의 울 것 같은 표정이 된 승호는 양손을 비비며 "겨울엔 손이 시려서 걸어다니면서 책 보기가 힘들어"라고 툴툴댔다.

    영화가 끝나고 우리는 갸우뚱하며 서로를 바라보았다.

    "뭐야? 아예 통편집된 거야?"

    여의도에서 촬영한 분량—나름 어떻게 영화에 나오겠다고 상상했던 부분—은 영화 내내 전혀 나오지 않았다.

    영화는 재미없었지만 승호와 다시 영화를 보니 좋았다. 아무리 로봇과 괴수가 치고받고 싸우는 볼거리를 위한 영화라지만, 영화의 말도 안 되는 개연성 부족에 대해 같이 분개했다. 극장을 나서며 여의도의 빌딩들을 올려다봤다. 이제 더는 무너져 내리는 이미지를 보지 않을 것 같다.

나는 승호를 데리고 오랜만에 팥죽집에 갔다. 사장님이 반갑게 맞아주었다. 승호가 단팥죽을 떠먹고 감탄했다. 나는 고태경이 그랬던 것처럼 '거 봐 끝내주지' 하는 표정을 지었다.

"그런데 요즘 고 선생님이 도통 보이질 않아. 뭔 일 있나?"

팥죽집 사장님이 걱정되는 목소리로 물었다. 내가 미소 지으며 대답했다.

"걱정하지 마세요. 고 선생님 잘 계세요."

*

그 사이에 〈올드 스쿨〉은 다른 감독에게 넘어갔다. 아쉬웠지만 금세 떨쳐냈다. 그리고 내가 쓴 시나리오 〈인 더 그루브〉 초고를 신 피디에게 전달했다. 남자 탭 댄서와 여자 보컬의 뮤지컬 영화, 서로를 진정으로 믿어주는 두 사람에 대한 이야기였다. 시나리오를 읽어본 신 피디와 함께 맥주를 마셨다. 신 피디는 음악영화 제작의 험난함에 대해 다시 한 번 상기시키고는 "결국 의지로 밀어붙이는 거예요. 같이 잘 해봐요"라며 잔을 부딪쳤다.

이제는 실패가 나의 일부라는 것을 명확하게 안다. 인생이 '원 찬스'가 아니고 내가 다 날려버리지 않았다는 것을 안다. 나는 하루하루 최선을 다할 뿐이다. 기회를 만들기 위해 시나리오와 연출 노트를 열심히 쓰면서. 기회가 왔을 때, "나는 준비가 아직 안 된 것 같아"라고 말하지 않기를 바라면서.

그리고 언젠가 마침내 극장으로, 그 어두컴컴한 곳으로 사람들을 초대한다. 신기루를 좇는 사람들이 영화를 만들기 위해 땀 흘리고, 완성된 영화가 빛이 되어 먼지를 뚫고 흰 스크린 위에 움직이는 환상의 그림을 만들어낸다. 그렇게 우리가 보낸 세월이 빛이 된다. 생각만 해도 가슴이 뛴다.

박원호 교수님이 말했던 선택의 프로. 그런 건 애초에 불가능했다. 나는 앞으로도 실수하고 후회하고 반복하겠지만, 적어도 내가 사랑하는 것들을 미워하지는 않을 거다.

*

고태경이 자취를 감추자 극장의 에티켓과 상영 품질 관리는 질이 낮아졌다. 인터넷에는 고태경의 행방을 궁금해하는 글이 올라왔다. '베레모 빌런 요즘 안 보이지 않나요?' '빌런 짓만 안 하면 괜찮은 사람인데 말이죠.'

모처럼 나 홀로 극장을 찾았다. 내가 사랑하는 공간을 원 없이 촬영했다는 것이 기뻤다. 내가 어느 때건 다시 돌아와도 언제나 열려 있는 곳. 좌석에 앉고 불이 꺼지자, 극장의 어둠 속에서 내가 자란 집에 온 것 같은 안락함을 느꼈다. 영화가 시작되고 모두가 스크린에 집중하는 게 느껴졌다. 그래, 이 느낌. 나의 작은 우주. 우리의 우주.

상영이 끝나고 관객과의 대화가 이어졌다. 내게 생긴 또 하나의 변화, GV를 즐기게 됐다. 몇 개의 질문과 답이 오가며 극장의 구성원들이 화기애애하게 애정을 나눴다.

GV가 끝나갈 무렵 허리를 꼿꼿하게 세우고 있는 누군가 손을 번쩍 들었다. 익숙한 뒷모습에 시선이 갔다. 어, 하고 내 입술이 조금 벌어졌다가 입꼬리가 올라갔다. 그는 밝은 회색 베레모를 쓰고 있었다. 마이크를 잡은 그가 중저음의 목소리로 느릿하게 말했다.

"우선 영화 잘 봤습니다." ■

    몇 년 전 나는 뜻대로 풀리지 않는 삶에 절망한 채 힘든 시기를 보내고 있었다. 나는 먼저 손 내밀 줄도, 도움을 청할 줄도 모르는 사람이었고 혼자 고립되어서 위태로웠다. 그런 사람에게도 극장과 도서관은 열려 있었다. 그 두 곳은 사회적안전망이나 다름없었다. 나는 도서관에서 소설이 될지도 모를 글을 쓰기 시작했고 그렇게 고태경 선생을 만날 수 있었다.

    모든 준비생들과 지망생들, 기회만 주어진다면 잘 해낼 사람들이지만 기회는 좀처럼 주어지지 않는다. 그런 상황에 놓인 누군가가 자신이 사랑하는 것들을 미워하지 않았으면 하는 마음에서, 자신을 미워하지 않았으면 하는 마음에서 이 소설을 썼다. 그건 나에게 누군가 해주었으면 하는 이야기였다.

    도서관 열람실에는 눈이 오나 비가 오나 맞은편에 앉아서 토익 공부, 공인중개사 공부, 시나리오, 번역 등 무언가를 준비하는 사람들이 늘 있었다. 내가 혼자가 아니라는 사실이 위로가 되어주었다. 이 책이 독자분들에게 그런 위로로 가닿기를 바란다.

이 소설은 도서관과 더불어 극장에서 쓴 소설이다. 어두컴컴한 극
장의 맨 뒤에 앉아 알아보지도 못할 글씨를 노트에 끄적이며 소설
에 나온 대부분의 장면과 플롯을 찾아냈다. 영화를 사랑하는 사람
으로서 한국영화 100주년에 나의 방식으로 영화와 극장에 대한 사
랑을 고백하고 싶은 마음도 있었다.

내 친구 조혜나, 이름을 빌려준 친구들, 초고를 읽고 의견 나눠준
분들, 소설을 써보라고 응원해준 분들에게 고맙다는 말을 전한다.
독려해주신 강태식 선생님, 함께 합평하며 많은 도움을 주신 선생님
들, 심사해주신 권여선, 손정수 선생님, 따뜻한 말씀으로 응원해주
시며 책을 함께 만들어주신 박연빈 편집자님과 은행나무 출판사분
들, 귀한 추천사를 써주신 이랑님, 멋진 일러스트를 작업해주신 우
연식 작가님에게 감사드린다. 어머니에게 사랑한다는 말을 전한다.
　아무 기약도 없었지만 나를 믿고 글을 썼던 2019년에는 나를 덜
미워할 수 있었다. 그때의 마음으로 계속 쓸 수 있으면 좋겠다.

2020년 봄
정대건

추천의 말

화자의 선택이 이끌어낸 스토리텔링의 효율

《GV 빌런 고태경》을 2020 한경신춘문예 장편소설 부문 당선작으로 결정하고 한국경제신문 문화부의 은정진 기자가 수상자에게 전화를 거는 동안, 함께 심사를 했던 권여선 작가와 이 이야기를 쓴 사람은 아마 영화 아카데미 출신의 삼십대 초반 여성이 아닐까 얘기를 나누고 있었다. 결과적으로 이 짐작은 절반만 맞았다. 통화를 마친 은 기자가 전해준 바에 따르면 수상자는 서른네 살의 남성이었기 때문이다. 그 이야기를 듣고 다시 생각해보니, 아마 이 소설의 화자가 남성이었다면 이야기는 매우 다른 방향으로 흘러갈 수도 있었겠다 싶었다. 그렇게 생각하면 바로 이 선택에 이미 이 이야기의 성격은 상당 부분 결정되어 있었던 것이다.

보통 글을 쓴 사람이 주인공에 자신을 이입하게 되면 자기와 연관된 사유나 질문들이 글쓰기의 과정에 개입하게 되고 그에 따라 내면이나 의식의 깊이를 추구하는 길이 열리지만 바로 그 점 때문에 이야기는 복잡하고 어지러워진다. 이렇게 되면 이야기는 표현자 중심이 되기 쉽고 독자는 시야에서 멀어지는 일이 일어난다. 물론 이런 방향에서도 좋은 소설이 충분히 많지만 그러자면 상당한 수준에 이르러야 한다. 그렇지 않은 단계에서 인물에 과도하게 자아를 담으려고 하면 이야기의 균형이 깨지는 법이다.

《GV 빌런 고태경》에서 남성 작가가 여성 인물을 화자로 설정한 것은 이 점에서 좋은 선택이었다. 모두 20장으로 이루어진 이 소설은 매우 짜임새가 좋고 잘 완결된 장점을 가지고 있는데, 자기 이야기라는 생각으로부터 어느 정도 거리를 두는 이 설정 덕분에 이야기의 객관성이 확보될 수 있었다. 서술 구도에 변화를 줌으로써 자신의 경험을 투영하면서도 그에 따른 긴장에 휘말리지 않을 수 있었던 것이다. 당선자 인터뷰에서 작가는 "제 소설 역시 제 얘기를 썼기 때문에 '거리 두기'가 중요했습니다"(「미래 위해 '유예된 삶' 사는 청춘, 위로하고 싶었죠」, 《한국경제신문》, 2020. 1. 1)라고 밝히고 있는데, 이와 같은 자각적인 선택이 결과적으로 스토리텔링의 효율을 높였다고 할 수 있다.

서술의 비중이라는 측면에서도 이 소설은 스스로를 실패자라고 생각하고 있는 초보 영화감독 조혜나와 GV 빌런 취급을 받는 만년 감독 지망생 고태경 두 사람을 번갈아 비추면서 서사를 두텁게 해나가는 안정감을 갖추고 있다. 조혜나가 고태경을 대상으로 다큐멘터리를 찍으면서 그를 점점 더 이해하게 되는 구조는 독자가 이 이야기에 몰입하게 되는 과정을 자연스럽게 유도하고 있다.

처음에는 다큐멘터리로 성격 개차반인 관심종자를 희화화하려는 속내가 없지 않았다. GV 빌런을 같이 있기 싫은 중년 아저씨로만 생

각했다. 그러나 고태경은 불쾌하게 취해서 목소리 높이지도, 다짜고
짜 내게 반말을 찍찍하지도 않았다. 풍자처럼 시작한 다큐멘터리였
는데 나는 고태경을 응원하게 됐다.

담배 연기로 희뿌옇게 된 카메라 LCD 화면에 클로즈업된 고태경
의 눈가가 촉촉해져 반짝이는 것 같았다. 고태경이 말을 마쳤고 나는
긴급히 REC 버튼을 눌렀다. 녹화 완료 표시가 뜨자마자 배터리가 다
되며 LCD 화면이 검게 꺼졌다. 고태경의 얼굴이 사라지고 검게 변한
액정 화면에 힘든 표정을 하고 있는 내 얼굴이 비쳤다.(152쪽)

위의 인용 장면은 다큐멘터리 촬영이 막바지에 이른 이 소설 12장의
끝부분인데, 여기에서 이 소설의 인물 구조가 얼마나 효과적으로 기능
하고 있는지 확인할 수 있다. 서술의 초점이 조혜나에 있기 때문에 독
자는 그녀의 눈으로 고태경을 보게 되는데, 이 소설은 고태경을 바라
보는 조혜나의 관점을 점진적으로 변화시켜나가면서 독자와 소설 속
의 인물 사이의 거리를 좁히고 있다. 그러면서 뒷부분에서는 카메라 화
면에 고태경과 조혜나의 얼굴을 교차시키는 영상적 기법을 활용하면
서 두 인물의 관계를 상징적으로 처리하며 한 장을 마무리하고 있다.

조연의 가치와 역할에 대해 분명한 인식을 가지고 있는 점도 인상
적이었다. 전 남친이자 배우인 종현, 서울대 출신의 한교영 동기 승호
는 필수적인 조연의 기능을 수행하면서 이야기의 폭과 현실성을 높
이는 데 기여하고 있다. 그런데 이 소설은 그렇지 않은, 더 비중이 작
은 인물들도 세심하게 배려하고 있다. 가령 〈GV 빌런 고태경〉이 상
영되는 날 혜나는 '노인 영화교실'의 오송자 할머니, 고태경이 시나리

오를 들고 제작사를 찾기 전 들렀던 이발소의 이발사, 그리고 단골 팥죽집 사장 등을 초청하는데, 인물의 활용에 발휘하는 이 소설의 감각이 얼마나 면밀한지 잘 드러나는 장면이다.

이런 안정감은 주제의 차원에서도 확인된다. 시종일관 재치 있는 서술로 이끌어가고 있지만 그렇다고 가볍기만 한 이야기는 아니다. 나름대로 적절한 현실성을 갖추고 있고, 그러면서도 문학적인 척하는 면이 없어서 담백하다. 이런 방식으로 이 소설은 영화라는 트렌디한 소재를 다루면서도 이야기를 순수한 방향으로 이끌어 저마다 간직한 꿈을 되돌아보게 만들고 있다. 가독성 높고 읽는 맛으로 충만한 이 소설은 거창한 것은 아니라고 해도 독서의 대가를 분명하게 제시하는 미덕을 가지고 있다.

이처럼 이 소설은 첫 장편의 창작을 시도하면서 욕심을 내지 않고 차분하게 이야기를 만들어갔기 때문에 이야기에 휘둘리지 않고 반대로 이야기를 비교적 능란하게 제어하고 있다. 이런 장점을 다른 각도에서 바라보면 이 이야기의 단점이 될 수도 있을 것이다. 너무 욕심을 내지 않아서 무난하고 소박하다는 아쉬움이 들지 않는 것은 아니다. 그렇지만 그 덕분에 튼튼하고 안정적인 기단이 마련되었다. 그 점에서 이 소설의 선택이 현명했다고 생각한다. 이 위에 더 높고 훌륭한 이야기의 단을 한 층씩 차례로 쌓아나가기를, 그리하여 작가만의 고유한 이야기의 탑을 완성하게 되기를 기대한다.

—손정수(문학평론가·심사위원)

2020 한경신춘문예 당선작

GV 빌런 고태경

1판 1쇄 발행 2020년 4월 20일
1판 8쇄 발행 2024년 11월 11일

지은이 · 정대건
펴낸이 · 주연선

총괄이사 · 이진희
책임편집 · 박연빈
표지 및 본문 디자인 · 김지수
책임마케팅 · 이한솔
책임마케팅 · 장병수 김진겸 이선행 강원모
관리 · 김두만 유효정 박초희

(주)은행나무
04035 서울특별시 마포구 양화로11길 54
전화 · 02)3143-0651~3 ㅣ 팩스 · 02)3143-0654
신고번호 · 제 1997-000168호(1997. 12. 12)
www.ehbook.co.kr
ehbook@ehbook.co.kr

ISBN 979-11-90492-43-0 (03810)